Rael Wissdorf

Jack Abbotts Schatz

Das Buch

Dieses Buch vereint die langen Erzählungen von Rael Wissdorf, sowie einige der kurzen, wie „Die Wanne" und „Der Rabe". Sind seine Kurzgeschichten oftmals nur Momentaufnahmen aus einem nicht weiter kommentierten Geschehen, so sind die langen Erzählungen im Grunde vollständige Kurzromane. Dabei bewegt sich Wissdorf hier durch alle Genres: Seeabenteuer, Science-Fiction, Spukgeschichte, Blanker Horror, Märchen, Historischer Krimi und Liebesroman. Es ist sozusagen für Jeden etwas dabei.

In diesen phantasievollen Erzählungen geht es um ein drogensüchtiges Meeresungeheuer, einen Kartenspieler, der gegen den Teufel antritt, ein völlig verspuktes Haus am Bodensee, um einen übelgelaunten Zauberer, einen Weltenspringer, ein verträumtes indisches Mädchen und einen Minnesänger, der als Kommissar ermittelt. Aber immer geht es um Schicksale und stets sind sie mit einem Augenzwinkern erzählt.

Der Autor

Rael Wissdorf wurde 1959 in Speyer geboren, studierte Musik in Darmstadt und arbeitete als Redakteur und Gamedesigner. Er lebt in einem kleinen Städtchen an der Brenz.

Rael Wissdorf

Jack Abbotts Schatz
Erzählungen und Kurzgeschichten

Trivocum Verlag

Taschenbuchausgabe 2018
Copyright © 2018 R. R. Wissdorf
Alle Rechte vorbehalten.
Satz und Umschlaggestaltung:
Trivocum Verlag GbR, Egling
Cover Illustration: Jonny Lindner
Lektorat: Dorothea Schmidt
Satz & Korrektur: Anne Poitz
ISBN: 978-3-946797-07-4

Inhalt

Ree!	7
Der Spanische Zug	22
Jack Abbotts Schatz	43
Das Spukhaus am Bodensee	73
Arme Ritter, abber Arm	100
Die Reise des Wandlers	164
Eine heilige Deva	195
Die Freggel und der Zauberer	220
Trunkene Lämmer	241
Gleich und Ungleich	250
Das weiße Kreuz des Meeres	257
Der Rabe	275
Die Wanne	285

Das Auge sagte eines Tages:
"Ich sehe hinter diesen Tälern im blauen Dunst einen
Berg. Ist er nicht wunderschön?"
Das Ohr lauschte und sagte nach einer Weile: "Wo ist der
Berg? Ich höre keinen!"
Darauf sagte die Hand:
"Ich versuche vergeblich, ihn zu greifen. Ich finde keinen
Berg!"
Die Nase sagte: "Ich rieche nichts. Da ist kein Berg!"
Da wandte sich das Auge in eine andere Richtung. Die
anderen diskutierten weiter über diese merkwürdige
Täuschung und kamen zu dem Schluss:
"Mit dem Auge stimmt etwas nicht!"

(Khalil Gibran)

Ree!

… rief Carsten zum wiederholten Male, während ihm die nassen Haare in die Stirn klatschten, »Ree! Verdammt nochmal!«

Ich geb' dir gleich Kontra, dachte Marina grimmig und versuchte zu erraten, was sie jetzt zu tun hatte. Doch er schrie unbarmherzig weiter: Die Schot! Du musst die Schot dicht bei der Pinne halten, und stärker anluven!«

»Luv dich doch selber!« Missmutig warf sie das Ruder herum und wurde sofort von einer Sturzsee bestraft, die ihre neue Gore-Tex-Hose durchnässte. Sie fror schauderhaft. Saublöde Idee, sich auf diesen Segeltörn mit Carsten einzulassen. Es war kalt, es war nass und Carsten benahm sich wie der durchgeknallte Kapitän in »Die Caine war ihr Schicksal«. Aber so benahm er sich eigentlich immer. Sie ließ ihren Blick – sofern der stramme Wind das zuließ – über die wogende und schäumende Wasserfläche gleiten, bis der dunkle Streifen Land in Sicht kam. Dorthin wollte sie, nur noch dorthin, und zwar so schnell wie möglich, raus aus den nassen Klamotten, rein in die gemütliche Seemannskneipe und so lange stocksteife Grogs in sich reinschütten, bis sie ihre verkrampften Muskeln nicht mehr spürte.

»Hörst du nicht, wie das Segel killt? Wir liegen zu hart am Wind«, kam es nun wieder von Carsten. Er lag bäuchlings auf der Kajüte vorn im Boot und fummelte an den dreieckigen Stofffetzen herum. »Du siehst doch, dass ich den Klüver beihole! Schrick die Schot!«

Aha, Klüver hieß der Fetzen. Na gut, dann würde sie mal schricken, was auch immer das sein sollte. Sie zerrte aus Leibeskräften an der Nylonschnur, die sie in ihren klammen Händen hielt. Sofort schwang das Ding, welches er »Baum« nannte herum, und das Segel bauschte sich im Wind. Das Boot krängte stark über und nahm Wasser auf.

»Bist du blöde?!« brüllte Carsten. »Jetzt werden wir ösen müssen! Hast du sie noch alle!?« Das Wasser im Boot schwappte um ihre Füße bis an die Knöchel. Verdammt. Das bedeutete, Wasser schippen. *Wenn dieser Kerl mich noch einmal anbrüllt,* dachte sie, den Tränen nahe, *dann stopfe ich ihm einen faulen Fisch in den Hals, wenn er schläft.*

Aber Marina beugte sich nach vorn, griff sich den Plastikbecher, der für solche Zwecke vorgesehen war und begann fluchend zu »ösen«.

.ooOoo.

Stunden später sah sie der Abend durchnässt, frierend und völlig erschöpft in den Yachthafen einlaufen. Sie hätte eigentlich erwartet, dass die anderen Spalier stehen würden, hatten sie sich doch schließlich einen ganzen Tag lang durch schwere See gekämpft und bis an die Grenzen der Erschöpfung geschuftet wie die Maulesel, nein besser wie die Seekühe, oder sonstwas. Aber niemand nahm Notiz von Landratte Marina und ihrem strammen Loverboy, der im Büro sonst immer so eine wettergegerbte Aura verbreitete. Marina warf dem Mann an der Kaimauer die Leine zu, die dieser an einem Poller festmachte.

»Na ming Deern?« sagte er grinsend durch seine kurzstielige Pfeife im Mundwinkel. »büschen Wind gerochen und Wasser eingeholt?« *Hol dich doch der Teufel,* dachte Marina und machte, dass sie zur Pension kam, ohne sich noch einmal nach Carsten umzusehen.

Als sie dann endlich in der knuffigen Pinte saßen und Erbsensuppe mit Speck löffelten, kehrten die Lebensgeister langsam zurück. Der Tisch füllte sich mit Gästen der angrenzenden Pension »Seeblick« und Carsten kam nach ein oder zwei Grogs langsam in Fahrt. Aus ihrem heutigen Törn machte er ein gewaltiges Seemannsgarn, mit welchem er seine Zuhörer um den Finger zu wickeln gedachte – auf Marinas

Kosten, die als hoffnungslose Landratte ihr Fett wegkriegte, wo es nur ging.

»Sie versteht wirklich kein Kommando.« gab er prustend zum Besten. »Wenn man eine Halse durchführt, steht sie da und sucht nach dem Halsband!« Tischumspannendes Gekicher.

»Ist Max eigentlich schon da?« fragte die Brünette im grünen Wollpullover. »Er wollte doch heute Abend anlegen?«

»Nee,« antwortete ein blonder Beau neben ihr. Mit seinem Drei-Tage-Bart und seinen stahlblauen Augen hätte er als Calvin-Klein-Model durchgehen können. »Max kommt von der Südspitze rüber, da braucht er etwas länger. Heut Nacht wird er nicht lossegeln, da hätte er ja die Tide gegen sich!«

Die Brünette beugte sich zu Marina hinüber, als diese sie fragend ansah. »Max Klaasen ist mehrfacher Regattasieger, dein Carsten hat schon paarmal erfolglos versucht, bei ihm anzuheuern. Unschlagbar, ein Spitzenseemann. Der würde nie gegen die Tide ansegeln, nicht um diese Jahreszeit!«

»Was für'ne Tide?« fragte Marina dummerweise. »Ist das ein großes Schiff auf Kollisionskurs oder was oder wie?«

Sie erntete brüllendes Gelächter. »Nee, nee, ming Deern«, äffte Carsten den alten Seebär von der Mole nach, »die Tide, das ist die Strömung von Ebbe und

Flut. Und jetzt haben wir Ebbe. Die zieht einen aufs offene Meer!« Er grinste sie gönnerhaft an.

Ihre Stimmung sank auf den Nullpunkt. *Komm du nur heut Nacht und will was von meinem Luxuskörper, du Null*, dachte sie bei sich und malte sich in Gedanken die Abfuhr aus, die sie ihm geben würde. *Anluven!*, würde sie ihm zurufen, und »*schrick doch den Baum nicht so!*«, bevor sie ihm ein Glas Wasser über seinen Männerstolz schütten und sich mit der Bemerkung »*schön ösen, ich geh dösen*« verabschieden und zu Seite drehen würde.

Aber es kam anders. Kaum hatte Carstens Pyjama die Liegefläche berührt, sank er in der gleichen Anzahl Sekunden in Tiefschlaf, die sein Porsche benötigte, um auf 100 zu beschleunigen. Marina saß mit verschränkten Armen daneben und grollte wie ein Vulkan. Eine Stunde saß sie so neben ihm und konnte nicht schlafen. Sie sah ihn an. Er lag wie ein toter Bär auf dem Rücken, die Arme bettumspannend ausgebreitet, als bewache er noch im Schlaf sein Territorium; seine Brust hob und senkte sich, sein schnorchelnder Atem strömte durch den halbgeöffneten Mund, von dessen Mundwinkel ein dünner Speichelfaden das Kinn herabsickerte. Wahrscheinlich träumte er jetzt wieder von seemännischen Heldentaten, nein – er träumte wohl eher davon, wie er von seemännischen Heldentaten *erzählte*, sich feiern ließ. Männern wir Carsten ging es nicht darum, mit ihren Leistungen etwas zu bewirken, etwas zu vollbringen, es ging ihnen einzig und allein um den Ruhm, die Bewunderung und den Status, den das einbrachte. In seinem Wertesystem zählte nur der Besitz. Aber – so dachte sie sich – was wollte er dann eigentlich von ihr? Weder konnte sie gut segeln, noch hatte sie in irgendeiner anderen sportlichen Disziplin je geglänzt – wenn er nur den Ruhm achten konnte, was achtete er dann an ihr? Sie war ein furchtloser, optimistischer Charakter, jedenfalls bevor sie Carsten kennengelernt hatte. Manchmal war sie auch noch die kleine Kröte, die sie als goldgelocktes Mädchen gewesen war. Aber in erster Linie war sie ein Mensch der Sprache, ein Mensch des Denkens, sie versuchte, den Dingen auf den Grund zu gehen, suchte hinter dem Geheimnis menschlicher Kommunikation jenen Antrieb, der Menschen dazu brachte, sich zu entwickeln. Sie versuchte in Menschen hineinzusehen, und sie zu erfühlen – Carsten sah nur ihre Abzeichen und Medaillen, und auch davon nur eine Seite. Wenn sie versuchte, mit Carsten über Rimbeauds Verse zu sprechen, glaubte Carsten, es sei von einem Marathonläufer die Rede, der sich die Ferse gebrochen hatte. Also – was wollte er von ihr? Sie stand auf und warf einen Blick in den Spiegel. *Noch Fragen, Marina?*, sagte sie zu sich selbst. *Schau da hinein, und du weißt, was er will.* Du bist eine Trophäe, du bist der Pokal. Du stehst da oben auf einem Regal, wirst jeden Tag poliert und mit Besitzerstolz herumgereicht, als weiterer Beweis für die Gottähnlichkeit eines hohlen Mannsbildes. Was sich in diesem Pokal befindet, ist völlig egal, ob Essig oder Wein, er würde es nicht einmal ansehen, geschweige denn trinken wollen – im Gegenteil – leer war er noch am nützlichsten, dieser Pokal, denn dann geriet man nicht in Gefahr, sich zu bekleckern. Wäre dieser Becher gefüllt – mit was auch immer – Carsten hätte es verächtlich in den Ausguss geschüttet. Ohne zu bemerken, dass sich pures Gold darin befand.

Ein Gefühl plötzlichen Ekels schüttelte sie. Sie vermied es, Carsten ein weiteres Mal zu betrachten und wanderte zum Fenster. Ihr Blick schweifte über die Mole. Dort lag sein Boot fest vertäut. Was, zum Henker, war eigentlich so schwer an dieser Segelei? Sie blickte aufs Meer hinaus. Die See hatte sich beruhigt. Ein wunderschöner Dreiviertelmond tauchte die Mole in ein silbriges Licht. Ein Bild des Friedens. Nur eine ganz leichte Brise strich durch die Takelagen und sang eine wehmütige Melodie in den Tauen. Und ein paar Wimpel flatterten dazu, als würden sie applaudieren. Marina drehte sich um und sah ein letztes Mal auf ihren schnorchelnden Möchtegern-Seebär hinab. »Bevor ich dich endgültig verlasse,« sagte sie leise, »werde ich dir deinen Nimbus nehmen. Du wirst dich noch wundern, du Angeber.« Und zog sich warm an.

.ooOoo.

Nur kurze Zeit später holte sie den Anker ein, warf die Leinen los und legte ab. Das Handy hatte sie doch sicherheitshalber vorher eingesteckt und die Batterie überprüft. Sie zog an der *Dingsleine* und der riesige *Fetzen* wanderte den Mast hoch. Dann zerrte sie an der *Bumsleine* und der *Dingens* schwenkte herum. Das Segel bauschte sich leicht im Wind, der von *äh …* *hinten* kam und trieb sie zur Bucht hinaus auf die leicht rollende glitzernde Mondsee. Ein nie gekanntes Glücksgefühl durchströmte sie. War doch ganz leicht! Die Elemente über, unter, hinter und um sich zu haben, sie zu bändigen und sich von Ihnen tragen zu lassen, diese Symbiose aus Natur und Technik, aus Wille und Schicksal zu spüren, das war schon etwas Großartiges. Jetzt verstand sie die Begeisterung, die Männer beim Segeln, beim Rennsport oder bei der Jagd empfanden. Es war der alte Menschheitstraum – Herrin über die Natur zu sein und hier wurde er ihr plötzlich bewusst. Und wie diese blöden *Dinger* hießen, das war doch schnurz. Natürlich sah sie jetzt ein, dass zur besseren Verständigung eine gewisse *Termi-*

nologie notwendig war. Und da sie eine Frau der Sprache war, belegte sie die verschiedenen Teile des Bootes und ihre Handgriffe mit eigenen Namen. Sie *schlupfte* die *Schmorschnur* über die *Rauhkante* und ließ den *Rundstock* etwas nach. Das *Tuch möckte* auf und *geifte* ein wenig. Nur noch eine *Spinschnur strammen* und beobachten ob die Brise *blörte*. Sie kicherte in sich hinein und nahm sich vor, Carsten morgen mit diesem Kauderwelsch zu ärgern bis er schwarz wurde. Moment! Was hatte sie da gerade gedacht? Bildete sie sich allen Ernstes ein, Carsten würde ihre sprachliche Kreativität auch nur eine Sekunde lang würdigen können? Perlen vor die Säue. Nein, »Ich bin ein Anderer« dachte sie mit Rimbeauds Worten, und stützte ihr Kinn auf ihre Faust. Eine Weile glitt sie so dahin ...

Bis es ihr dann irgendwie auf indifferente Weise langweilig wurde. Der Wind blies jetzt heftiger und sie fröstelte. Vielleicht war es an der Zeit, zurückzufahren. Genug der Elemente, sie hatte sich als Herrin erwiesen, jetzt war es an der Zeit heimwärts zu segeln und den Triumph zu genießen. Sie blickte nach hinten und erschrak: wo war das Land abgeblieben? Da war nichts als schwärzeste Dunkelheit. Und der Mond? Sie sah nach oben. Dunkle Wolken. Schwarze, finstere, fette irgendwie unheilschwangere Wolken fraßen ihren Lichtbringer auf, ließen ihn dann wieder durchschimmern, nur um ihn kurz darauf ganz einzuhüllen. Hektisch schwenkte sie den Baum und versuchte den Wind steiler von der Seite einzufangen. Der Bug drehte durch den Wind, wich dann aber seitlich ab. Das Boot weigerte sich strikt, auf Gegenkurs zu gehen.

Wieder versuchte Sie zu wenden, und wieder rauschte der Bug durch den Wind und wieder befand sie sich wie ein Brummkreisel auf dem alten Kurs. *Verflucht und zugenäht*, dachte Marina. *Wie macht das Carsten denn immer, wenn es gegen Wind und Strömung geht?* Natürlich! Er musste irgendwo einen Motor versteckt haben. Einen kleinen Elektromotor vielleicht? Und sie blöde Gans war auf seine raffinierte Show reingefallen … gegen den Wind segeln, ho ho! Jedem Kind sollte klar sein, dass so etwas reiner Blödsinn ist. Physikalischer Mumpitz! *Also!* Sie sah sich um. Wo war der blöde Motor? Aber so sehr sie auch suchte, sie fand keinen. Dieses dämliche vorsintflutliche, aus viktorianischer Zeit stammende Mistboot hatte einfach keinen gottverdammten Motor. *Das Handy!* durchfuhr es sie. *Natürlich, wir leben im zweiten Jahrtausend! Rettungshubschrauber her!* Zitternd tastete sie in ihrer Tasche nach dem Ding, fand es, öffnete es mit klammen Fingern und begann, mit dem Daumen die Tasten zu drücken, während sie die – Schot, ja so hieß das verdammte Seil – zwischen die Zähne klemmte. Doch eine plötzliche Böe zwang sie, die Schot zu straffen, versehentlich hielt sie sich daran fest, der Bug schwenkte herum und eine hohe See hob sie an und warf sie kurz darauf wieder zurück. Mit einem dumpfen Plumps verschwand das Handy in der Nordsee. Fast heulend vor Wut grapschte sie im schäumenden Tiefseewasser danach, und schalt sich eine Närrin. Dann saß sie nur noch da, hielt die Schot, und starrte mit schreckgeweiteten Augen starr der offenen See entgegen.

Bis sie die Mastspitze am Horizont zum ersten Mal sah. Zunächst nur ein tanzender grauer Fleck, der sich vom trüben Morgenlicht abhob, wurde immer deutlicher ein Segel daraus; und bald schon, konnte sie eine hochaufragende Gestalt am Ruder stehen sehen, die ihr sogar zuzuwinken schien. Hatte da jemand ihre missliche Lage erkannt? Sie wollte schon jubilieren, als sie innehielt: beim Poseidon, was war das denn? Die Gestalt schien plötzlich durch die Luft zu fliegen und verschwand aus ihrem Blickfeld, ein Ruck ging durch das entfernte Boot und soweit sie es erkennen konnte kam es völlig zum Stillstand. Das große Segel, es kippte! Das Boot kenterte, kaum 300 Meter von ihr entfernt und der Mann, der es eben noch so glorreich gesteuert hatte lag im Wasser und wahrscheinlich unter dem Tuch und wurde unbarmherzig in die See gedrückt. Taumelnd ergriff sie wieder das Ruder und versuchte, ihr Boot in die Richtung des Gekenterten zu manövrieren. Aber Sturzseen stellten sich ihr immer wieder in den Weg. Jetzt sah sie ihn wieder. In seinem schweren Ölzeug schwamm er um sein Leben, immer wieder wurde er in die Tiefe gezogen, wahrscheinlich riss er sich jetzt panisch die Kleider vom Leib. Marina schrie etwas, sie wusste selbst nicht, was es war, aber es sollte den Anderen dort zum Durchhalten ermutigen. Plötzlich schien die See ein Einsehen zu haben: eine gewaltige Welle rollte unter ihr Boot und warf sie ein großes Stück nach vorn. Wie ein Wellenreiter glitt ihr Boot geradewegs auf den Schiffbrüchigen zu, sodass sie ihn sogar erkennen konnte; schmal war er und pudelnass – mit großen traurigen Augen, die sich in ihre zu versenken schienen. Eine weitere Glückssee hob sie ganz dicht an ihn heran, so dass seine Hand die Bordwand fassen konnte. Jetzt hing er da und sie versuchte, ihn hereinzubekommen – ein Kraftakt, der alle ihre Reserven kostete. Und dabei sah sie auch die Ursache des Unglücks: ein eisenbeschlagener Holzpfahl, groß und mächtig, der sich vollgesogen hatte und tückisch unter der Oberfläche trieb. Eine regelrechte Bootsfalle.

Schließlich hatte sie es geschafft, den Körper des Mannes aus dem Wasser und an Deck zu hieven. Da lag er nun, der Schiffbrüchige, und das Wasser lief ihm aus Mund und Nase.

»Danke,« sagte er dann heiser, mit schwacher Stimme. »Hab mir, ne Rippe gebrochen, glaube ich, kann Ihnen leider nicht helfen. Aber ich kann Ihnen sagen, was sie tun müssen, um uns an Land zu bringen.«

»Aber kein Seemannskauderwelsch, das verstehe ich nämlich nicht,« grinste Marina ihn an. »Wenn Sie am Leben bleiben wollen, dann reden Sie deutsch mit mir.« Er lächelte und nickte. Und dann sagte er ihr, was sie zu tun hatte. Jede seiner präzisen und ruhig gesprochenen Anweisungen führte Marina sorgfältig und exakt aus. Das Boot kreuzte flink gegen die schwere See, tanzte behend auf den Wellen und nach wenigen Stunden kam der Hafen in Sicht. Inzwischen hatten sich die Wogen geglättet und der Morgen graute. Das Boot glitt sanft auf der Dünung und trieb gemächlich auf den Hafen zu. Marina entspannte sich etwas und sah sich ihren Schiffbrüchigen genauer an. Er kauerte an der Ruderpinne, nass wie eine Robbe, und zitterte vor Kälte. Sein Haar hing ihm wirr ins Gesicht, welches zu einer schmerzverzerrten Grimasse erstarrt war. Aber seine Augen waren ein Wunder für sie. Noch nie hatte sie bei einem Mann so schöne Augen gesehen. Sie passten eigentlich gar nicht zu einem Seemann – oder vielleicht erst recht?

Lernte sie vielleicht erst jetzt, was es bedeutete, auf den Wassern zu fahren?

»Warum sind sie mitten in der Nacht gegen die Tide gesegelt?« hörte sie sich selber fragen. Er lächelte sie an und zuckte die Achseln. Dabei stöhnte er kurz auf, denn seine gebrochene Rippe verkraftete das wohl nicht gut.

»Und bald wird sich der Reisende selber als Schiff, als trunkenes Schiff beschreiben,« sagte er leise. Sie stutzte.

»Sie kennen Rimbeaud?« fragte sie erstaunt. Er sah sie an. »Ich entdeckte ihn am Boden einer Flasche Absinth, »erklärte er. »und da sollte er eigentlich auch bleiben, wenn man Verstand hat. »

»Und?« setzte sie nach. »Haben Sie welchen?«

Er schüttelte den Kopf. »Man braucht nicht viel Verstand, um zu überleben,« sagte er, immer noch sehr leise. »aber man braucht ein Herz, das brechen kann, um zu verstehen, warum es schlug.«

Sie kam zu ihm herüber und setzte sich im Schneidersitz vor ihn hin. »Wer bist du?« fragte sie. Er hustete.

»Max Klaasen, angenehm.« Sie prustete.

»Dieser Supersegler? Das kann doch nicht wahr sein!«

Er warf den Kopf zurück und lachte. Ein jungenhaftes, schelmisches Lachen, und Marina fühlte, dass sie dieses Lachen mochte. Nein – mehr als das. Sie streckte ihre Hand aus.

»Ich heiße Marina.«

»Ein schöner Name,« erwiderte er und nahm ihre Hand. »Wie geschaffen für die See. Das hast du verdammt gut hingekriegt.« Er ließ ihre Hand nicht los, und sie ließ es geschehn.

»Man braucht nicht viel Verstand, um ein Boot zu lenken,« sagte sie. »Nur ein gebrochenes Herz, welches den Weg zum Hafen weist.«

»Der Hafen war aber in der anderen Richtung.«

»Nein,« widersprach sie. »Das war schon der richtige Weg.« Er sagte nichts dazu. Sie sahen sich nur an. Das Boot rollte in der sanften Dünung und brachte sie sacht immer näher an den Hafen heran. Irgendwann nahm sie ihn in die Arme. Sie spürte, wie er zitterte, und drückte ihn sanft an sich. Nach einer Weile hörte er auf zu zittern.

»Ich bin ein anderer,« sagte er plötzlich unvermittelt. Schon wieder Rimbeaud!, dachte sie, und antwortete leise: »Ja, ich auch.«

.ooOoo.

Der Spanische Zug

There's a Spanish train that runs between
Guadalquivir and old Saville,
And at dead of night the whistle blows,
and people hear she's running still...
Chris de Burgh

Ich hatte eine gute Saison hinter mir. Jetzt aber hatte mich eine wirre Verkettung von Umständen nach Sevilla verschlagen, einer Stadt im tiefen Süden Spaniens, voller Bodegas und Spielhöllen, die mich lockten, sowie alter Kultur, für die ich kein Auge hatte. Eine Weile tingelte ich durch die Bars und zeigte meine Kunststückchen für einen Becher Wein und etwas Paella. Manchmal riskierte man noch ein Spiel mit mir, aber die meisten kannten mich leider schon. Ins Casino ließ man mich nicht mehr, seit ich einen ihrer Blackjack-Tische gesprengt hatte. Und jetzt, da sich sämtliche Touristen längst verflüchtigt hatten, und sich die Stadt auf das Weihnachtsfest vorbereitete, waren die Jagdgründe für mich abgegrast. Ich musste weg. Auf nach Madrid.

Ich packte also meine Habseligkeiten in den alten klapprigen Seat, den ich einem Bauern in einer Partie Poker abgenommen hatte (sein kreischendes Eheweib hätte mich am liebsten in Sangria ersäuft, als sie davon erfuhr) und lenkte die Räder Richtung Norden. Weihnachten in Spanien, das ist nichts für einen sentimentalen Iren. Nicht, dass mir Weihnachten etwas bedeutet hätte, nein, ich hielt mich für einen aufgeklärten modernen Iren. Moralisch war ich vielleicht nicht gerade ein Vorbild für die Jugend, aber wenigstens war ich nicht verrückt oder gar leichtgläubig oder sonstwas (denken Sie sich Ihren Teil). Aber für mich gehörte zu Weihnachten eben doch das Grün meiner Insel, die nebligen Nächte und der eisige Hauch des Atlantik. Hier, im Süden Spaniens lag bestenfalls Rauhreif auf den Feldern.

Ich versuchte, fröhlich in die Zukunft zu blicken. Madrid war Neuland, niemand kannte mich dort, vor allem den Croupiers war ich noch gänzlich neu. Und da Madrid eine echte Großstadt war, blieb ich von der provinziellen spanischen Weihnachtsfolklore vielleicht verschont.

Es war Mitternacht, als der Seat auf einem Hügelkamm, auf der Straße nach Guadalquivir plötzlich schlapp machte. Mitten in voller Fahrt, schien das Gaspedal nicht mehr zu existieren. Ich trat durch, bis Eisen auf Eisen klirrte, der Motor zeigte jedoch keinerlei Reaktion mehr. Mit einem kurzen Bocken stotterte er ein letztes Mal, dann war nur noch das Heulen des Windes und das Rauschen der Reifen zu hören. Zum Glück hatte ich den Hügelkamm noch erreicht, und es ging vorerst bergab. Unten, im Tal, glaubte ich Lichter zu erkennen, und atmete innerlich auf. Nichts ist gespenstischer als die Stille, die einen plötzlich umgibt, wenn man mitten in der Nacht, in einer fremden Gegend die tröstliche Verlässlichkeit eines Motors einbüßt. Das Fahrzeug wird zur Farce. Der scheinbare Schutz, den es bietet, ergibt sich nur aus der Tatsache, dass es fährt. Hat es aufgehört zu fahren, ist es auch mit dem Schutz vorbei.

Mit klammen Gefühlen steuerte ich also auf den Lichtschein zu. Doch als ich nun auf ebener Strecke näherkam, der Wagen langsamer wurde, da nun die Gesetze des Reibungswiderstands ihren Tribut gegen die Trägheit der Bewegung einforderten, da erkannte ich, dass es nur ein einziges, schäbiges Gebäude war, dessen Licht von einem einsam und blind schimmernden Plastik-Weihnachtsstern herrührte, der über der Eingangstür im Nachtwind baumelte. Aber immerhin – es war kein gewöhnliches Bauernhaus oder sonstiges Gebäude. Es war ein Bahnhof. Und genau vor diesem kleinen, unbedeutenden Bahnhofsgebäude in weiter Flur und Finsternis, rollte mein alter Seat endgültig aus und kam mit einem leisen Ächzen zum Stehen.

Da stand ich nun – ein gottvergessener irischer Berufsspieler im allerkatholischsten Spanien vor einem blassen Weihnachtsstern an einem schäbigen Bahnhofsgebäude und hoffte auf ein Wunder. Auf das Wunder, dass um diese Uhrzeit noch ein Zug fahren würde.

Ich stieg aus, klappte die Tür hinter mir zu und streckte mich zunächst ein wenig. Die Nachtkühle tat im ersten Augenblick gut und erfrischte mich. Wer weiß, vielleicht gab es ja eine Bahnhofskneipe, mit einem freundlichen Wirt und einem heißen Glas Sangria. Aber wenn ich mir diesen Bahnhof so ansah, dann standen die Chancen dafür äußerst schlecht.

Ich ging auf den Bahnhofseingang zu. Das Gebäude hatte den Charme einer Lagerhalle, es war flach, ohne Stockwerke und aus gelblichen Ziegeln erbaut. Die Tür war aus Glas, blindem, fleckigen, von Stahlfäden durchzogenem Glas. Sie schwang mühelos auf, als ich sie anstieß und gab den Blick auf die Halle frei. Der Zugang zu den Gleisen lag gegenüber und war offen, türlos. Der Nachtwind drang ungehindert ein und wehte Papierfetzen über den gekachelten, völlig verschmutzten Boden. An den Wänden hingen alte Plakate, die Ecken flatterten im Wind. Ein paar schmale Holzbänke an den Seiten bildeten das einzige

Mobiliar. Und weit und breit keine einzige Menschenseele. Der Bahnhof war völlig verlassen und tot.

Mutlos schlurfte ich durch die Halle, durch den Ausgang auf den Bahnsteig. Hier war alles noch trostloser als im Innern des Gebäudes. Es gibt wohl kaum etwas deprimierenderes als der Anblick eines nächtlichen verlassenen Bahnsteigs, der in all seiner nüchternen Funktionalität den drohenden Beweis der Sinnlosigkeit aller Existenz bereithält. Ein leerer Bahnsteig ist wie ein leerer Krug Wein: vorübergehend außer Betrieb. Beides muss sich erst wieder füllen, um Sinn zu bekommen. Und wenn man am Heiligabend um Mitternacht in Spanien auf einem leeren Bahnsteig steht, dann fehlt nicht mehr viel, und man möchte sich vor einen Zug werfen. Es kommt bloß keiner.

Wirklich nicht? Wie war das mit dem nicht-katholischen Iren in Spanien mit seiner Hoffnung auf ein Wunder? Wunder hin oder her, ich hörte das Pfeifen eines Zuges. Weit entfernt zwar, aber da Züge glücklicherweise die Eigenschaft haben, stur ihren Gleisen zu folgen, und nicht etwa unerwartet nach rechts oder links abzubiegen, konnte ich mir recht sicher sein, dass dieser pfeifende Zug durch diesen Bahnhof kommen würde. Jetzt musste er nur noch anhalten. Oder so langsam fahren, dass ich gegebenenfalls aufspringen konnte.

Erneut war das Pfeifen zu hören, diesmal schon etwas näher. Ich eilte zu meinem Wagen zurück, schnappte meinen Koffer, schloss den Seat ab und rannte zurück auf den Bahnsteig. Gerade rechtzeitig, denn in diesem Moment kam der Zug den Hügel herunter. Ich konnte deutlich das Schnaufen und Keuchen der Dampflok hören.

Einer Dampflok? Ich wusste zwar, dass man in Spanien technisch nicht immer auf der Höhe der Zeit war, aber Dampfloks durften auch hier, im Zeitalter ersterbender Seats nur noch im Museum zu finden sein. Dann war es vielleicht auch ein Museumszug. Aber was suchte ein Museumszug mitten in der Nacht auf der Strecke von Sevilla nach Guadalquivir? Mit Spannung beobachtete ich das Herannahen dieses Zuges. Die Lok war schwarz, gewaltig und kam mit Getöse daher, zugleich aber schien sie auf gespenstische Weise zu gleiten. Und dann war sie plötzlich da, wie ein Spuk. Ich konnte gerade noch einen Blick auf das bleich schimmernde Gesicht des Lokführers werfen, da rauschten die Waggons an mir vorbei. Mit Kreischen und Fauchen kam der Zug vor mir zum Stehen. Da stand er nun, und dampfte rhythmisch vor sich hin. Er schien zu warten. Nichts regte sich im Innern des Zuges. Die Waggons waren dunkel, und nur schemenhafte Umrisse ließen die Existenz weiterer Reisender vermuten. Sollte ich einsteigen? Ich öffnete die erstbeste Tür. Es war ein alter Waggon, alles funktionierte mechanisch. Die Tür ächzte etwas, aber sie ließ sich leicht öffnen. Einen Moment zögerte ich, einzusteigen. Mit diesem Zug stimmte irgendetwas nicht. Mit diesem ganzen verdammten Bahnhof stimmte etwas nicht, aber ich war ja schließlich ein abenteuerlustiger irischer Spieler von Rang. Das Schicksal würde mir im richtigen Augenblick schon die richtigen Karten austeilen. Dieser Zug war ein Pik As. Also stieg ich ein.

Ich bereute diesen Entschluss, als die Tür hinter mir zuschlug und der Zug sich augenblicklich in Bewegung setzte. Ich meine, es war etwas so ganz und gar Zug-untypisches an dieser Art sich in Bewegung zu setzen, dass sich sofort ein Gefühl von Beklemmung einstellte. Der Zug sauste einfach los, in einer gespenstischen Stille, die mir das Blut in den Adern gefrieren ließ. Er schien auf den Gleisen zu schweben, kein Klackern, Poltern und Wummern, wie man es von Zügen erwartet. Kein langsames, ächzendes auf-Touren-kommen. Dieser Zug fuhr einfach weiter, als hätte er nie gestoppt. Die Landschaft sauste an mir vorbei, ein bleicher Mond erhellte die reifbedeckten Felder und die Fenster. Ansonsten war der Zug völlig dunkel, nicht die kleinste Lampe leuchtete in den Waggons. Mit schlotternden Knien betrat ich das erste Abteil. Ich war nicht allein. Eine reglose Gestalt kauerte am Fenster und machte keinen Mucks, als ich eintrat. Vorsichtig kam ich näher und unterdrückte den Impuls, einfach wegzurennen. Wo hätte ich auch hinrennen sollen, in diesem lautlos rasenden Roland? Zaghaft setzte ich mich auf den Fensterplatz gegenüber und balancierte wie zum Schutz meinen Koffer vor mir auf den Knien. Der Mensch vis-à-vis hob weder den Kopf, noch grüßte er mich, noch gab er sonstwie zu erkennen, dass er mich bemerkt hätte. Er schien zu schlafen – ich konnte sehen, dass es ein Mann war. Aber seine Augen waren offen dabei. Er trug einfache Arbeitskleidung, die mir zwar etwas altmodisch vorkam, aber nicht allzu ungewöhnlich. Ein Campesino auf dem Heimweg. An Heiligabend? Sollte er da nicht im trauten Familienkreise Paella essen? Oder was auch immer Spanier am Heiligabend zu essen pflegten?

Ich beugte mich ein wenig vor, um ihm ins Gesicht zu sehen. Seine Augen waren leer. Das Gesicht war alt, bleich, wächsern, und kein Muskel regte sich darin. Ich brauchte eine Weile, um mir einzugestehen, dass er auch nicht atmete. Kein Zweifel. Der Mann war mausetot.

Der Schreck fuhr mir erneut und mit noch größerer Heftigkeit in die Glieder. Panisch ließ ich meinen Koffer fallen und stürmte aus dem Abteil. Irgendwo in diesem gottverdammten Zug musste doch ein Schaffner zu finden sein! Irgendwelches Personal und wenn es nur der Lokführer war. Ich hastete an den Abteilen vorbei, alle waren sie leer. Am letzten Abteil des Waggons angekommen, sah ich endlich wieder einen Menschen – eine junge Frau in schwarzen Kleidern. Ich riss die Abteiltür auf und wollte schon erleichtert meiner gequälten Seele Luft machen, als ich zurückschreckte. Die Frau saß seltsam reglos auf ihrem Platz. Auch sie war eine Leiche.

An die nun folgenden Stunden kann ich mich nur noch dunkel erinnern. Es waren die schlimmsten Stunden meines Lebens, auch wenn die darauf folgenden Ereignisse meinen Verstand noch fürchterlicher durcheinanderwirbeln sollten als es bis dato schon der Fall gewesen war. Ich weiß noch, dass ich von Waggon zu Waggon, von Abteil zu Abteil hastete, stürmte, taumelte – überall bot sich mir das gleiche Bild: Leere Abteile, oder welche mit Verstorbenen darin. Kadaver. Kinder, Greise, Frauen, Männer, Mütter, Väter, Arbeiter; vornehm gekleidete oder schäbig abgerissene … Leichen. Überall in diesem Zug waren nur tote Passagiere – oder Gespenster. Und in mir keimte immer stärker der grauenhafte Verdacht auf, dass ich mich bald zu ihnen gesellen würde, oder – noch schlimmer – dass all diese toten Körper zu einer bestimmten Zeit auf grausige Art lebendig werden könnten und anfangen würden, durch diesen verfluchten Zug zu wandern, vielleicht auf der Suche nach einem neuen, unterhaltsamen Reisegefährten …

Plötzlich sah ich Licht. Zwar kein normales Licht, wie die Beleuchtung eines Wagens oder ähnlichem, aber unzweifelhaft eine Art Helligkeit, vor mir in Richtung Lokomotive. Und dieses Licht hatte etwas Tröstliches, Warmes an sich. Es schien das einzig Lebendige in diesem sonst von Tod bevölkerten Zug zu sein. Abrupt blieb ich stehen und beobachtete das entfernte Leuchten. Es kam näher. Und ich erkannte, dass dieses Licht von einer Person ausging. Ich konnte nicht sagen, ob Mann oder Frau, die Gestalt hatte etwas androgynes an sich. Eine schlanke, hochgewachsene Erscheinung, die unaufhaltsam, in stoischer Ruhe näher kam. Bis sie mich schließlich erreichte und vor mir stehen blieb. Ich sah in das Gesicht eines Jünglings. Blass zwar, doch äußerst lebendig. Das Licht schien aus ihm heraus zu kommen, es umgab ihn wie eine Aureole. Es war ein überirdisches Licht. Ich – der unkatholischste aller denkbaren Iren – war der festen

Überzeugung, einem Engel gegenüber zu stehen. Und, wie sich herausstellen sollte, es war auch einer.

Und dieser Engel konnte sogar sprechen.

»Bist du der Spieler?« fragte er. Er sah mich vollkommen ernst dabei an. Dieser Engel begegnete mir in einem verhexten Zug voller Leichen, und fragte mich ob ich »Der Spieler« sei.

»Äh …« sagte ich.

»Dann komm!« forderte er mich auf. Und ging voran.

Also folgte ich der Lichtgestalt durch die Waggons, vorbei an den Abteilen, die wie Grüfte waren. Der Zug schien kein Ende zu nehmen. Vom Bahnsteig aus hatte er den Eindruck gemacht, als verfügte er nur über einige wenige Waggons. Aber hier drinnen schien die Anzahl der Waggons unendlich zu sein. Es war der bisher längste Zug meines kurzen Lebens.

An einem der Abteile blieb der Engel stehen und deutete auf einen Mann meines Alters, der am Fenster lehnte und selbstverständlich tot war.

»Schau hin,« sagte der Engel.

Ich sah hin. Der Tote wurde plötzlich durchscheinend, als wäre er von innen beleuchtet. Und dann löste er sich vor meinen Augen auf. Er verschwand einfach, wurde immer durchsichtiger, bis nur noch ein feiner Nebel von der Existenz des ehemals Toten kündete. Gleichzeitig ertönte ein leises Klagen, wie aus weiter Ferne, ein Klagen wie ein endgültiger Abgesang, gemischt mit ungläubigem Protest.

Er war verschwunden. Der Mond beschien einen verwaisten Platz.

»Was ist passiert?« fragte ich den Cherubim.

»Er hat schon wieder verloren,« erwiderte dieser und schüttelte betrübt den Kopf. »Komm weiter, die Zeit drängt.«

Ich trottete brav meinem Engel hinterher, Meile für Meile, was blieb mir übrig? Ich würde diesem Geschöpf bis zur Antarktis hinterherlaufen, Hauptsache, es ließ mich nicht mit diesen Leichen allein. Bis unsere Reise schließlich ein Ende hatte. An einer eisernen Tür, durch deren Ritzen diffuses Licht sickerte. Mein Führer sah mich an.

»Bist du bereit?«

»Bereit wozu?«

»Na bereit eben. So bereit, wie man es sein kann.«

»Soll das heißen, dass ich jetzt sterben muss?«

»Nun, das hoffe ich nicht.« Der Engel lächelte zum ersten Mal. »Aber die meisten sind anfangs etwas schockiert.«

»Verstehe. Aber schockiert bin ich seit einigen Stunden. Bis zum Anschlag.«

»Dann also los. Ich öffne jetzt die Tür.«

Und der Engel öffnete die Tür.

Den Anblick, der sich mir bot, kann ich eigentlich nicht vermitteln. Alle Wortgewalt der größten Menschheitsdichter würde nicht ausreichen, auch nur annähernd diesen überwältigenden Eindruck zu schildern. Deshalb versuche ich gar nicht erst, es ihnen gleichzutun, sondern beschränke mich hier auf meine eigenen bescheidenen Worte.

Der Raum hinter der Tür war riesengroß. Nichts mehr erinnerte an einen Waggon in einem Zug, viel mehr an eine nebelhafte Halle, deren Wände in die Unendlichkeit entrückt zu sein schienen. Unmittelbar vor mir war ein ätherisches Möbel, eine Art Tisch, der im Nichts zu schweben schien. Und zu beiden Enden des Tisches saßen sich zwei Wesen gegenüber, deren bloßer Anblick meinen Verstand vernebelte.

Auf der einen Seite, umgeben von einer ähnlichen Aureole, wie mein wackerer Cherub, nur viel strahlender und gleißender, saß eine Gestalt wie aus einer Shakespeare-Tragödie, mit wallendem Haar, fließenden Gewändern und majestätischen Gesichtszügen. Und auf der anderen Seite des Tisches eine furchteinflößende Kreatur von gewaltiger Präsenz und Kraft, die eine düstere Herrlichkeit ausstrahlte. Ihre Gestalt veränderte sich unaufhörlich, die Gesichtszüge waren mal männlich mal weiblich, mal alt mal jung, mal hässlich, mal schön. Es war alles in einem. Vor mir saß der Fürst der Finsternis. Und dann musste der andere …

»Ist es das, was ich glaube zu sehen, oder ist es etwas völlig anderes?« flüsterte ich atemlos, unfähig, den Blick abzuwenden.

»Es sind natürlich nur Avatare,« erklärte mein Begleiter. »In der Gestalt, die du ihnen gibst.«

Natürlich. Es waren Avatare. Sinnbilder. Metaphern. Meine eigenen Metaphern. Aber so gespenstisch lebensecht, dass es mir den Atem abschnürte.

»Und was tun diese Avatare?«

»Schau doch einfach hin,« forderte er mich auf.

Ich trat etwas näher an den Tisch. Mein Füße machten kein Geräusch, so als würde ein solches Sakrileg in aller Ruhe eliminiert. Der Avatar Gottes und der Avatar des Teufels spielten ein Spiel. Sie hielten Karten in der Hand, und Karten lagen vor ihnen auf dem Tisch. Sie spielten … Poker.

Aber soweit ich es einmal gelernt hatte, steht hinter jedem Avatar jemand, der ihn führt, dessen Geist und Seele der Avatar nur verkörpert. Es waren Marionetten, aber die Drahtzieher über ihnen waren niemand anderes als Gott und Satan persönlich. Und sie pokerten. Ich konnte sehen, dass der Teufel drei Asse und einen König auf der Hand hatte. Und Gott war auf dem besten Wege einen Straight zu machen. Die Pik-Dame hatte er bereits, sowie den Buben, die Zehn und die Neun. Alles was er brauchte, war die Acht. Dann hörte ich die sonore Stimme des Herrn aus dem Licht heraus: »Noch eine Karte, bitte!« Aber er zog die Karo Dame. Das war schlecht. Und nun sprach der Fürst der Verdammten.

»So weit so gut – das sieht stramm aus. So gib auch mir noch eine Karte, damit wir sehen, wer diesen Einsatz gewinnt.« Doch noch während seine Hand die Karte aus dem Nichts erhielt, sah ich deutlich, wie er ein As aus seinem schwarzen Ärmel zauberte. Der Kerl spielte falsch!

Ich drehte mich um, öffnete den Mund, um zu protestieren, doch mein Engel schüttelte nur leise den Kopf und hob den Finger an die Lippen, so als wollte er sagen: es hat keinen Zweck, wenn er es nicht von selbst bemerkt.

»Aber,« sagte ich zitternd vor Empörung. »Er lässt ihn einfach gewinnen!«

Der Engel zuckte die Achseln. Ich sagte ihm wohl nichts Neues.

Und jetzt boten sie. Gott eröffnete mit 100, der Teufel erhöhte auf 200. Und als Gott dann bei 300 die Karten sehen wollte, seine kümmerliche unvollständige Straße aufdeckte, da hallte ein triumphierender Schrei durch die Halle der

Unendlichkeit: »Die gehören mir!« Und er blätterte die vier Asse auf den Tisch.

»Was? Was?« rief ich aus. »Um was spielen die da? 200 gehören ihm? Taler? Dollars? Englische Pfund?«

»Nein,« antwortete der Engel bedrückt. »Seelen.«

Jetzt kam mir eine fürchterliche Erkenntnis. Was auch immer man mir in meiner Kindheit erzählt hatte: gute Taten, rechte Gesinnung, was auch immer – das alles zählte nicht, um in den Himmel oder in die Hölle zu gelangen. Was allein zählte, war das bessere Blatt dessen, der um die arme Seele spielte. Und jetzt verstand ich auch, warum so viele tote Menschen in diesem Zug waren. Sie warteten. Sie warteten darauf, in die Hölle oder in den Himmel zu gehen. Und diese beiden Avatare vor mir, spielten darum. Ich hatte genug gesehen. Ich wandte mich ab.

»Schön,« sagte ich zu dem Lichtwesen an meiner Seite. »Ich weiß jetzt, was hier geschieht. Ihr könnt mich irgendwo absetzen.«

»Oh nein. Das können wir nicht.«

»Was? Aber … ich.«

»Du bist doch der Spieler, oder etwa nicht?«

»Aber ich bin ein lebendiger Spieler – nicht tot, wie alle anderen hier!«

»Bist du dir da so sicher?«

Ich fühlte, wie mir das Blut aus den Adern wich. Was sagte er da? Sollte ich bereits gestorben sein, ohne es bemerkt zu haben? War das hier die Strafe für mein Lotterleben, meinen vielen kleinen Sünden? Wenn ja, warum schmorte ich dann nicht einfach in der Hölle, sondern redete mit einem Engel über absurde Kartenspiele? Was hatte ich hier verloren? Also fragte ich den Engel:

»Aber was tue ich hier?«

»Du sollst spielen. Heute ist Heiligabend. Verstehst du immer noch nicht?«

Ich schluckte. Ich verstand überhaupt nichts.

»Gegen den Teufel spielen? Ohne mich! Kommt überhaupt nicht in Frage. Ich spiele doch nicht gegen den Fürsten der Finsternis!«

»Wer sonst, soll es tun, wenn nicht ein Menschensohn?«

So langsam dämmerte mir, worum es an Heiligabend eigentlich ging. Das Menschenopfer … die Erbsünde auf sich nehmen … Aber warum ich?

»Was passiert, wenn ich mich weigere? Soll doch jemand anderes spielen.«

Der Engel schüttelte den Kopf und machte ein weitausholende Armbewegung.

»Natürlich kannst du dich weigern. Aber wer sollte denn dann an deiner Stelle weiterspielen? Etwa Er selbst?« Er deutete auf den Avatar Gottes. »Du siehst doch, was dabei herauskommt. Er verliert andauernd.«

»Na und? Nicht mein Problem.«

»Nun gut. Dann lass ihn getrost um deine Seele spielen. Ich bringe dich auf deinen Platz in deinem Abteil zurück.«

Ich erschrak. »Nein! Halt! Soll das heißen, es geht hier auch um meine Seele?«

Er sah mich leicht verwundert an.

»Aber natürlich. Was denkst du denn? Wenn du eine Seele hast, dann geht es auch um die. Es geht um alle Seelen. Deine gehört nunmal dazu, ob du nun eine Fahrkarte gelöst hast oder nicht.«

Diese einfache Wahrheit traf mich unvorbereitet. Was auch immer geschah, es ging um meine Seele. Und wenn ich nicht wollte, dass irgendein Tölpel (verzeih mir o Herr!) diese meine Seele an den Teufel vergeigte, dann sollte ich mich doch besser in meine eigenen, geschickten Hände begeben. Hilf dir selbst, sonst hilft dir Gott.

»Ich verstehe. Dann bleibt mir wohl nichts anderes übrig. Gut.« Ich schluckte tapfer meine aufkeimende Panik hinunter. »Dann werde ich in Dreiteufelsnamen gegen den Beelzebub antreten. Woll'n doch mal sehen, wie er sich gegen einen unkatholischen spielsüchtigen Iren behauptet. Oder ist er etwa selber Ire?«

Der Engel lachte nun aus vollem Hals. »Nein! Ganz sicher, das ist er nicht!«

Und er gab ein Zeichen in die Halle der Unendlichkeit. Der Avatar Gottes erhob sich und kam auf mich zu. Sein Lächeln war warm und freundlich. Seine Augen waren so tief und unergründlich wie die Halle selbst, aber hell und offen.

»So komm, Shawneen, und nimm meinen Platz ein, » sagte er mit einer sonoren, volltönenden Stimme, die zugleich aus seinem Mund als auch aus dem Nichts zu kommen schien. Und kaum hatte ich meinen Mund zu einer Antwort offen (wann hat man schon Gelegenheit zu einem solchen Gespräch!), war er verschwunden und ließ nur einen schwebenden Glanz zurück.

»Nur Mut,« sagte mein Freund neben mir und klopfte mir leicht auf die Schulter. »Du schaffst das schon.«

Mit einem Seufzer der Ergebenheit ging ich auf den Stuhl der Herrn zu. Als ich mich setzte, verschmolz ich mit dem Stuhl, wurde eins mit ihm. Es war mir, als schwebte ich im Universum, zwischen Himmel und Hölle, und ein Gefühl der Kraft und Sicherheit durchströmte mich. Ich sah den Fürsten der Finsternis an. Dieser richtete seine unergründlichen wechselhaften Augen auf mich. Ein Ausdruck von Spott lag in seinem Gesicht als er sagte:

»Jüngelchen. Weißt du eigentlich, mit wem du hier spielst?«

Aber die Zeit meiner Einschüchterung war vorbei. Ich war das Spiel und das Spiel war bei Gott und das Spiel hieß Leben.

»Das weiß ich,« antwortete ich, faltete die Hände, bog sie nach vorn und ließ hörbar meine Knochen knacken. »Aber weißt du das auch?«

Hier endet nun meine Geschichte, oder besser: hier fing sie an. Denn diese Geschichte hat den vertrackten Nachteil, dass sie unendlich ist, ewig. Ich sitze und spiele, mal gewinne ich, mal verliere ich auch, aber eines kann ich euch sagen: seit ich auf diesem Stuhl sitze, sind mehr Seelen in den Himmel gewandert, als in all den Ewigkeiten seit Anbeginn der Zeit. Gott und der Engel hatten noch keinen Anlass, mich gegen einen Besseren einzuwechseln. Ich finde jetzt gerade genug Zeit zwischen zwei Spielen, in meinem Schlafcoupé diese Zeilen herunterzuschreiben. Und ihr, der ihr diese Zeilen vielleicht mit ungläubigem Staunen lest, seid euch gewiss, dass wir uns eines Tages begegnen werden. Denn wenn es für euch vorüber sein wird, dann landet ihr in diesem Zug, und ich werde um eure Seele spielen. Und wenn dieser Tag gekommen ist, dann betet um ein gutes Blatt in meiner Hand. Denn:

There's a Spanish train that runs between
Guadalquivir and old Saville,
and she's running still …

running still.

Jack Abbotts Schatz

Es gibt auf dieser Welt nur wenige Orte, die unbewohnt geblieben sind. Manche sind zu heiß, manche zu kalt und manche sind einfach nur viel zu weit weg, obwohl sie eigentlich ganz hübsch sind. Einer dieser wenigen Orte ist die Insel Gaugh, die früher einmal Diego Alvarez hieß.

Diese kleine Insel liegt am Rand der »Roaring Fourties« einer Windströmung im Südatlantik, die schon vielen Schiffen zum Verhängnis wurde. Die genaue Position dieser gerade mal 14 km langen und 7 km breiten Insel ist 37' Süd und 12' West, ca. 230 Seemeilen von Tristan da Cunha entfernt, von den Bewohnern selbst »the most remote island of the world« genannt. Tatsächlich ist Gough ein Teil der Tristangruppe, wie man sie heute nennt.

Außer ein paar äußerst seltenen Seevogelarten sowie der Besatzung einer Wetterstation der südafrikanischen Regierung (das Territorium selbst fällt unter die britische Oberhoheit), lebt eigentlich niemand auf dieser Insel. Und es ist auch kaum vorstellbar, dass sonst jemals Menschen auf diesem herb-schönen, karstigen und unendlich einsamen Eiland gelebt haben. Die Küsten sind steil, kaum zugänglich und stürmisch. Die Erhebungen erreichen an den Gipfeln die stattliche Höhe von fast eintausend Metern.

Einige Glens mit kristallklarem Quellwasser strömen die steilen Hänge hinab und ergießen sich in den Atlantik, als wenn der nicht schon genug Wasser hätte.

Wer sich heute auf diese Insel verirrt (und man muss schon sehr gute Gründe haben, sich in die Einöde des Südatlantik zu begeben), der wird nichts, aber auch gar nichts finden, was auch nur entfernt an eine Besiedelung durch Menschen erinnert (wenn man die Baracke der Wetterstation mal außer Acht lässt). Kein Knochen, kein zerfallenes Fundament, kein noch so unscheinbarer Hinweis, außer vielleicht einem Hauch von Erinnerung, der in den Klüften und über den Graten schwebt. Aber dafür müsste man schon über den sechsten Sinn verfügen. Es soll Menschen geben, auf die trifft das zu. Einer dieser Menschen war Jack Abbott. Und Jack Abbott war ein Bewohner von Gaugh …

.ooOoo.

Es war in der Nacht vom 23. auf den 24. Dezember 1816, als ein Blitz in den Toppmast des Schoners Tarnelee einschlug und wie ein bösartiger Spuk das gesamte Rigg in Brand setzte.

Jack Abbott, Eigner und Kapitän dieses kleinen Schoners, hatte am Ruder ausgeharrt – träumend von

Rosanna – während die Mannschaft in den Kojen schlief. Die See war eigentlich klar gewesen – eine stetige Brise von Nordwest, die ihn an einen von ihm vorausberechneten Punkt bringen sollte. Von dort aus wollte er dann das Kreuzen zu seinem eigentlichen Ziel beginnen. Das Gewitter hatte sich heimtückisch angeschlichen. Der Himmel war ohnehin leicht bewölkt, kaum Sterne, kein noch so blasser Mond schimmerte auf die See – Jack hätte schwören können, dass noch vor Minuten kein Gewitter dagewesen war. So starrte er ungläubig auf das brennende Großsegel und dankte Gott für den Regenschauer, der dem Blitzschlag und dem Donner folgte. Aber der Großmast war so stark beschädigt, dass er brach, und Jack konnte sich nur durch einen beherzten Sprung nach Backbord retten, sonst hätte ihn das herumschwingende Großsegel geköpft. So erwischte es mit brachialer Gewalt den hinteren Halbmast und machte auch diesen zu Kleinholz. Ab diesem Moment trieb die Tarnelee antriebslos in der See.

Die Freiwache, durch den Lärm aus ihrem ohnehin nur flachen Schlummer geweckt, polterte an Deck. Wobei der stolze Begriff »Freiwache« falsche Vorstellungen aufkommen lässt, denn es handelte sich um genau drei Mann, die sich wie ein Ei dem anderen ähnelten: die Mashpots, Drillinge aus

Louisiana, drei kartoffelnasige Riesenbabys, die zur Zeit die einzige Mannschaft von Jack Abbott darstellten, und das auch nur, weil er sie gewissermaßen im Pokern »gewonnen« hatte.

Blue besetzte sofort das Ruder (obgleich da nicht mehr viel zu steuern war), Green kümmerte sich um den angeschlagenen Abbott und Brown sondierte die Lage. Die Tarnelee maß vom Bug bis zum Heck ganze 45 Fuß und war zu diesem Zeitpunkt nur noch ein Transporter für gebrochene Stengen, zerrissenes Segeltuch und hoffnungslos verknäultes laufendes Gut. In Luv tauchten die Umrisse einer Insel auf: Tristan da Cunha.

Brown und Green packten ihren Kapitän rechts und links und hievten ihn hoch. Im gleichen Maß, wie die Benommenheit von ihm wich, stieg das Entsetzen in ihm hoch. »Heilige Scheiße« entfuhr es ihm, als er den Schaden überblickte. Dann huschte ein Hoffnungsschimmer über sein Gesicht, als er das luvwärts gelegene Eiland im Dunstschleier von Wasser und Nebel erblickte. »Jungs, wir haben es geschafft! Da ist sie, die Insel!«

»Ja, ja,« knurrte Brown und spuckte verächtlich aus. »In Luv, du Dussel. Und wie wollen wir jetzt kreuzen? Hä? Ohne Segel? Sollen wir vielleicht warpen oder was?« Er warf einen Blick nach

Steuerbord. »Wenigstens das Fangboot ist heil geblieben. Zur Not tut's das alleine.«

Jack schüttelte die Hände seiner Kameraden ab und versuchte allein auf dem wie wild rollenden Deck zu stehen, was ihm nur mit Mühe gelang. Er wischte sich mit einer fahrigen Bewegung über die Stirn.

»Lagebesprechung in meiner Kajüte,« murmelte er. »Sofort!«

Die beiden anderen sahen sich an. Green winkte seinem Bruder am Steuerrad zu. »Lass das Ding los, hat eh keinen Taug mehr. Komm!«

Jacks Kajüte war der einzige Ort auf dem Schoner, der einen Hauch seemännischer Ordnung enthielt. So verwahrlost das Schiff von der Bilge bis zum Masttopp auch war, aber hier, in seiner Kapitäns- kajüte herrschte Ordnung, peinliche Sauberkeit. Sogar ein kleiner Bollerofen spendete ein wenig Wärme. Jack hielt eisern an diesem Luxus fest, auch wenn die Mashpots das gefährliche Ding am liebsten schon am ersten Tag über Bord geworfen hätten.

Jetzt versammelte sich das Quartett um den Kartentisch. Jack setzte sich und sah einen nach dem anderen lächelnd an. Die starrten grimmig zurück, und fragten sich, was es da noch zu lächeln gab. Die Drillinge unterschieden sich im Grunde nur durch ihre Augenfarben, was ihnen ihre eigenartigen Vornamen eingebracht hatte, seltsam genug für

Drillinge. Ansonsten hatten sie alle die gleiche breitgedrückte Kartoffelnase, den gleichen struppigen Bart, die gleichen Augenwülste, waren alle drei stämmige Riesen und tendierten alle drei bereits in jungen Jahren zu Haarausfall. Ihre unglückliche Mutter musste einen gehörigen Schreck bekommen haben, als die Riesenbabys das Licht der Welt erblickten. Deshalb hatte sie sich wahrscheinlich auch gleich verabschiedet und die drei Mashpots wuchsen in diversen Waisenhäusern auf. Später gingen sie alle miteinander zur See. Jack hatte sie im Hafen von Boston aufgetrieben, als er eine Mannschaft für seinen frisch erworbenen Schoner suchte. Den Schoner hatte natürlich auch im Poker gewonnen, genau genommen verdankte er alles seiner glücklichen Hand im Spiel.

»Hört zu,« begann er. »Wir versuchen erstmal das Deck klarzukriegen. Dann nehmen wir zwei kaputte Masten, bauen eine Schere und hängen eine Talje dran … Behelfsmast, versteht ihr?«

»Das Großsegel is' abgefackelt,« maulte Blue. Doch ein barscher Blick von Brown ließ ihn verstummen.

»Jack hat Recht,« brummte Brown. »Wir müssen's versuchen, sonst saufen wir hier noch ab. Wisst ihr, was da unten im Süden sonst ist?«

Die anderen beiden schüttelten den Kopf.

»Nix,« erklärte Brown. »Da is' gar nix, kapiert? Also, an die Arbeit Jungs.«

An der Tür drehte sich Brown noch einmal um und sagte finster:

»Wir woll'n mal hoffen, dasses den Schatz vom alten Lambert wirklich gibt, sonst könnten meine Jungs anfangen zu denken. Und das is' gar nich' gut, wenn die anfangen zu denken, klar?«

»Klar,« sagte Jack. Er starrte den dreien nachdenklich nach, als sie die Stufen zum Deck hinaufpolterten. Es war zwar nicht ganz richtig, was Brown gesagt hatte, denn es gab durchaus ein paar Inseln auf dem Weg nach Süden, aber diese waren alle unbewohnt.

Er ging nach achtern in Richtung Koje und öffnete den Deckel seiner Seemannskiste. Er fischte einen alten Fetzen Papier hervor und breitete ihn auf dem Tisch aus. Es war eine Karte. Eine Schatzkarte, um genau zu sein; Jack hatte sich alle Mühe gegeben, dem Papier ein altes, wettergegerbtes Aussehen zu verleihen. Mit verschiedenen Hilfsmitteln, wie Schuhcreme, Kräuterlikör und einer Kerzenflamme hatte er es auch durchaus geschafft, die Karte wirkte echt. Den Rest hatte er aus einer Seekarte abgemalt – die Umrisse von Tristan da Cunha, die nautischen Angaben – nur die Lage des Schatzes hatte er mehr oder weniger erraten müssen. Aber es war nicht wichtig, ob es diesen Schatz wirklich gab oder nicht. Auf Tristan da Cunha gab es zur Zeit nur noch eine englische Garnison – weil St. Helena in relativer Nähe war, dem Exil des Franzosenkaisers. Die Karte hatte jetzt die Fahrt über in Salz gelegen und war stockfleckig geworden. Sie war reif, wie er jetzt zufrieden feststellte. Es würde nicht mehr lange dauern, und die Mashpots würden endlich einen Blick darauf werfen wollen.

Er packte die Karte wieder zusammen und warf sie achtlos in eine Schublade. Dann fischte er mit Sorgfalt eine verblichene Bleistiftzeichnung aus einer braunen Ledermappe und betrachtete lange und eindringlich das Bild. Es zeigte eine junge Frau, kaum 18 Jahre alt. Sie war eine Schönheit zweifellos: ihr lockiges blondes Haar umfloss einen schwanen-gleichen Hals; ihre sinnlichen Lippen verhießen alle Freuden der Liebe. Diese Frau hieß Rosanna, und sie wäre fast seine Frau geworden, wäre das Schicksal nicht gegen sie gewesen.

Jack setzte sich an den Tisch und legte das Bild vor sich hin. Mit hinter dem Kopf verschränkten Armen blickte er ins Leere und erinnerte sich an den schlimmsten Moment seines Lebens.

.ooOoo.

Ein kochend heißer Sommertag im Juli des Jahres 1813. Jack Abbott starrte durch die vergitterten Fenster des Hafengefängnisses auf den großen Platz vor der Kirche. Die Sonne stand hoch und zeichnete kurze scharfe Schatten neben die Gebäude. Der Geruch nach Tang und Teer hing penetrant in der stickigen Luft. Noch war der Platz verwaist, denn die gesamte Gesellschaft befand sich im Inneren der Kirche. Wenn er den Kopf nach rechts drehte, konnte er die Schiffe im Hafen liegen sehen. Stolze Segelschiffe, von denen eines bald seine Geliebte von hier forttragen sollte. Sehr weit weg. Seine Gefühle zu beschreiben würde in Unzulänglichkeit enden: er hätte am liebsten die Stäbe durchgebissen, sich mit den Händen durch die Wand gekratzt, solche Dinge eben. Denn Jack war verzweifelt, wie ein Mann nur sein kann, dem das wertvollste durch die Lappen geht. In ohnmächtiger Wut hämmerte er seinen Schädel gegen die Stäbe, bis das Blut seine Stirn hinunterlief. Dabei stieß er unartikulierte Verwünschungslaute aus.

»Setz dich Junge und lass mich schlafen!«

Der elegante Herr auf der Pritsche zog seinen weißen Stetson tiefer ins Gesicht. Jack fuhr unbeirrt fort, seine Stirn zu malträtieren.

»Das bringt nichts, Junge. Willst du einen Igel mit dem nackten Arsch angreifen? Du holst dir eine

Infektion, dein Gesicht sieht danach aus wie eine alte Wachskerze und dein Schädel wird brummen, wie eine Hornissenwolke. Und gebracht hat es dir gar nichts, glaube mir.«

Jack sah ihn kurz mit blutunterlaufenen Augen an. Der Mann auf der Pritsche trug einen eleganten gestreiften Anzug mit Weste, Uhrkette und gestärktem Kragen. Dazu blankpolierte Stiefel. Seine Koteletten waren sorgfältig frisiert und sein Schnäuzer akkurat gestutzt. Am auffälligsten jedoch war der reich verzierte leere Pistolenhalfter an seiner Hüfte. Und sein britischer Akzent. Jack antwortete mit schwerer Zunge:

»Glaubst du etwa, du hättest Probleme, Mann? Ich habe jedenfalls welche. Also lass mich machen, was auch immer ich machen will.«

»Ich weiß ja nicht, was du für ein Problem hast, Jungchen. Ich, für meinen Teil, werde morgen gehängt. Reicht das?«

Jack schaute verdutzt zu ihm hinüber und schlurfte zu seiner Pritsche zurück. Dort angekommen, ließ er sich einfach fallen und seufzte.

»Wie beneidenswert!«

Der Elegante brachte sich in sitzende Stellung und fixierte Jack mit einem scharfen Blick.

»Na dann wollen wir mal hören, was der junge Herr für ein Problem hat. Ein Problem, so mächtig und niederschmetternd, dass er einen Todeskandidaten beneidet. Also, raus damit: unheilbare Krankheit?«

Jack zuckte die Achseln. »So könnte man es nennen.«

»Aha. Dann müssen wir jetzt nur noch raten, was es ist: Schwindsucht? Hoffentlich nichts ansteckendes, ich möchte gesund an den Galgen.«

Jack schüttelte den Kopf. »Schlimmer. Es ist ein seelisches Leiden.«

»Oh. Du bist verrückt, durchgeknallt, nein warte, ich habs: du Trottel bist verliebt!«

Jack antwortete nicht.

»Na, dann darf ich dieses Schweigen wohl als Zustimmung werten, nehme ich an. Du bist also verliebt, und sie verschmäht dich, richtig?«

»Nein. Sie liebt mich auch.«

»Dann verstehe ich das Problem nicht.«

Jack sah ihn an. Dann stieß er hervor: »Sie heiratet heute!«

»Ach daher weht der Wind. Aber wenn du einen guten Rat willst: dann taugt sie nichts. Such dir eine andere.«

»Sie ist kein untreues Luder. Ihr Vater zwingt sie dazu. So ist das.«

Der Mann lehnte sich zurück.

»Vertrackt. Und warum hat man dich eingebuchtet? Lass mich raten: du hast dem Alten mächtig auf die Glocke gehauen?«

Jack nickte.

»Aha,« machte der Mann. »Das war ein Fehler. Und wen heiratet sie?«

»Jonathan Lambert.«

Pötzlich schoss der Mann wie von der Tarantel gestochen nach oben. »Jonathan Lambert?«

Jack zeigte sich interessiert. »Kennen Sie ihn etwa?«

»Und ob ich den Kerl kenne! Seinetwegen sitze ich hier im Knast. Er war mein Partner!«

»Partner? Ich weiß, dass er ein Geschäftsmann ist, aber ich dachte, er macht seine Geschäfte allein?«

Der elegante Herr ließ ein verächtliches Schnauben hören. »Geschäftsmann? Ja, so nennt er sich gern selber. Der verdammte Hurensohn ist nichts anderes als ich: ein Spieler. Ich bin sicher, dass der Vater der Braut bei ihm in der Kreide steht.«

»Sie sind ein Spieler? Ein professioneller Spieler?«

»Sehr richtig.« Er kam auf Jack zu und streckte ihm die Hand entgegen. »Will Chaney, sehr erfreut, wie heißen Sie?«

»Jack Abbott,« antwortete Jack und schüttelte Will Chaney die Hand. Und als wäre dies ein besonderer Augenblick segelte eine Meute kreischender Möwen in diesem Moment am Fenster vorbei, getragen von einer kühlen Meeresbrise, die den schwitzenden Männern in ihren Zellen für einen kleinen Lidschlag Erleichterung brachte.

»Dieser Lambert tauchte einfach auf,« erklärte Jack. »Dabei war die Hochzeit zwischen mir und Rosanna schon perfekt. Tauchte plötzlich auf und schmiss mit Geld um sich. Er hat eine Insel entdeckt, tief im Atlantik. Sie heißt Tristan da Cunha, aber er hat sie jetzt großspurig in Lambert-Island ungetauft. Behauptet einfach sie gehöre ihm. Und Rosannas Vater ist jetzt ganz aus dem Häuschen, weil seine Rosanna auf die Briefmarken kommt.«

»Hat er ein Schiff?«

»Ja. Die ›Summoner‹. Sie läuft morgen aus.«

»Hör zu,« sagte Will, und setzte sich neben Jack auf die Pritsche. »Noch vor einer Minute hatte ich mit dem Leben abgeschlossen und mich damit abgefunden, mit klaren Gedanken vor meinen Schöpfer zu treten. Jetzt aber weiß ich, dass Jonathan Lambert lebt, der Halunke hätte längst vor mir am Galgen baumeln müssen. Ich muss die Gewissheit haben, dass er sein Fett abkriegt.«

»Was hat er denn schlimmes getan?«

»Nun – du musst wissen: ich besitze einen Schatz.«

»Einen Schatz? Wo?«

Will Chaney tippte sich an die Stirn. »Hier drin. Es ist ein Trick. Ein Kartentrick. Er funktioniert immer, du gewinnst jedes Spiel, glaube mir. Nur manchmal ist es gefährlich, immer zu gewinnen. Und dann kommen die Kerle auf die Idee, du könntest falsch spielen, du verstehst? Brenzlige Situation. Jonathan hatte die Aufgabe mich aus solchen Situationen rauszuhauen. Er ist verdammt schnell mit dem Messer, mit Pistolen, mit dem Mundwerk. Doch dieses eine Mal hat er mich sitzen gelassen. Hat sich den Gewinn eines ganzen Monats geschnappt und ist abgehauen. Ich dachte, sie hätten ihn geschnappt und gehängt, aber nun erfahre ich durch dich, dass er lebt und deine Braut heiratet. Dafür muss er bluten.«

»Ganz meine Meinung.«

»Du wirst das für mich erledigen.«

»Ich knöpfe ihn mir sowieso vor. Früher oder später.«

»Und wie willst du das anstellen? Du siehst nicht gerade wohlhabend aus.«

Jack senkte den Kopf. »Darüber habe ich noch gar nicht nachgedacht. Ich bräuchte ein Schiff, um nach Tristan zu kommen. Und eine Mannschaft, das ist wahr.«

»Wie wär's wenn du dir das beim Pokern verdienst?«

»Ich kann aber gar nicht pokern.«

»Keine Sorge, das bringe ich dir schon bei.«

»Selbst wenn ich es könnte, was ist wenn ich verliere?«

»Verstehe schon. Das ist der Deal, klar. Ich werde dir meinen Trick verraten. Ich habe ohnehin nichts mehr zu verlieren – auf diese Weise gewinne ich wenigstens ein wenig Unsterblichkeit.«

Jack dachte nach. Draußen auf dem Platz waren nun Geräusche zu hören. Menschen versammelten sich. Es war soweit.

»In Ordnung. Ich verspreche dir, dass Jonathan Lambert sein Fett abkriegt. Und ich hole mir meine Braut zurück,« sagte er. Und wie zur Bekräftigung des Schwurs begannen die Glocken der Kirche zu läuten. Rosanna hatte Jonathan Lambert geheiratet.

Zwei Tage später holten sie die Wärter aus der Zelle. Jack konnte gehen, denn seine Schuld war abgesessen. Aber Will Chaney brachten sie vor die Stadt. Und so stand Jack allein auf dem Pier und starrte den Mastspitzen der Summoner hinterher, die gerade hinter der Kimm verschwanden. Und oben auf dem Hügel vor der Stadt, baumelte Will Chaneys Leichnam im Wind.

Später hatte Jack dann erfahren, dass Jonathan Lambert auf Tristan da Cunha bei einem Fischfangausflug ertrunken war. Über die genauen Umstände seines Todes war wenig bekannt, doch damit war sein Versprechen an Will Chaney eingelöst. Irgendwann schnappte er in einer Hafenkneipe das Gerücht von einem Schatz auf. Er glaubte keine Sekunde daran, aber es war ein guter Vorwand, um die Mashpots dazu zu bringen, ihn als Kapitän zu akzeptieren. Außerdem hatte er ihre gesamte vereinbarte Heuer im Poker gewonnen, damit standen sie in seiner Schuld.

Lambert war also tot, und Rosanna war frei – aber weit weg. So weit, wie es auf diesem Erdball nur möglich war. Sie saß jetzt fest auf dieser gottverlassenen Insel, umgeben von rauhbeinigen Soldaten des britischen Königs. Sobald er Rosanna an Bord hätte, würde er zurück nach Boston segeln, auf dem schnellsten Weg – die Mashpots sollten nach dem Schatz suchen, so lange sie wollten.

Er schüttelte seine Schwermut ab und wandte sich Tristan zu – er war fast am Ziel. Jack stapfte an Deck. Die drei Mashpots waren damit beschäftigt, die brauchbaren, von den unbrauchbaren Teilen zu trennen. Angesengte Stengen und Spiere wanderten über Bord, Segeltuch wurde ordentlich auf einen Haufen gelegt, um später sorgfältig zusammengenäht zu werden. Jack blickte nach Norden. Der Tag dämmerte. Ein bleiches Zwielicht brach durch die

Wolken und enthüllte den vollen Blick auf den Vulkankegel von Tristan da Cunha.

.ooOoo.

Ungefähr zur gleichen Zeit bereitete sich eine junge Frau auf das Weihnachtsfest vor. Es war eine sehr schöne Frau, ein wenig gereifter als auf der Zeichnung, die Jack besaß, aber es war die gleiche Frau – Rosanna. Und sie war allein.

Wenn sie vor die Kajüte trat und über die geborstenen Masten der Brigg auf den Ozean schaute sah sie nichts als die graue, aufgepeitschte See. Hinter ihr erhoben sich sanfte grüne Hügel. Das Schreien der Seevögel übertönte fast das Donnern der Brandung, durchmischt mit dem Gebrüll der großen Robbenherden, die hier überall die Küste bevölkerten. Die Brigg lag mit dem Heck voran in Schräglage am felsigen Strand der Insel. Der Bug war weggebrochen und längst von den Wellen fortgetragen worden. Rosanna konnte sich nur mit großer Vorsicht über das Deck bewegen, welches nass und glitschig war vom Tang, der hier angespült wurde. Bei jedem Brecher bewegte sich das entmastete Schiff ein wenig, so als würde es atmen. Rosanna seufzte und kehrte in die Kajüte zurück. Der einzige Ort, der heil geblieben war, der noch ein wenig Wohnlichkeit behalten hatte. Sie hatte Kerzen gefunden, und sogar ein paar verschrumpelte rote Äpfel im halb überfluteten Laderaum. Rosanna kniete nieder vor dem hölzernen Tisch, an dem einst der Kapitän mit seinen Offizieren gespeist hatte. Sie dachte an den jungen Mann, den sie einst liebte, bevor ihr Vater auf die Idee gekommen war, sie mit Jonathan Lambert zu verheiraten, weil dieser eine Insel besaß. Lambert hatte zunächst auch ihr imponiert, und fast hätte sie ihren guten alten Jack vergessen. Doch bereits in der Hochzeitsnacht hatte sich gezeigt, wie groß der Irrtum gewesen war. Lambert war ein öder alter Knochen, der sich in Wahrheit wenig für sie interessierte und sich stattdessen mit allem schmückte, was er besaß: Geld, eine Insel, seine eigenen Briefmarken und eine schöne junge Frau. Im Herzen war sie Jack treu geblieben – und als Lambert dann von dieser Küstenfahrt nicht zurückkehrte, hatte sie ihren Entschluss gefasst. Sie bat den Kommandanten der Brigg, der die englischen Soldaten von England nach Tristan gebracht hatte, sie zu den Falklands mitzunehmen, dem nächsten Ziel seiner Reise. Dort gab es Häfen und mehr Schiffe. Eines davon würde sicher nach Amerika segeln. Aber der Brigg war kein Glück beschieden, und sie endete als Wrack auf dieser öden Insel.

Sie faltete die Hände und sprach ein leises und naives Gebet. Mehr konnte sie nicht mehr tun als das. Beten und warten. Warten auf ein Wunder, welches sie hier in dieser Einöde erlöste oder sie gar wegholte von Gaugh.

.ooOoo.

Es war ein hartes Stück Arbeit, aber die geübten Seemänner schafften diese in Rekordzeit. Da sie ein intaktes Ankerspill hatten, konnten sie es als »Zugpferd« einsetzen. Während Brown und Green hievten, hielten Blue und Jack die Törns am Spill und schossen das Lose auf. Nach einer Stunde stieß der Behelfsmast an das Hebezeug an, weiter konnten sie nicht hieven. Bald hatten sie eine einfach schwingende Gaffel und konnten beginnen, das Segel aufzuziehen. Es war eine mühsclige Arbeit, die den halben Tag benötigte. Doch die schnellen Hände des gelernten Segelmachers Green hatten bald aus den Fetzen ein Segel hergestellt. Mit einem Triumpfgeheul wie aus den Kehlen einer Wolfsherde quittierten die drei eine erste Brise, die das provisorische Segel straffte. Jacks Augen leuchteten: das waren Kerle! Doch dann wanderten seine Blicke besorgt nach Norden. Dort braute sich etwas zusammen. Und als hätte er es geahnt, schrie er plötzlich: »Ruder hart backbord!« Und da kam schon die Bö, die sie seitlich erwischte. Mit Wucht donnerte sie in das Segel, bauschte es bis zu den Lieks, brachte es fast zum Reißen, der Behelfsmast schwankte bedrohlich, das Schiff krängte stark und nahm Wasser auf an Lee. Blue reagierte blitzschnell auf den Befehl, das Schiff drehte das Heck in den Wind, und mit einem gespenstischen Schub schoss die Tarnelee plötzlich südwärts, mit achterlichem Wind. Tief tauchte der Bug in die Wogen, nahm Wasser über, kam wieder hoch, tauchte erneut ein …

»Nein!«, schrie Jack verzweifelt. »Wenden! Sofort wenden, wir müssen nach Norden!«

»Du Idiot!«, brüllte Brown gegen den Sturm. »Wir können nicht kreuzen, die Stengen brechen weg!«

Und er hatte Recht, das musste Jack einfach einsehen. Alle seine Bemühungen waren umsonst – das Schiff machte volle Fahrt nach Süden, immer weiter nach Süden, weg von Rosanna, weg von seinem Schatz, und nur der Himmel wusste, wann sie soweit sein würden, einen neuen Kurs zu fahren.

Mit verbittertem Ausdruck im Gesicht sah Jack in den Dunst am Horizont. Stunde um Stunde ging die wilde Fahrt, bis der Himmel sich wieder zu verdunkeln begann. Es dämmerte langsam der Abend. Heiligabend.

Dann hörte er den Ruf: »Land voraus!« Es war Green, dessen scharfe Augen die Hügel zum ersten Mal erblickten. Jack stapfte nach unten in seine Kajüte und sah auf der Seekarte nach: Gaugh Island. Er war sich nicht sicher, ob überhaupt jemals ein Mensch einen Fuß auf diese verlassenste aller Inseln gesetzt hatte. Er griff nach seinem Fernglas und ging wieder an Deck. Ob es vielleicht doch eine Möglichkeit gab, dort zu ankern und in aller Ruhe die Schäden zu beheben? Nein – die Insel war viel zu felsig, steile Klippen, an denen sich der Gischt meterhoch brach. Hier war eine Landung vollkommen unmöglich.

Und dann sah er es, das Schiff. Einst eine stolze Brigg, ragte jetzt nur noch das Heck fast unbeschadet empor, der Rest lag in den Fluten am Strand. Ob noch Unglückliche in dieser Lage überlebt hatten? Zentimeter für Zentimeter suchte sein Glas die Linien der Brigg ab. Und dann sah er die Frau.

Sein Herz stand fast still, als er erkannte, dass es Rosanna war. Seine Rosanna, die dort vor der Kajüte stand und so wie er, mit einem Fernglas den Horizont absuchte: Hatte sie ihn gesehen? Ja – jetzt winkte sie. Sie schrie aus Leibeskräften, aber kein Laut drang durch den Sturm an sein Ohr. Und das Schiff driftete mächtig nach Süden vorbei, vorbei an Gaugh.

Jetzt gab es kein Halten mehr für ihn. Er stürzte ans Ruder und warf es herum. Doch er hatte seine Rechnung ohne Brown gemacht. Als dieser sah, was Jack vorhatte, war er in zwei Sätzen bei ihm und stieß ihn vom Ruder weg.

»Was hast du vor, du Idiot!« schrie er ihn an. »Willst du uns umbringen?«

»Wir müssen an Land,« keuchte Jack. »Dort ist eine Schiffbrüchige. Wir müssen sie retten.«

»Du bist wahnsinnig.« Brown schüttelte entschieden den Kopf. »Wir retten uns erstmal selber.«

Jack ballte die Fäuste. Das war verdammt noch mal, immer noch sein Schiff. Oder etwa nicht?

»Das ist verdammt nochmal immer noch mein Schiff,« sagte er. »Oder etwa nicht?«

Brown spuckte aus. »Ist mir scheißegal, wem der Kahn gehört.«

»Ich bin der Kapitän, ich bin der Eigner und ihr seid meine Mannschaft,« schrie Jack, aber Brown hörte ihm gar nicht zu. Und er hatte Recht damit. Jack mochte Kapitän sein, soviel er wollte, hier auf See, herrschte das Recht des Stärkeren. Und das war Brown. An Land konnten sie sich immer noch einfallen lassen, wie sie sich aus der Affäre ziehen würden. Aber er hatte nicht mit Jacks Entschlossenheit gerechnet. Plötzlich war Jack in seiner Kajüte verschwunden, und als er wieder auftauchte, trug er ein Jagdgewehr in der Hand. Er zielte auf Brown.

»Gebt mir das Boot,« sagte er kalt. »Ich nehme das Fangboot. Damit könnte ich es schaffen.«

Green und Blue waren inzwischen hinzugekommen und beobachteten ihn. Green zuckte die Achseln.

»Wir können dir das Fangboot nicht geben, Jack,« sagte er ruhig. »Es ist unser Rettungsboot. Und abknallen kannst du uns auch nicht – wer steuert dann das Schiff?«

»Mein Gott – ich lasse euch das Schiff, die Gewehre, alles was drin ist! Ihr seid keine Gauner, oder?«

Blue bleckte die Zähne. »Nee,« sagte er. »Gauner sind wir nicht. Aber wir sind auch nicht lebensmüde.«

Schließlich hatte Jack noch einen rettenden Einfall. »Die Schatzkarte, »sagte er. »Wir machen ein Spielchen. Ich setze die Karte gegen das Boot.«

.ooOoo.

Rosanna hatte die Hoffnung schon fast aufgegeben. Sie verstand nicht, was da drüben auf dem seltsam havarierten Schiff vor sich ging, aber sie ahnte, dass eine Landung hier bei diesem Wetter unmöglich war. Soviel verstand sogar sie von der Seefahrt. Sie hatte schließlich miterleben müssen, wie es der Brigg und ihrer Mannschaft ergangen war, bei genau einem solchen Versuch, trotz ihrer Proteste. Aber der Kapitän hatte die Order, auf Gaugh Wasser aufzunehmen, und sich stoisch dran gehalten.

Sie war sich auch nicht ganz sicher, ob es wirklich Jack gewesen war, den sie da durch ihr Fernglas gesehen hatte. Aber wenn er es gewesen war, dann war das doch schon Gnade genug, ein Wunder zu Weihnachten, ein Geschenk, wie man ihr kein schöneres hätte machen können. Hatte sie doch ihren Jack, dem sie in all den Jahren in ihrem Herzen die Treue gehalten hatte, noch einmal gesehen. Selbst wenn er ihm nur ähnlich gesehen haben sollte, der Mann auf dem Schiff.

Sie sah dem Schiff zu, wie es langsam an der Küste vorbeitrieb, bis es fast hinter dem Horizont verschwunden war. Inzwischen war es dunkel geworden. Die Kerzen flackerten hinter ihr in der Kajüte. Es wurde Zeit. Sie wusste, dass es ihr letztes Weihnachtsfest sein würde, in dieser Öde. In den nächsten Monaten kam hier ganz sicher kein Schiff vorbei. Und sie war nicht die Frau, die auf einer Insel ohne nennenswerte Vegetation in ständiger Nässe und Nebel überlebte. Sie kannte ihr Schicksal und nahm es an.

Schon wollte sie sich umdrehen, und ihr einsames Weihnachtsfest beginnen, da sah sie das Boot.

Es tanzte auf den Wellen, schlingerte in irrem Kurs auf sie zu. War das Jack? Es musste einfach Jack sein, denn wer sonst würde so etwas verrücktes tun?

Sie kletterte behände über das Wrack, ließ sich an herunterbaumelnden Tauen herab und stolperte über den felsigen und glitschigen Boden an den Strand. Bis zu den Knien stand sie mit ihrem langen Kleid im Wasser und behielt das Boot im Auge, welches auf den Wellen tanzte. Besorgt sah sie zum Himmel hinauf, beschwor die schwarzen Wolken innezuhalten. Aber die Wolken kamen näher und es wurde immer schwerer, das Boot in der See zu erkennen. Die Windstärke nahm nun stetig zu, der Wind blies so heftig, dass sie Mühe hatte, aufrecht stehen zu bleiben. Von Gischt und Brechern fast vollständig durchnässt, suchte sie sich einen erhöhten Platz auf einem Felsen, um das Boot besser zu beobachten. Sie überlegte fieberhaft, wie sie dem Mann im Boot helfen könnte … Ihm irgendwelche Taue zuwerfen, war lächerlich … aber was hätte ihm geholfen? Der Himmel war nun vollständig schwarz, Nacht und Regen brachen über sie herein. Es war unmöglich, das Boot noch zu erkennen. Das letzte, was sie von ihm sah, war, dass es zu den Felsen abdriftete. Und an den

Felsen würde es zerschmettert werden, das war gewiss. In dieser Finsternis würde Jack – sofern er es war – die Orientierung verlieren, er würde ins Meer abgetrieben. Und der Ozean war hier so groß, wie nirgendwo anders auf der Welt.

Er trieb da draußen und sah sie nicht. Sah sie nicht … und plötzlich wusste sie, was sie zu tun hatte. Er sollte sie sehen! Sie wollte sein Leuchtturm sein!

Sie hastete zurück, sprang über die Felsen, zerschrammte sich die Knie und zerriss ihr Kleid dabei, fiel vornüber in die See und raffte sich wieder hoch, gegen Regen und Sturm. Schließlich hatte sie das Wrack wieder erreicht, die Überreste der Brigg, die von Sturm nun heftig hin und her geworfen wurden. Fast schon befürchtete sie, der Sturm könnte das Wrack vom Strand wegreißen und in die See zerren – früher oder später würde das geschehen. Aber im Augenblick wehte der Wind landeinwärts und die Brecher hoben das Wrack Meter um Meter weiter an den Strand. Sie betete, dass das noch eine Weile so bleiben würde. Sie hangelte sich mühsam an Bord und suchte den Laderaum. Dort hatte sie die Petroleumkisten gesehen.

Jack war in einer verzweifelten Lage. Zwar hatte er das Boot gewonnen, aber das hatte ihn seinem Ziel nur ein wenig nähergebracht. Während sich die Mashpots nun auf seinem Schiff langsam nach Süden fortbewegten, pullte er um sein Leben. Immer wieder nahm er Wasser über, lenzte verzweifelt mit einem alten Schöpper das Wasser aus dem Boot und ruderte weiter. Immer wieder drehte er den Kopf, um ans Ufer zu sehen – dort stand Rosanna auf einem Felsen und winkte ihm zu. Doch die Nacht kam, der Sturm nahm zu, und das Boot tanzte und drehte sich auf den Wellen. Bald war die Insel in Dunkelheit getaucht. Alles um ihn herum versank in Schwärze, Wind und Sturm. Mit anderen Worten: er wusste nicht mehr, ob seine Richtung überhaupt stimmte.

Nach einer weiteren Stunde emsigen Ruderns und Schöpfens, war er vollkommen ausgepumpt. Das letzte, was er gesehen hatte, war ein hoher Felsen steuerbord voraus gewesen. Oder vielleicht doch an backbord? Er wusste es nicht mehr. Seine Hände wurden kraftlos, immer wieder entglitt ihm der Riemen. Wie lange er noch so durchhalten konnte vermochte er nicht abzuschätzen. Da sah er plötzlich das Licht.

Eine grelle Flamme loderte in Lee vor ihm empor. Dieses Licht konnte nur von der Insel kommen. Hatte Rosanna das Wrack in Brand gesteckt? So musste es wohl sein. Das Licht setzte neue Kräfte in ihm frei. Wie besessen ruderte er in stetem Schlag, überwand Welle um Welle. Jedes Mal, wenn er in ein Wellental sank, verschwand das Licht vor ihm hinter den Wassern, und jedes Mal, wenn er einen Wellenkamm erklomm, tauchte es wieder auf. Aber es wurde langsam schwächer. Er hatte nicht viel Zeit.

Und dann sah er die Küste deutlich vor sich. Er war etwas zu nah an die Felsen geraten, doch dank des Feuers wusste er nun, wohin er zu rudern hatte.

Noch ein paar Schläge und er hatte das Ufer erreicht. In diesem Moment brach eine besonders mächtige Sturzsee über ihn herein und versenkte das Boot mit einem Schlag.

Rosanna jubilierte. Sie hatte drei volle Fässer Petroleum gefunden, und sie über das ganze Wrack ausgeschüttet. Es war ihr gleichgültig, das sie damit das einzige, ihr verbliebene Heim opferte, Hauptsache ihr Jack fand den Weg zu ihr.

Sie stand neben dem lodernden Schiff und wartete. Sie konnte nicht mehr tun als warten und hoffen. Aber es war wenigstens warm, und ihre Kleider trockneten ein wenig.

Da tauchte das Boot unvermittelt auf einem Wellenkamm vor ihr auf. Nur noch wenige Meter vom Strand entfernt. Und in der Ducht saß Jack und winkte ihr zu! Ja, es war Jack. Aber dann brach diese

See über ihm zusammen und Jack verschwand mitsamt dem Boot.

Sie stieß einen Schrei des Entsetzens und der Verzweiflung aus. Ohne über ihr Tun nachzudenken sprang sie in die Wogen und kämpfte gegen die Wellen an. Ein Ruder trieb auf schäumender Welle an ihr vorbei, Jack konnte nicht weit sein. Und dann tauchte er wie Poseidon vor ihr auf, nahm sie in seine Arme und trug sie zum Strand.

Das Wrack war vollständig niedergebrannt. Eine Weile hatte es noch hergehalten, um Jack und Rosanna zu wärmen und ihre Kleider zu trocknen. Als der Morgen des 25. Dezember anbrach, hatte die See sich etwas beruhigt. Ein grauer Himmel hing tief über den grünen Hügeln von Gaugh, und Rosanna und Jack machten sich auf den Weg in ein geschütztes Tal.

Rosanna hatte Decken und etwas Proviant und ein Gewehr mit Munition vom Schiff heruntergeschafft, bevor sie es in Brand setzte. Auch ein paar Werkzeuge waren dabei gewesen. Jack baute eine primitive Hütte aus losen Steinen und deckte das Dach mit einigen heil gebliebenen Hölzern des Wracks. Sie hatten zu essen und einen trockenen

Platz für die Nacht. Die verkohlten Reste der Brigg gaben immer noch ausreichend Feuerholz her.

Und sie hatten sich. So verbrachten Sie Woche um Woche, Monat um Monat und warteten auf ein Schiff. Notgedrungen lernte Jack, Robben zu jagen, um nicht zu verhungern. Niemand weiß, wie lange sie warten mussten. Aber niemand hat jemals Gebeine auf dieser Insel entdeckt. Und auch keine Hütte, und keine verbrannte Brigg. Und schon gar keinen Schatz. Den hatte Jack.

Das Spukhaus am Bodensee

Der Wechsel von der Großstadt in eine verhältnismäßig kleine Stadt am Bodensee war uns eigentlich nicht so schwer gefallen, wie wir befürchtet hatten. Nur unsere Wohnung war zu klein, und nicht mehr als eine Notlösung. Wir suchten also etwas Geeigneteres, möglichst nicht so weit von der Stadt entfernt.

»Herr Broder. Dann kann ich ihnen ein gutes Angebot unterbreiten,« erklärte der Makler. »Kommen Sie doch in die Markelfinger Straße Nummer zweiundzwanzig, dann zeige ich Ihnen ein Objekt, was sie sicherlich interessieren wird.«

»Wann?«

»Jetzt glei, wenn Sie wolle.«

»Einverstanden. Ich bin in einer Stunde da.« Als ich dann vor dem ›Objekt‹ in der Markelfinger Straße stand, wollte ich es nicht glauben. Es handelte sich um ein kleines Hexenhaus, nicht weit vom See in einer ruhigen Wohngegend. Es war schmal und ein wenig schief, wie die meisten Fachwerkhäuser. Bestimmt war es nicht jünger als 200 Jahre. Wollte mich der Mann auf den Arm nehmen? Sicher fehlten innen die Wände oder es gab keine Fußböden. Herr Feith erwartete mich am Gartentor. Er war ein gutangezogener, stattlicher Mann um die Fünfzig, der mir mit gewinnendem Lächeln die Hand entgegenstreckte.

»Ich zeige Ihnen am beschten glei des Häusle,« kam er sofort zur Sache. Es wäre etwas übertrieben, wenn ich jetzt behaupten würde, dass ich mich auf den ersten Blick in das Häuschen verliebt hätte, aber der zweite war es dann schon. Es bestand aus einem großen Zimmer mit Veranda, einer kleinen Küche und einem WC im Erdgeschoss und zwei kleineren Zimmern im ersten Stock, den man über eine enge, hölzerne Stiege erreichte. Ein ausbaufähiges Dachgeschoss war ebenfalls noch vorhanden. Ein herrlich wilder Garten und Seeblick vollendeten den Traum.

»Des Häusle koschtet Sie net mehr wie fünfhundert Mark im Monat, plus Umlagen. Wenn Sie wollet, könnte Sie des Häusle aber auch käuflich erwerben, wenn sie monatlich tausend anleget,« erklärte mir der Makler.

»Und Ihre Provision beträgt 250 Mark?«

»Wie ich Ihne am Telefon gesagt hab.« Wir hatten uns im Wohnzimmer an einen runden, wackligen Tisch gesetzt. Außer diesem Tisch und drei Stühlen, gab es kaum ein Möbelstück in dem alten Gemäuer. Bis auf einen kleinen Flügel vor der Verandatür. Das Haus wirkte behaglich und gepflegt. Ich suchte verzweifelt nach dem Haken, den es doch sicher geben musste.

»Und Sie können mir versichern, dass der Bau nicht in einem Monat zusammenfällt?«, fragte ich. Der Makler lächelte auf seine dezente Art.

»Herr Broder, ich kann Ihne versichern, dass mit dem Häusle alles seine Ordnung hat. Sie müsstet sich allerdings sofort entscheide, ob sie das Objekt miete wolle oder nicht.«

»Wo ist der Haken?« Das Lächeln vertiefte sich zu einem Grinsen.

»Ich mache Ihne einen Vorschlag, Herr Broder. Sie miete des Häusle sofort und ich sag ihne dann wo der Hake liegt.« Das erschien mir als ein ganz und gar unannehmbares Angebot.

»Kommen Sie schon, Herr Feith,« begann ich. »Wird hier etwa in drei Monaten eine Autobahn gebaut?« Feith schüttelte den grauen Kopf.

»Oder eine Eisenbahnstrecke? Eine U-Bahn? Gibts Überschwemmungen?« Alle diese Fragen wurden von dem Makler geduldig verneint. Dann kam mir eine lächerliche Idee.

»Oder spukt es vielleicht in dem Haus?« Das Lächeln des Maklers gefror.

»Nun, wenn Sie so direkt fraget,« antwortete er bedächtig, »dann muss ich ihne gestehen, dass sie der Wahrheit sehr nahe kommen. Es spukt tatsächlich.« Ich wollte laut auflachen, unterließ dies aber aus Taktgefühl. Dem Manne schien es ernst zu sein.

»Herr Feith. Ich habe Sie bisher für einen modernen, aufgeklärten Menschen gehalten, aber ich …«

»Sie brauche gar net weiterzureden, Herr Broder. Ich hab Ihne gesagt, was zu sage isch und jetzt möcht ich sie bitten eine Entscheidung zu treffen. Mehr kann ich ihne net dazu sage.«

»Ja, aber Herr Feith!« Ich konnte mich nicht beruhigen. Da saß dieser sonderbare Kauz vor mir und wollte mir allen Ernstes einreden, es spuke in dem Gemäuer. Dann fragte ich vorsichtig:

»Sagen Sie, wie sieht er denn aus, der Spuk? Klopfts immer in der Nacht, oder erscheinen grässliche Dämonen, die kleine Kinder entführen, oder was?« Der Makler schüttelte den Kopf.

»Nein. Es spukt nur einmal im Monat eine halbe Stunde lang. Ein alter Mann kommt aus dem Keller nach oben, inspiziert sämtliche Räume, geht ins obere Stockwerk und verschwindet in der Dachluke. Das isch alles. Er tut niemandem etwas. Die Erscheinung isch allerdings etwas, äh … gewöhnungsbedürftig, wenn ich mal so sage darf.« Ich war während seiner Erzählung aufgestanden und lief erregt hin und her. Dann hatte ich mich an den Flügel gesetzt und klimperte darauf herum. Er klang erstaunlich gut und schien frisch gestimmt zu sein.

»Ach ja, mit dem Klavier hats auch noch eine besondere Bewandtnis,« fügte der Makler seiner Erläuterung hinzu. »Es darf nicht von der Stelle gerührt werde. Sie könnet das Inschtrument gern behalte, aber verrücke dürfe sie es net. Des isch Vertragsbestandteil, verstehet Sie?« Ich ließ hart den Deckel zurückfallen und starrte den Makler an.

»Herr Feith, Sie müssen zugeben, dass dies ein wenig harter Tobak ist, den sie mir da auftischen wollen. Wenn ich schon ihre Ausführungen über alte Männer, die in einem Haus herumgeistern Glauben schenken soll, dann denken Sie nicht, ich würde solcherart Vertragsklauseln akzeptieren. Stellen Sie sich nur einmal vor, direkt an der Stelle des Flügels breitet sich der Schwamm aus, und ich muss die Dielen herausreißen. Nein, einen solchen Vertrag akzeptiere ich keinesfalls.« Im Gesicht des Maklers arbeitete es sichtlich. Schließlich stand er ruckartig auf und sagte:

»Also gut. Ich werde Ihre Bedingung meinem Klientel unterbreiten und rufe Sie dann umgehend zurück. Sind Sie heute Abend erreichbar?« Ich muss gestehen, dass es mir einige Mühe bereitete, meine bessere Lebenshälfte von der delikaten Angelegenheit zu berichten. Nachdem sie einige diskrete Tests auf meine geistige Gesundheit hin durchgeführt hatte, kam sie zu dem Ergebnis, dass der Makler eine Schraube locker hatte.

»Was solls,« sagte sie. »Wir mieten das Haus auf jeden Fall und geben an dem betreffenden Tag eine Gespensterparty. Dann werden wir ja sehen.« Diesem Vorschlag konnte ich nur beipflichten. Eine Stunde später klingelte das Telefon.

»Also ich habe mit meinem Klientel gesprochen,« meldete sich der Makler. »Man ist einverstanden, dass sie den Flügel verrücke dürfe, vorausgesetzt sie unterschreibet eine Erklärung, in der sie ausdrücklich darauf hingewiesen werde, dass sie auf eigene Gefahr handeln.«

»Einen Augenblick,« sagte ich und legte den Hörer hin, um zu meiner Frau zu gehen. Ich erklärte ihr die Sachlage. »Mach einen Termin für morgen früh,« war ihre lakonische Antwort. Der Umzug fand wenige Wochen später statt. Unter großem Hallo und beträchtlichem handwerklichem Lärm, nahm die Broder-Dynastie das alte Haus in Besitz.

»Mach nicht so einen Krach!«, rief meine Frau, als ich gerade mit dem Bohrer damit beschäftigt war einige Löcher für die Küchenregale zu bohren. »du verschreckst uns noch den Geist!« Unter wieherndem Gelächter ließ ich den Elektrobohrer noch ein paar Extra-Umdrehungen machen. Wir hatten von dem alten Makler noch erfahren können, dass der Spuk regelmäßig am siebzehnten eines jeden Monats aufzutreten pflegte und zwar um Ein Uhr dreißig. Also hielt sich der Geist nicht an die übliche Gespensterstunde. Es schien ein exzentrischer Geist zu sein. Wir konnten auch in Erfahrung bringen um wen es sich handelte. Der alte Mann, der spukend durch Haus zu streifen pflegte war der Großvater unserer Vorbesitzerin, Heinrich Greuling senior. Heinrich Greuling junior war vor Jahren in einem Altersheim in Skandinavien verstorben. Er hatte wohl nicht weit genug wegkommen können. Heinrich Greuling senior war just an einem siebzehnten um ein Uhr dreißig verschieden. Der Erzählung von Martha Schäuble, geborene Greuling zufolge, hatte der alte Mann irgendwas aus dem Keller holen wollen und sei dann aber auf dem Dachboden plötzlich an einem Infarkt verstorben. Niemand wusste, was der alte Mann auf dem Dachboden zu suchen gehabt hatte. Für den ersten Gespensterabend hatten wir ein bescheidenes Fest im kleinen Kreis arrangiert. Außer uns waren da noch Gertie und Robert. Auf Joachim-Christof, einem ehemaligen Kommilitonen meiner Frau hatten wir an diesem ersten Abend zunächst verzichtet. Er galt als besonders sarkastischer Mensch, der seine agnostische Weltanschauung meist in schmerzhaften Zynismen zur Schau zu stellen pflegte. Gertie und Robert waren nicht in die besonderen Umstände eingeweiht, dessentwegen sie eingeladen worden waren. Als die betreffende Uhrzeit immer näher rückte, waren wir alle schon beträchtlich alkoholisiert. Sonja hatte einige Flaschen ihres badischen Wein- Vorrats geopfert und Robert zauberte zu später Stunde noch eine Flasche alten schottischen Whisky aus seiner Einkaufstasche, den wir nun munter in Kalorien umsetzten. Gegen ein Uhr erhob mich schwankend, machte eine weitausholende Gebärde und verkündete:

»Ihr Kinner, heut iss'n ganz besond'rer Tag, wisst ihr das überhaupt?« Gertie kicherte albern und Robert johlte etwas Unverständliches, wobei er sein Glas über Sonjas nackte Knie verschüttete. Energisch wehrte sie ihn ab, da er die Flüssigkeit mit seinem Schlips von ihrem Knie herunterwischen wollte. Dabei sah sie mich strafend an, als wenn ich Schuld an Roberts Exzessen sei.

»Sacht mal Kinner, wisst ihr überhaupt was'n richtjer Geiss is? Hä?« Robert grunzte und blickte mich blöde an.

»Meinsste'n Geisstt! Oder 'ne Geissss … ss? Also 'ne Ziege?«

»Nee! 'n Gespenst, 'n echtes Gspenst!«

»Klar weiß ich was'n echtes Gespenst ist!« Mit vereinten Kräften schafften wir es schließlich Roberts Aufmerksamkeit von der Flasche weg auf meine

Geschichte zu lenken. Schließlich hatte er den Tobak geschluckt.

»Mannomann! Un du meinss, da kommt jetz gleich'n echtes Gspnst aussem Keller?« Ich nickte. »In genau, äh.« ich schaute auf die Uhr, »fünf Minuten müsste es da sein!« Jetzt gab es für Robert kein Halten mehr.

»Mann hicks komm Gertie, das muss ich mir ansehn. Is ja besser als Glotze, komm!« Er packte seine Gertie bei der Hand und zog sie schwankend zum Kellereingang. Genau in diesem Augenblick schlug die alte Standuhr die halbe Stunde. Wir standen alle mehr oder minder schwankend vor dem Kellereingang und hielten den Atem an. Es herrschte eine gespannte Stille, die nur von Roberts Schluckauf unterbrochen wurde. Dann hörten wir es. Es klang zunächst nur wie ein Räuspern. Dann wie ein unterdrückter Fluch. Schließlich waren knarrend Schritte auf der Kellertreppe zu hören. Und vor unseren entsetzten Augen öffnete sich die Kellertür und ein gebeugter Greis trat heraus. Er trug einen alten gestreiften Bademantel und klapperte mit einem großen Schlüsselbund. Er würdigte uns keines Blickes, sondern schlurfte schnurstracks in die Küche, wo er sofort begann sämtliche Schubladen durchzuwühlen. Dabei murmelte er beständig vor sich hin. Wir folgten ihm ins Wohnzimmer, das heißt,

Sonja, Gertie und ich folgten ihm, denn Robert lag ohnmächtig vor dem Kellereingang. Der alte Mann ächzte die Stiege hinauf (fast war Sonja versucht ihm dabei zu helfen, aber ich hielt sie im letzten Augenblick zurück) und verweilte kurz in den Zimmern. Dann erklomm er unerschrocken die Leiter zum Dachstuhl. Wir folgten ihm auch dorthin und sahen noch wie er eine Luke öffnete. Alle Trunkenheit war von uns gewichen, wir waren klar und bei scharfem Verstand. Hinter der Luke war der Himmel schwarz wie ein Erdloch. Dann geschah etwas seltsames. Ein steifer Wind kam auf und heulte um die Luke. Plötzlich schien sich der Kopf des alten Mannes aufzulösen. Kleine, silbrige Staubfäden wurden von dem Wind an der Luke aufgesogen und schwebten durch sie hindurch. Der ganze Körper des Mannes folgte und wurde zu einem geisterhaften Nebel, der bald durch die Öffnung im Dach verschwunden war. Dann hörten wir einen dumpfen Schlag unten an der Dachbodenleiter. Gertie, die treue Seele, war ihrem Robert in die Ohnmacht gefolgt. Nachdem wir dieses ungeheuerliche Erlebnis einigermaßen verdaut hatten (Robert schwor sich in den nächsten Wochen nicht mehr Alkohol zu trinken als nötig), setzte Sonja sich ans Telefon und rief das parapsychologische Institut in Freiburg an. Es dauerte einige Zeit, bis sie den bekannten Experten und

Leiter des Instituts Prof. Dr. Hans Blinder an den Apparat bekam.

»So, so. Ein Gespenst haben sie also, äh, im Haus. Das ist ja an sich nichts, hm, nichts ungewöhnliches, oder? Aber ich werde mir den Fall einmal, äh, sozusagen unter die Lupe nehmen. Wann sagten Sie, ist mit dem nächsten Erscheinen des, äh, Gespensts zu rechnen? Ah, der siebzehnte, ja, ja, beliebtes Datum, gut, gut, ich komme.« Für dieses Gespenstertreffen hatten wir dann auch unseren Chefskeptiker Joachim-Christof eingeladen, der es sich nicht nehmen ließ einige peinliche Fragen zu stellen.

»Also gut, ich bin dabei. Sag mal, ist das Gespenst eigentlich fotogen, ich meine, hat es was gegen Blitzlicht einzuwenden? Dann bringe ich nämlich meine Kamera mit.«

»Ich glaube nicht, dass den alten Herrn das stört, J.C. Du kannst deinen neuen Motor gern an unserem Hausgeist ausprobieren.«

»Sehr gut. Und sag mal – bevorzugt es einen bestimmten Wein, dein Gespenst? Ich meine, dann bringe ich zur Feier des Tages einen besonderen Tropfen mit. Oder ist es antialkoholisch?«

Ich erspare mir eine Bemerkung zu seinem hyänenhaften Gelächter und legte auf. Die folgenden

Nächte verbrachten wir in schlotternder Angst, eng aneinander gekuschelt bei voller Deckenbeleuchtung, doch das Gespenst blieb seiner Gewohnheit treu und erschien nicht vor dem besagten Datum.

Als es dann soweit war, legten wir eine überlegene Miene auf und öffneten unseren Gästen, wie ein Ehepaar, das lediglich zur Besichtigung einer neuerworbenen trojanischen Säule eingeladen hatte. Robert und Gertie hatten sich im letzten Augenblick entschuldigt, da sie angeblich unerwarteten Besuch von ihrer Großmutter erhalten hätten. Prof. Dr. Hans Blinder war ein distinguiert wirkender, alter Herr mit graumelierten Schläfen und einem eleganten Regenmantel. Wie ein Geisterjäger sah er eigentlich nicht gerade aus. Er schleppte ein Tonband mit und zückte einen Notizblock, als er sich im Wohnzimmer auf die Couch gesetzt hatte. J.C. schlich mit sardonischem Grinsen durch die ganze Wohnung und schaute in jede Ecke. Dabei hielt er die Kamera vor sein Auge und rief jedes Mal: »Guckuck, Geisterchen – sag mal Cheese!«

Sonja hätte ihm am liebsten die Rheingau- Spätlese über den Kopf gehauen, aber dann war ihr der Wein doch zu schade dafür.

»Also darf ich Ihnen, äh, ein paar Fragen stellen?« begann der Professor seine Untersuchung.

»Wann tauchte das Gespenst zum ersten Mal in Ihrem Hause auf?«

»Das sagten wir doch schon,« antwortete ich. »Am Siebzenten letzten Monat, um ein Uhr dreißig.«

»Aha. Und wie lange dauerte die, hm, Erscheinung?«

»Etwa fünf bis sechs Minuten. Aber wir haben nicht auf die Uhr gesehen.«

»Ah ja. Ja, ja,« sagte der Professor und notierte sich: Zeit stoppen!

»Gab es irgendwelches Poltern vorher? Wehte ein starker Wind? Tierstimmen?«

»Nun, nur was wir ihnen erzählt haben.«

»Alles ganz normal, ganz normal bisher,« sagte er mit enttäuscht klingender Stimme. Dann beugte er sich vor und seine Augen bekamen einen gierigen Glanz, als er nun fragte: »Und, sagen Sie: Levitiert er vielleicht? Bringt er Sachen zum schweben, geht er durch Wände, haben Sie eine verzerrte Wahrnehmung oder ähnliches?« Ich schüttelte den Kopf. »Nichts dergleichen.« Jetzt war seine Enttäuschung deutlich sichtbar.

»Nun, ja,« sagte er, wiegte den Kopf und kritzelte in sein Notizbuch. »Ganz ordinärer Hausgeist, würde ich sagen. Völlig normale Sache das.«

»Was heißt hier ordinärer Hausgeist?« rief nun empört meine übernächtigte Lebensgefährtin. »Was ist daran völlig normal? »

»Ts.Ts.Ts.« Der alte Professor schüttelte den Kopf. »Nur keine Aufregung. In englischen Schlössern ist das eine ganz normale Sache. Entweder man gewöhnt sich daran oder eben nicht. Sehen Sie, das ist wie, äh, als wenn jetzt eine Autobahn neben ihrem Haus gebaut würde. Da müssten Sie sich auch erst dran gewöhnen, oder?« In diesem Stil führten wir unsere Gespräche, bis Mitternacht. Als die Uhr zwölf schlug, seufzte meine Frau und meinte: »Noch anderthalb Stunden. Ich finde es einfach unmöglich, dass dieses vermaledeite Gespenst sich nicht an die üblichen Zeiten hält. Dann hätten wir's schon hinter uns.«

»Zwölf Uhr ist keinesfalls eine gewöhnliche Zeit,« widersprach der Professor. »Ich habe Gespenster erlebt, die spukten genau um vierzehn Uhr elf oder gegen fünf Uhr, zur Teezeit. Ich kannte da ein Gespenst in einer Kantine in Rüsselsheim, das …« Ein prustendes Geräusch unterbrach ihn. Johannes-Christof saß zusammengekrümmt in seinem Sessel und stopfte sich die Faust in den Mund. Als er wieder zu Atem kam, meinte er mit ruhiger Stimme, aber immer noch zuckenden Mundwinkeln: »Äh, machen sie ruhig weiter, Herr Professor, fahren sie fort.« Schließlich war es wieder soweit. Fünf Minuten vor halb zwei schaltete der Professor sein Tonbandgerät ein und J.C postierte sich mit der Kamera vor dem Kellereingang.

»Das wird wenig nützen,« sagte ihm der Professor.

»Warum?«

»Weil es sich um ein Gespenst handelt.«

»Na dann kann ja nichts schiefgehen. Einen Schmierenschauspieler banne ich allemal auf die Platte.«

»Wie sie meinen.« Er kam pünktlich auf die Minute. Genau um ein Uhr dreißig hörten wir das Räuspern, dann die scharrenden Geräusche, als der Geist die Kellertreppe hochkam. Joachim-Christof hielt grinsend sein Objektiv schussbereit auf die Kellertür gerichtet. Dann kam er. Er hatte wieder seinen gestreiften Bademantel an und klapperte mit den Schlüsseln. Seine Miene war griesgrämig und diesmal glaubte ich sein Gebrummel teilweise zu verstehen. Es klang wie ein ständig wiederholtes: »Wo isser, verdammt?« J.C. drückte wie wild auf seinen Kameramotor während der Professor, die Hände hinter dem Rücken verschränkt, dem Geist auf Schritt und Tritt folgte, ihn dabei beobachtend, wie einen achtbeinigen Kater im Zoo. Als er das Wohnzimmer erreichte, ging J.C. mit ausgestreckter Hand auf ihn zu.

»Jetzt wollen wir doch mal den Schleier lüften,« verkündete er siegesgewiss. »Wer steckt denn da unter der Greisenmaske, Robert vielleicht?«

»Nicht!« rief der Professor. »Nicht anfassen!«

»Nur keine Panik,« beschwichtigte ihn Joachim-Christof. Und zu dem Gespenst sagte er: »Hallo Gespenst. Ich heiße Joachim-Christof. Und wie heißt du?« Doch als er die Umrisse des alten Mannes berührte, war uns plötzlich, als würde J.C. von einer gewaltigen elektrischen Ladung zurückgeworfen. Es knisterte laut und Funken sprühten aus Joachims Hand. Dann lag er am Boden und hielt die Augen geschlossen. Der alte Mann setzte seinen Marsch völlig ungerührt fort. Der Professor kniete bei J.C. und horchte an seiner Brust.

»Um Himmels Willen, was ist mit ihm?« fragte ich besorgt.

»Machen Sie sich keine Gedanken,« beruhigte mich der Professor. »Ein kleiner Schock, weiter nichts. Der wird schon wieder. Ich hatte ihn ja gewarnt, oder?« Der Geist machte die übliche Runde und kletterte die Stiege hinauf. Ich hatte Joachims Kamera an mich genommen und fotografierte eifrig weiter. Schließlich löste sich der Geist unter der Dachluke auf die gleiche Weise auf, wie beim letzten Mal. Alles wirkte, als schaute man sich einen Film ein zweites Mal an.

»Ja, aber was sollen wir denn jetzt machen?« fragte entgeistert meine Frau den Professor, als der sich ungerührt von uns verabschiedete.

»Ich fürchte, da können sie gar nichts machen,« antwortete der alte Mann. »Sie müssen halt damit leben, wie ich ihnen schon gesagt habe. Es gäbe da nur eine einzige Möglichkeit.«

»Und die wäre?«

»Nun ja. Ich hatte den Eindruck, dass der Geist des alten Mannes nach irgendetwas Bestimmtem gesucht hat. Es ist häufig so, dass Gespenster ruhelos umherirren, bis sie etwas finden oder etwas tun, was sie vor ihrem Tod nicht vollenden konnten. Ich kenne da eine Geschichte von einem alten General, der kurz vor der Entscheidung einer Schlacht gestorben war und nun immer auf dem ehemaligen Schlachtfeld umherirrte, weil er unbedingt herausfinden wollte, wer damals der Sieger war. Erst als der Familienklan die historische Schlacht mit Hilfe eines erfahrenen Theaterregisseurs erneut in Szene setzte, verschwand der Spuk. Lassen Sie sich das durch den Kopf gehen und auf Wiedersehen. Wenn Sie Probleme haben, rufen Sie mich einfach an!« Damit ließ er uns ratlos zurück. Joachim-Christof kam nach einigen Stunden zu sich und staunte nicht schlecht über das Vorgefallene. Mit Feuereifer machte er sich sofort an die Lösung des Problems. Da es nun einmal für ihn erwiesen war, dass ein Gespenst existierte, versuchte er die ganze Angelegenheit auf eine quasi- wissenschaftliche Problemstellung zu reduzieren und sie anhand einer eigens dafür konstruierten Empirik zu analysieren. These Nr. 1: Es spukt. These Nr. 2: Das Gespenst sucht etwas, doch was? These Nr. 3: Man findet heraus, was es sucht, stellt es ihm zur Verfügung und der Spuk verschwindet, ähnlich wie bei einer Freudschen Traum-Analyse. Da uns diese Thesen bei Morgengrauen noch nicht weitergebracht hatten, beschlossen wir die Vorbesitzerin Frau Schäuble am nächsten Tag aufzusuchen, und ihr auf den Zahn zu fühlen. Am späten Nachmittag, nachdem wir einigermaßen ausgeschlafen hatten, rief uns Joachim-Christof aufgeregt an.

»Stellt Euch vor. Genau wie der Professor gesagt hat: Auf den Fotos ist nichts drauf! Ich komm gleich mal vorbei.« Als wir dann gemeinsam die Fotos betrachteten, beschlich uns alle ein mulmiges Gefühl. Der Geist war auf keinem einzigen Foto zu erkennen, deutlich aber die Hintergründe und die gesamte Umgebung. Auf einem Foto war Sonja zur Hälfte zu sehen. Ihre zweite Körperhälfte wurde von irgendetwas verdeckt, obgleich nichts auszumachen war, was sie hätte verdecken können. Stattdessen war da nur die alte Kommode. Ein eigenartiges Phänomen. Gegenstände wurden von der Erscheinung offensichtlich nicht beeinflusst, so als hätten wir durch eine Glasscheibe fotografiert. Menschen jedoch, schirmte das Gespenst gegen die Kamera ab. Besonders unwohl fühlten wir uns bei der

Betrachtung der Dachluke. Der Himmel, der dahinter lag war vollkommen schwarz. Wir alle aber wussten, dass in jener Nacht ein sternklarer Himmel zu sehen gewesen war. Wir machten uns sofort auf den Weg zu Frau Schäuble. Die ältere Frau empfing uns in einer altmodisch möblierten, geräumigen Wohnung in der Nähe vom Hafen. Wenn man aus ihrem Wohnzimmerfenster blickte, konnte man die große Rheinbrücke und das Inselhotel erkennen. Es roch muffig in der Wohnung und unangenehm nach Alter und Verwesung. Aber es wirkte alles sauber und gepflegt. Frau Schäuble begrüßte uns als die neuen Besitzer und bot uns Kaffee an. Dann kamen wir zur Sache.

»Frau Schäuble, dass es in dem Haus spukt, wissen Sie ja sicher?« Frau Schäuble zuckte nur ein bisschen zusammen, was dadurch erkennbar war, dass der Kaffeestrahl beim Eingießen leicht schwankte. Sie stellte die Kanne ab und zuckte mit den Achseln. »Nun ja,« sagte sie mit brüchiger Stimme.

»Der Eine hat den lauten Nachbar mit der Negermusik und unsereins hat halt a Geschpenscht, net wahr?«

»Tja,« antwortete Sonja. »Es ist aber nun mal so, dass wir das Gespenst gern wieder los wären. Haben Sie keine Idee, wie man das anstellen könnte?« Die ältere Dame schüttelte traurig den Kopf.

»Wenn I des wüsst, wari net ausgezoge aus dem alten Haus.«

»Sagen Sie,« begann nun Joachim-Christof eifrig seine Ermittlungen. »Wie war denn das bei dem Tod ihres Großvaters. Was hat denn der alte Mann im Keller und auf dem Dachboden gesucht, bevor er starb?« Frau Schäuble dachte angestrengt nach. »Na, I weiß net, ob das des Andenken von dem Toten net besudelt, sie verstehen, junger Mann? Es gibt eben Dinge, da spricht man drüber net.«

»Aber Frau Schäuble,« insistierte J.C. »Sie müssen doch verstehen, dass falsche Scham in diesem Falle unangebracht ist, nicht wahr? Wie war denn Ihr Verhältnis zu dem alten Greulich senior? Haben sie sich mit ihm verstanden?« Frau Schäuble nahm einen Schluck Kaffee. Dann griff sie in ein Schränkchen neben dem Sofa und holte eine Flasche Orangenlikör hervor. »Jetzt brauch I was stärkeres, liebe Leut. Möchte noch jemand einen Likör?« Wir lehnten dankend ab.

»No ja. Des Verhältnis von mir zu meinem Großvater war recht gut, glaub I. Wer sich net so gut verstande hat, des war mein seliger Papa mit dem Seinigen. Also der Junior, der hatte seinen eigenen Kopf, verstehn Sie? Und der selig Großvater, nun, der war halt auch ein rechter Dickschädel.« Sie kippte ihren Likör hinunter und goss sich sofort nach.

»I weiß noch, wie der Senior immer sein Schnaps und sein Wein im Keller versteckt hat. Der Papa hat ihn aber immer gefunden und woanders versteckt, so dass manchmal der Opa wie verrückt im Haus rum is und hat gewettert und nach seinem Schnaps gesucht.«

»Aber da haben wir ja des Rätsels Lösung!« rief J.C. erfreut aus. Jetzt müssen wir bloß noch herausfinden, was der alte Mann mit Vorliebe getrunken hat und dann wissen wir, wie wir ihm beikommen!«

»Was hat denn der Senior immer am liebsten getrunken, Frau Schäuble?« fragte meine Frau.

»Oh je. An Obstler, hat er, glaub I, immer getrunke. I weiß aber net was für einen, da bin I dann doch überfragt.«

»Ist ja auch ganz egal,« sagte J.C. »Wir kaufen einen wirklich guten alten Obstler und stellen den auf den Wohnzimmertisch. Mal sehen, was passiert.« Da dies zur Zeit die einzige Möglichkeit zu sein schien, einigten wir uns darauf. Wir verabschiedeten uns von Frau Schäuble, die uns ein herzliches und leicht beschwipstes »Ade!« zurief und suchten den nächsten Schnapsladen auf. Meine Frau erstand einen guten Österreicher Marillenbrand für gute dreißig Mark, ein edles Tröpfchen, dann traten wir hoffnungsfroh den Heimweg an. Den folgenden Monat verbrachten wir in fiebernder Unruhe. Joachim-Christof rief fast jeden Tag an und fragte ob der Geist sich vielleicht außerplanmäßig hatte blicken lassen. Ich antwortete im jedes Mal mürrisch mit einem

»Nein!«, und hoffte, dass uns niemand heimlich die Obstlerflasche trank. Als dann der siebzehnte anbrach, waren wir alle so zittrig wie Kaninchen beim Durchlesen eines Metzgerjournals. Die Zeit konnte gar nicht schnell genug vergehen. Die Flasche prangte gut platziert auf dem Wohnzimmertisch. Als es dann zur bewussten Stunde schlug, fand uns das Gespenst übernervös und Fingernägelkauend vor der Kellertreppe. Es schlurfte seinen gewohnten Weg durch die Küche und kam dann auch ins Wohnzimmer. Die Obstlerflasche auf dem Tisch ignorierte es völlig. Sonja stand kurz vor einem Nervenzusammenbruch. Joachim-Christof schimpfte und fluchte vor sich hin.

»Warum willst du unseren Obstler nicht, du dämliches Gespenst, hä? Ist dir wohl nicht gut genug? Was solls denn sein? Hundertjähriger Cognak oder was?« Der Geist setzte ungerührt von Joachims Schimpftiraden seinen Gang fort und verschwand plangemäß in der Dachluke. Die nächsten Tage grübelten wir verzweifelt darüber nach, was an dem Experiment schiefgelaufen war. »Irgendwas am Versuchsaufbau war falsch,« sagte J.C. »Irgendeine Prämisse stimmt nicht.«

»Vielleicht war der Obstler nicht kalt genug?« fragte Sonja. »Er mag ihn sicher nur eisgekühlt.«

»Ach was,« verwarf J.C. diese Idee. »Er hätte sie dafür zumindest anfassen müssen. Hat er aber nicht. Er hat die Flasche nicht mal angesehen.«

»Stimmt auch wieder.« Schließlich kam mir die Erleuchtung, als ich unter dem alten Zwetschgenbaum im Garten saß und in einem Algebrabuch schmökerte. Natürlich! Man musste nur zwei und zwei zusammenzählen und dann kam man auf das Ergebnis. Die alte Schäuble hatte erzählt, ihr Vater habe den Schnaps des Großvaters immer versteckt. Also lag es doch auf der Hand, dass der Großvater genau diesen Schnaps suchte und keinen anderen. Man musste die Flasche finden und sie dem Alten geben, dann hatte der Spuk sicher ein Ende. Ich rannte ins Haus, um meiner Frau die Ergebnisse meiner Erleuchtung mitzuteilen. Jetzt folgten Tage hektischer Suche nach der alten Obstlerflasche. Joachim beteiligte sich natürlich an der Suche und sogar Robert und Gertie konnten überredet werden. Sie schielten zwar immer misstrauisch in jede Ecke und bewegten sich höchst vorsichtig, aber immerhin, es fiel keiner von ihnen in Ohnmacht. Doch die Flasche war unauffindbar. Wir standen alle schwer atmend und bar jeder Hoffnung im Wohnzimmer. Wir hatten jeden Winkel des alten Hauses durchgekämmt, ohne jeden Erfolg. Wir hatten unter die Treppenabsätze geschaut, alte Kisten im Keller aufgebrochen und die Wände auf hohle Stellen abgeklopft. Nichts, außer Staub und Spinnweben. Da fiel mein Blick auf das Klavier.

»Der Flügel!« rief ich aufgebracht. »Los, wir schieben den verdammten Flügel weg!« Schon krempelte ich mir die Ärmel hoch und wollte zur Tat schreiten. »Nein!« gellte da die Stimme meiner Frau durch den Raum. Wir alle hielten wie elektrisiert inne. »Den Flügel dürfen wir nicht verrücken, das weißt du doch!«

»Aber wir haben die offizielle Genehmigung!«

»Ja, aber nur auf eigene Gefahr!«

»Das interessiert mich nicht!«

»Aber mich. Ruf die alte Schäuble an!«

»Nein!«

»Ruf die alte Schäuble an!« Wutentbrannt stapfte ich zum Telefon, riss den Hörer von der Gabel, stocherte die Nummer der alten Schäuble in die Tasten und wartete schnaufend.

»Ja hier Schäuble?« meldete sich zaghaft die Stimme der alten Frau.

»Warum darf man den Flügel nicht wegstellen?!« brüllte ich sie ohne jede Vorwarnung an.

»Äh.« die alte Dame schluckte ein paar Mal. »Das weiß I net so recht, ehrlich gesagt.«

»Was soll das heißen, sie wissen es nicht? Soll das heißen, dass sie es nicht wissen?!«

»Na, ja. Eigentlich hat immer nur der Papa behauptet, dass was besondres wär, mit dem Klavier. Er hat uns immer erzählt, dass mer des ja net verrücke dürfe, sonscht geschäh a Unglück.«

»Ist mir auch völlig klar, dass da ein Unglück geschehen wäre,« rief ich in die Sprechmuschel hinein. »Nämlich ihm wäre da ein Unglück passiert!« Damit hieb ich den Hörer wieder auf die Gabel und sah die Anderen an, die mich erschrocken anstarrten.

»Los,« befahl ich. »Weg mit dem Ding!« Als wir den Flügel von seinem Platz verschoben hatten, wobei er entsetzlich quietschte, horchten wir eine Weile aufmerksam, ob irgendetwas Schlimmes geschähe, doch es blieb alles ruhig. Dann kniete ich auf dem Boden und klopfte die Holzbohlen ab. Nach einigen Minuten klang es tatsächlich hohl.

»Kneifzange!« rief ich. Sonja brachte mir das gewünschte Werkzeug und ich zog die zwei unteren Bohlennägel heraus. Es ging ganz leicht vonstatten, wie ich es vermutet hatte. Unter der Diele befand sich eine flache Mulde. Und in dieser Mulde lag eine staubige alte Bocksbeutelflasche. Andächtig holte ich das wertvolle Stück hervor. Es war ein alter,

Schwarzwälder Kirschgeist, von edler Qualität. Ich rieb an dem verstaubten Etikett.

»1945,« las ich mit flüsternder Stimme vor. »Schon damals eine Rarität.«

»Jetzt wird mir auch alles klarer,« sagte Joachim, nachdem wir uns alle ein wenig beruhigt hatten.

»Der Greuling junior war schon ein Schlawiner. Er hat dem Senior immer die Schnapsflasche geklaut und sie unter dem Klavier versteckt. Dann setzte er das Märchen von dem Unglück in die Welt, das passieren würde, wenn man das Klavier verschiebt. Dann hätte man nämlich irgendwann die hohle Stelle gehört.«

»So ein Schuft, so ein elender.« Ich hatte eine rechte Wut auf den Junior. Schade, dass er schon tot war. Ich hätte ihm gern die Meinung gesagt. Schließlich nahte der Siebzehnte. Diesmal waren alle versammelt, bis auf den alten Professor. Getrunken wurde diesmal nichts und alle waren wir schon so nervös, dass wir uns in eine stoische Ruhe retteten. Als es dann ein Uhr dreißig schlug, stellten wir die Flasche auf den Tisch und schlichen zur Kellertür. Wieder erschien der Alte pünktlich und schlurfte zuerst in die Küche.

»Warum weiß er jetzt in welche Schubladen er gucken muss?« fragte mich flüsternd meine Frau.

»Vor kurzem war die Wohnung doch völlig unmöbliert.«

»Tja,« antwortete ich ihr ebenfalls flüsternd.

»Das ist ein Mysterium.« Dann kam der spannende Moment. Würde er die Flasche erkennen? Und würde er sie akzeptieren? Als der Geist in der Wohnzimmertür stand, zuckte er zusammen. Tatsächlich! Sein Blick fiel auf die alte Schnapsflasche. Er stieß einen grunzenden Laut aus und schlurfte an den Tisch. Flugs grapschte er nach ihr, entkorkte sie und schnupperte daran. Dann hielt er sie triumphierend in die Luft und rief mit knarrender Stimme:

»Greuling junior, du alter Depp! Wann'st scho mein Schnaps trinke muscht, dann tätst ihn besser verstecke! Jetzt hab I ihn gefunde und geb'n nimmer her! Har har har har!« Und mit einem trockenen »Plopp!«, verschwand er urplötzlich von der Bildfläche. Bleibt nur noch hinzuzufügen, dass der alte Geist seitdem nie wieder aufgetaucht ist. Wir wohnen jetzt schon seit einigen Jahren in dem Haus und seit sich bei uns Nachwuchs angekündigt hat, überlegen wir uns, ob wir das Häuschen nicht vermieten sollen. Nur in manchen Momenten legt Sonja träumerisch ihre Strickarbeit nieder und sagt: »Eigentlich war das nicht schlecht. Ein echter Hausgeist, stell dir vor. Wer hat denn schon so was?«

»Ganz recht,« pflege ich darauf zu entgegnen. »Wer hat schon so was? Wir jedenfalls nicht!«

Arme Ritter, abber Arm

Mit milden Lächeln befreite sich die Schöne aus der Umarmung der Ritters.

»Ihr wisst doch, mein lieber Jasper – die Gräfin wartet auf mich! Ich muss jetzt fort.«

»Nur einen Kuss noch, meine Liebste, schöne Aleidis. Ihr wisst doch – der Kuss ist das Siegel der Liebe.«

»Ihr habt doch sicher schon so manches Siegel erbrochen, edler Jasper«, scherzte Aleidis und gab ihm einen Klaps auf seine Hand, die sich gerade wieder frech ihren bloßen Unterarm hinaufschlich.

»Niemals brach ich ein Siegel der Liebe, Aleidis. Weil ich ein solches Siegel noch niemals verlieh – außer Euch.«

Aleidis lächelte. Sie wartete auf weitere schöne Worte, die dann auch kamen.

»Eure Haut, Aleidis, seht nur: wie sich eure Härchen stellen, sie sehnen sich nach meiner Zärtlichkeit. Ein milchig-weißes Gespinst von sinnlicher Kühle – eine Ode an die Hingabe. Gib dich endlich hin.«

Aleidis schüttelte den Kopf. Ihre blonden Locken fielen Jasper ins Gesicht, als sie ihm einen flüchtigen Kuss auf die Wange hauchte. Dann stand sie auf, ergriff die Stickarbeit, die sie auf der Burgmauer abgelegt hatte und machte einen Schritt zurück. »Ich muss jetzt gehen,« sagte sie streng. »Auf Bald. Ganz sicher.«

»Ja bald,« murmelte Jasper. »Gott allein weiß, was Ihr unter *bald* versteht. Wir müssen auch bald sterben, vergiss das nie.«

»Ich vergesse es nicht,« erwiderte sie ernst. »Und nun habt Vertrauen.«

Er nickte und sah ihr nach, wie sie mit wiegendem Schritt das Turmhaus verließ. Kurz vor dem Treppenabgang drehte sie sich noch einmal um, und warf ihm eine Kusshand zu. Das tiefblaue Blitzen ihrer Augen war das letzte, was er von ihr sah, dann war sie verschwunden. Jasper seufzte. Laut rief er nach seinem Knecht. »Lucius!«

»Herr?«

Lucius kam die Holztreppe heraufgepoltert. In der Hand hielt er ein Hühnerbein, an dem er eifrig nagte. Das Fett lief ihm den Hals hinunter und hinterließ einen dunklen, glänzenden Fleck auf dem groben schmutzstarrenden Leinenhemd. Lucius war ein Riese, der Jasper um mehr als eine Haupteslänge überragte – Jasper hatte irgendwann erfahren, dass man ihn unter seinesgleichen auch »den Hammer« nannte, weil er einen Mann mit nur einem einzigen Faustschlag niederstrecken konnte. Wäre er von Adel gewesen, hätte er einen prächtigen Ritter abgegeben. Sein Wesen aber war sanft und auch ein wenig einfältig – und nichts befriedigte ihn mehr, als gutes Essen.

»Lucius,« sagte Jasper streng. »Wo hast du das Hühnerbein her?«

»Von Anton. Das is' der neue Koch. Mächtig netter Kerl. Was gibt's denn, Herr?«

Jasper zog seinen Umhang enger um den Leib. Er fröstelte. Er sah durch das Erkerfenster auf die weite Ebene hinab. Am Himmel zogen Wolken auf, die ihre schwarzen Schatten über die Felder warfen. Ähren bogen sich im Wind, ein Spiel im Zwielicht des kommenden Gewitters. Jasper kamen Verse in den Sinn – neue Verse für seine Geliebte, aber er sparte sie sich zunächst auf.

»Geh zum Gärtner und ersteh' uns einen Strauß frischer Rosen. Taufrisch, verstehst du? Ich will die Wasserperlen noch an ihren Stielen sehen. Und den Strauß bringst du dann Aleidis. Sie ist bei der Gräfin.« Er seufzte. »Wie immer,« setzte er dann missmutig hinzu. Er blickte auf und sah seinen Knecht an. »Nanu? Du bist noch nicht weg? Jetzt spute dich, aber hurtig!«

Der Knecht sah betreten zu Boden.

»Ham' kein Geld für Rosen«, erklärte Lucius mit belegter Stimme. »Ham' kein Geld für garnix.«

»Ja, ja,« erwiderte Jasper missmutig. »Aber wir haben einen guten Namen, das muss reichen. Sag dem Gärtner, er soll anschreiben.«

»Ihr solltet mehr aus den Bauern rauspressen, ein paar Extrasteuern erfinden und das Gesinde mehr schuften lassen, dann wär' Geld für Rosen da,« setzte Lucius noch einen drauf. Jasper maß ihm mit einem strengen Blick.

»Das reicht jetzt, Lucius! Geh jetzt, spute dich. Und wenn der Gärtner Schwierigkeiten macht, dann kümmere ich mich persönlich darum.«

Lucius nickte ergeben, steckte sich das angeknabberte Hühnerbein in den Hosenbund und trottete die Treppe nach unten.

Jasper stützte das Kinn auf die Faust und sah wieder nach draußen. Es war jetzt dunkler im Wachturm, die Wolken hatten nun die Burg erreicht. Schon roch er den Regen, der bald kommen würde. Der Wind fuhr durch seine dunklen Locken, die ihm auf seine Schultern hinabfielen. Er sah sich selbst dort sitzen, als gäbe es ihn ein zweites Mal am anderen Ende des Raums. Ein stattlicher Ritter, doch das Purpur seines Überwurfs war voller Löcher. Er war ein Ritter, gewiss, doch ein armer Ritter. Die Minne brachte eben wenig ein, und seine kargen Ländereien erwirtschafteten gerade seinen eigenen Bauern das

Brot. Seit einem Jahr lebte er nun als Minnesänger hier auf der Burg des Grafen von Rauenthal. Die Grafschaft war klein und unbedeutend, im politischen Ränkespiel war sein Graf nicht sonderlich geschickt – zu sehr liebte er das Wohlleben und die Völlerei. Das Regieren delegierte er vornehmlich an den Vogt, nur die Rechtsprechung behielt er sich vor. Seine bisher einzige weltmännische Tat war die Heirat mit einer Edeldame aus Perugia gewesen: Zelda di Forza, deren südländische Schönheit nur noch durch ihre Kultiviertheit übertroffen wurde. Was ihre Familie dazu bewogen hatte, sie in eine verhältnismäßig unbedeutende Grafschaft einzuheiraten, blieb vielen bis heute ein Rätsel, und man munkelte auch, dass der Graf bei ihr nicht sonderlich auf seine Kosten kam. Zu sehr schien sie von Troubadouren, Poeten und Höflingen angetan. Ihr war es zu verdanken, dass es überhaupt ein nennenswertes Hofgeschehen gab, Minnesänger inbegriffen. Jasper war gern gesehen, denn seine Stimme war gut, sein Benehmen vorzüglich und sein Wortwitz gefürchtet. Aber er war eben nur Jasper von Eschenbach, der letzte Sohn in der Erbfolge und obendrein ohne das Ansehen seines Oheims Wolfram. Die Minne war sein Brot.

Und nun hatte er den größten Fehler gemacht, der einem Minnesänger unterlaufen konnte. Er hatte sich in die Dame seiner Minne verliebt, obendrein auch noch in die Nichte des Grafen. Das hätte nicht passieren dürfen.

Aber es war geschehen, gleich am ersten Abend, als er sein neues Lied vorgetragen hatte. Ihre Augen trafen sich im Feuer – und verglühten darin. Er war sich ihrer Liebe sicher, er zweifelte nicht an ihr. Aber seit zwei Monaten war es ihm nicht gelungen, sie für einen Abend für sich zu haben, ununterbrochen hielt Gräfin Zelda ihre Hofdame auf Trab, und vereitelte jedes Rendezvous. Und ohne Vermögen konnte er kaum offen um sie werben – nur eine Heirat hätte sie aus den Klauen der Gräfin befreit.

Er griff nach seiner Laute, die neben ihm an der Turmwand lehnte. Gerade hatte er ihr die ersten, wehmütigen Töne entlockt, als sein Knecht wieder die Treppen heraufgepoltert kam.

»Herr!« rief er, ganz außer Atem, »Ihr sollt sofort zum Grafen kommen. Ich glaub', es is' ziemlich wichtig!«

»Wo sind die Rosen?« fragte Jasper und sah ihn mit hochgezogener Braue an.

»Aber Herr – die Rosen …? Der Graf verlangt nach Euch! Ziemlich dringend. Er hat Stahlhans nach dir geschickt.« Lucius rieb sich mit schmerzlicher Grimasse das Hinterteil. »Hat mich mächtig in'n Arsch getreten …«

Stahlhans. Jaspers heimlicher Spitzname für Otker von Nauenfels. Gepanzertes Faktotum des Grafen, stets an dessen Seite und ungefähr so humorvoll, wie ein durchgehendes Schlachtross. Gern wäre er zum Vogt ernannt worden, denn er betrachtete sich als »die rechte Hand« des Grafen, doch mit diesem Posten hatte Roland von Rauenthal vor einigen Monaten seinen Vetter Tristan beglückt, was den Stahlhans ungemein wurmte. Aber er blieb die Exekutive des Burgherrn. Wenn der Graf den Stahlhans schickte, war es ernst, denn er verzichtete selten auf dessen Schutz. Jasper erhob sich und drückte seinem Knecht die Laute in die Hand. »Bring das Ding in mein Gemach. Ich geh dann mal zu meinem Lehnsherren.«

Jasper sah lieber nicht hin, als Lucius den Hals der Laute mit seinen Hühnerfettfingern ergriff.

»Und wasch dich endlich mal wieder,« grummelte er noch.

Die Kemenate lag im obersten Stockwerk des Bergfrieds. Zugig, kalt, feucht – kein Ort für einen Grafen, der sonst hochherrschaftlich in seinen Hallen residierte. Hierher zog man sich nur waidwund zurück. Jasper sah sich im Raume um. Durch die mit Pergament verkleideten Fensteröffnungen pfiff der Wind und ließ die hölzernen Rahmen klappern. Auf einem groben Tisch stand eine Terrine, deren Inhalt sich unter einer dicken braunen Soße verbarg. Daneben hatte man ein Messer in das Holz gerammt. Ein Hauch von Fäulnis und Siechtum lag in der Luft, der auch vom Wind nicht gänzlich fortgetragen wurde.

»Geht's Euch nicht gut, Herr?« fragte Jasper, als er den Raum betrat. Graf Rauenthal lag auf einer Bettstatt und stierte ihn mit glasigen Augen an. Jakob, der Bader war damit beschäftigt, seine Schulter zu versorgen, wobei er mit Tüchern und Salben hantierte. »Einfach grässlich,« murmelte er dabei. »Hab so was nur selten gesehen.«

»Ach was,« erwiderte barsch der Graf. »Auf jedem Schlachtfeld sieht man das. Aber normalerweise nicht auf seiner eigenen Burg. Jasper! Da seid ihr endlich! Wo habt ihr gesteckt. Nein, mir geht's nicht besonders gut, wie Ihr seht. Also – wo wart Ihr?«

Jasper sah ihn ungerührt an. »Ich bin Minnesänger. Ich dichte. Tagaus, tagein.«

»Großartig. Das brauchen wir jetzt,« versetzte der Graf. »Schaut euch das hier an.« Dabei deutete er mit der linken Hand auf die Terrine.

Jasper trat näher. »Ein Ragout? Nein, das sieht nach einer Hammelkeule aus. Riecht nicht besonders gut.«

»Hammelkeule?« brüllte der Graf und erbebte auf seiner Bettstatt. »Schaut gefälligst genauer hin!«

»Regt euch nicht so auf, Herr Graf«, beschwichtigte der Bader mit dünner Stimme. »Es fängt sonst wieder an zu bluten.«

Jasper nahm das Messer und zog es aus dem Tisch. Dann stach er vorsichtig in das Etwas aus Fleisch und Knochen unter der fetten Soße, die schon eine dicke, blasige Haut gebildet hatte. Er hob die Masse an und erkannte einen Finger. Dann mehrere Finger, eine ganze Hand. Eine menschliche Hand. Und dann ragte ein ganzer Arm aus der Soße, teilweise noch von einem Kettenhemd umfasst. Ein Ritterarm. Jasper wurde übel. Er ließ den Arm zurück in die Soße plumpsen und taumelte.

»Gestattet, dass ich mich setze,« ächzte er leise und tastete nach dem Stuhl, der an einem der Fenster stand.

»Jetzt hat's Euch die Sprache verschlagen, was?« brummte der Graf und verscheuchte mit einer schlappen Handbewegung den Bader. »Das reicht jetzt – fort mich euch, ich muss mit Herrn Jasper unter vier Augen reden. Raus jetzt!«

Der Bader nickte und räumte seine Utensilien zusammen. Gebückt schlich er aus dem Raum.

»Wessen Arm ist das?« fragte Jasper. Er hatte sich wieder etwas gefangen und seine gewohnte Kaltblütigkeit kehrte zurück. Der Graf hustete, als hätte er sich verschluckt.

»Wenn ihr die Güte hättet, eure Beobachtung ein wenig auf meine Wenigkeit auszudehnen …« wieder ein Hustenanfall … dann schrie er aus Leibeskräften: »… dann würde Euch vielleicht auffallen, dass mir ein Arm fehlt! Gottverdammt!«

Jasper unterdrückte einen Fluch. In der Tat, dem Grafen fehlte ein Arm. Ausgerechnet auch noch der Schwertarm. Diese Wunde also, hatte der Bader versorgt.

»Und wer war's?« fragte Jasper ruhig. »Hattet Ihr eine Fehde?«

»Wenn ich wüsste, wer's war, hätt' ich Euch nicht kommen lassen.«

Jasper schüttelte den Kopf. »Ihr wisst nicht, wer euch den Arm abgehackt hat? Man sollte das doch normalerweise merken. Es braucht einen kräftigen Hieb dazu. Und warum liegt der Arm in der Soße?«

Der Graf schwieg eine Weile. Jasper sah in sein schmerzverzerrtes Gesicht. Rauenthal musste gerade durch die Hölle gehen, er beneidete ihn nicht.

»Gestern Nacht, da war er noch dran. Hatte gerade den Koch verdroschen, er hatte den Fasan anbrennen lassen. Bin dann pissen gegangen, als es hinter mir scheppert. Ich seh' grad noch Otker, wie er fällt, dann wird's duster um mich. Als ich aufwache, war der Arm weg. Vorhin kommt der Koch und serviert mir die Terrine. Hab ihn gleich ins Loch werfen lassen.

Aber wie hat er das angestellt? Ich will, dass ihr das rauskriegt, Jasper!«

Jasper stand auf und sah sich die Wunde genauer an. An den Verbandrändern erkannte er dunkle Flecken.

»Ist das Pech?« fragte er den Grafen.

»Denke schon. Die einzige Möglichkeit, wär' sonst verblutet, da bin ich sicher.«

Jasper nickte. Er kannte diese Methode der Feldscher, ein amputiertes Glied zu versorgen. Allerdings hatte er noch nie erlebt, dass der ›Patient‹ davon nichts mitbekam.

Der Graf beugte sich vor: »Und? Was denkt Ihr? War's Hexerei?«

Jasper schüttelte den Kopf. »Unsinn. Alles dummer Aberglaube. Habt Ihr jemals von Roger Bacon gehört?«

»Ein Engländer? Klar, dass Ihr den kennt, ich aber nicht. Los, Jasper, wozu wart Ihr in dieser Ochsenfurt? Ihr habt doch studiert!«

»Es heißt Oxford.« Jasper stand auf. »Der Koch hat die Terrine gebracht?«

»Weiß nicht genau – er selber wohl nicht. Aber er hat das Ganze ja schließlich zubereitet, oder wie? Außerdem ist er geflohen, noch bevor die Terrine auf meinem Tisch stand.«

»Geflohen? Einfach abgehauen?«

Der Graf schnaubte. »Ganz recht! Er hatte schon die Dorfgrenze erreicht, ehe die Reisigen ihn aufgreifen konnten. Gejammert und gezetert hat er, und die Schuld stand ihm ins Gesicht geschrieben.«

»Hat er gestanden?«

»Nein, noch nicht, jammerte nur immer was von seiner Hammelkeule herum.«

»Wo ist der Koch jetzt?«

»Na im Loch. Werd' ihm Feuer unterm Hintern machen, bis er gesteht. Aber was nützt mir die Folter, er wird alles gestehen, auch wenn er's nicht war. Und dann erfahre ich vielleicht nie, wer ihn dazu angestiftet hat.« Er ballte die verbliebene Faust. »Wenn ich diesen Hundsfott in die Hände kriege.« Dann sah er auf seine Linke und fluchte: »In die Hand, meine ich, verflucht noch eins … Jasper!« Er ergriff ihn mit der Linken am Wams und sah an ihm hoch. »Hier auf der Burg wimmelt's nur von Dummköpfen und Schwätzern. Keiner von denen hat gelernt, wie man logisch denkt. So wie dein Onkel denken würde. Was würd' er tun? Wenn du's weißt, dann lohnt dir das der Himmel.«

»Und wer lohnt es mir hier?«

Rauenthal sackte zurück. »Alles, was Ihr wollt, Jasper. Alles, was in meiner Macht steht.«

Gut. Jasper nickte. »Ihr müsst wissen: ich liebe Eure Nichte. Aleidis.«

Rauenthal glotzte ihn an. Dann brach er in schallendes Gelächter aus.

»Nicht zu fassen! Ein Minnesänger, der sich über beide Ohren verliebt! Meine Nichte könnt ihr haben, wenn sie euch will! Sie ist eine von Rheinhessen, aber sie hat keine Mitgift, dass Ihr das gleich wisst!«

»Sie will mich, aber man lässt sie nicht. Die Gräfin beansprucht sie Tag und Nacht. Die Zeit reicht nicht mal für einen Kuss.« Jasper seufzte. »Keine Zeit für die Liebe. Dabei ist das doch das Wichtigste im Leben, nicht wahr?«

»Unsinn,« brummte der Graf und verzog das Gesicht, als wohl eine weitere Schmerzwelle durch den Stumpf jagte. »Das Wichtigste ist Geld. Und das braucht ihr, um Aleidis von Rheinhessen zu freien. Meinen Arm in Gold, wenn ihr den Halunken findet.«

»Hm.« Jasper überlegte. »Und wenn ich es nicht schaffe?«

Rauenthal beugte sich vor. »Dann jag ich euch von der Burg. Und ihr seht das Weibsstück nie wieder, das versprech' ich euch. Dann kriegt sie Otker, der hat auch ein Auge auf sie.«

Mit Schaudern dachte Jasper an den groben Nauenfels. Dazu würde seine Aleidis sich niemals herablassen. Aber würde man sie lange fragen?

»Klingt nach einem guten Handel,« hörte er sich sagen. Er setzte sich wieder in den Stuhl am Fenster, lehnte sich zurück sagte:

»Wenn ich das wirklich für Euch tun soll, mein Graf, dann müsst Ihr mir gewisse Vollmachten erteilen. Denn sonst werde ich kaum vorankommen.«

»Was für Vollmachten?«, fragte der Graf misstrauisch.

»Ich muss Verhöre durchführen können, Anweisungen an die Reisigen erteilen, in eurem Namen sprechen. Außerdem werde ich ein wenig Geld brauchen. Vielleicht muss ich verreisen, vielleicht brauche ich auch Geld für lockere Zungen.«

»Also gut. Ich erkläre Euch hiermit zum Stellvertreter des Vogts, sozusagen kommissarisch. Natürlich nur auf Zeit. Und ich gebe euch einen Betrag, der Eure Unkosten decken wird. Einverstanden?«

»Ich denke, ja.«

*

»Der Koch scheidet aus,« sagte Jasper zu Lucius, als sie die Treppe zum Verließ hinabstiegen. Feuchtigkeit tropfte von den Wänden und ließ das Gestein im Fackelschein glitzern. Ihre Schritte hallten hohl in der engen Röhre. Lucius hinkte ein wenig, wohl noch eine Folge des Tritts, den ihm der Stahlhans versetzt hatte – eine Schmach, die Lucius sicher noch ganz woanders schmerzte, denn unter normalen Umständen hätte sein Knecht den Ritter wie eine Wanze zerquetschen können. Jasper hatte den Beschützer des Grafen bisher nicht sprechen können, denn er war von der Burg verschwunden. Und der Stahlhans hatte es eilig gehabt. Sehr eilig.

»Aber wer hat'n dann den Arm gebrutzelt?« hörte er Lucius fragen. Hinter dem grellen Licht der Fackel war sein Gesicht kaum mehr als ein verzerrter Schatten.

»Na, das war natürlich schon der Koch. Aber die Frage ist, ob er wusste, was da in seinem Kessel brodelt.«

»N' Koch sollte so was wissen,« brummelte Lucius. »Wo käm' wir da hin?«

»Blödsinn. Die Gedecke werden von den Pagen gebracht. Ich habe mir den Arm noch mal genau angesehen, er wurde säuberlich abgetrennt, von einem sehr scharfen Messer. Und zwar von jemandem, der sein Handwerk versteht. Wir sind da.«

Jasper hob die Fackel ein wenig höher, als die Decke sich nach oben erweiterte. Sie standen in einem kleinen Vorraum, dessen einziges Mobiliar aus einem derben Holztisch und einer ebenso groben Bank bestand. Auf dem Tisch standen zwei hölzerne

Humpen und neben der Bank das dazugehörige Fass mit Gerstensaft, zur Hälfte gefüllt. Drei massive Holztüren mit eingelassenen Sichtgittern grenzten an den Raum. Der Geruch nach Moder und abgestandenem Bier konkurrierte nur halbherzig mit dem Gestank nach Kot und Erbrochenem. Ein Reisiger hatte sich in seinem Branntweinschlaf halb über die Bank und halb über den Tisch verteilt, sein Schnarchen hallte fast ohrenbetäubend von den Wänden wider. Jasper trat auf ihn zu und stieß ihn in die Seite.

»Heda! Aufwachen!«

»Was??« Der Wachmann kämpfte sich in einen trüben Halbwachzustand empor und blinzelte in die Fackel. »Wer seid Ihr?«

»Jasper von Eschenbach im Auftrag des Grafen. Wir wollen zum Koch.«

In den aufgedunsenen Zügen des Reisigen arbeitete es sichtlich, bis er alle Merkmale eines Edelmannes ungeachtet ihres Zustandes für die ausreichende Autorisierung sortiert hatte. Dann nestelte er umständlich an seinem schweren Schlüsselbund und versuchte gleichzeitig aufzustehen, was durch den Umstand erschwert wurde, dass seine Füße vergessen hatten, wo sich der Fußboden befand. Aber schließlich siegten die Schwerkraft und der erlernte aufrechte Gang, und der Wachmann steuerte unsicher die gegenüberliegende Kerkertür an.

»Hier isser drin.«

Er schloss die Tür auf und stieß mit dem Fuß dagegen. Dann schlurfte er zu seiner geliebten Bank zurück.

Jasper betrat den Kerkerraum, dicht gefolgt von seinem riesigen Knecht. Es war stockdunkel. Im Schein der Fackel verwuchsen beider Schatten zu einem monströsen Gebilde, welches über den Kerkerboden kroch. In einer Ecke lag eine Elendsgestalt auf einem Ballen Stroh. Seine Arme waren in schwere, in die Wand geschmiedete Eisenringe gekettet.

Jasper beleuchtete den übrigen Raum, doch außer feuchten Steinquadern war da nichts. »Wenn Gott in der kleinsten Hütte zu finden ist«, murmelte er für sich, »finden wir ihn dann auch in diesem Verließ? Wohl kaum – hier holt sich der Teufel seine Seelen ab.«

Durch das Gemurmel kam Leben in das Elendsbündel auf dem Stroh. Ein Mann in den mittleren Jahren hob seinen Kopf und blinzelte gequält in den Fackelschein. Das Eisen klirrte, als er zum Schutz eine Hand vor die Augen hob. »Wer seid Ihr?«, krächzte es aus trockener Kehle.

»Ein Freund«, erklärte Jasper kurz und wandte sich dann an Lucius. »Hol vom Wachmann einen Humpen Bier und bring ihn her.« Lucius nickte und huschte davon. Jasper trat einen Schritt weiter in den Raum und ging vor dem Koch in die Hocke.

»Ich sag's dir lieber gleich, Guter Mann: Der Graf hat mich geschickt. Aber nicht, um dich anzuklagen, sondern, um herauszufinden, wer wirklich hinter diesem Anschlag steckt. Wenn du ehrlich bist, hole ich dich hier sofort raus. Bist du's nicht, wird der Graf nicht zögern, jede nur erdenkliche Wahrheit oder Unwahrheit aus dir herauszuholen. Hast du das verstanden?«

Der Unglückliche nickte. Lucius war zurück-gekommen und reichte dem Mann einen vollen Humpen, den dieser mit beiden Händen dankbar annahm. Er hielt den Humpen an die Lippen und trank den Inhalt gierig aus. Jasper legte ihm eine Hand auf den Arm.

»Nicht so viel auf einmal, mein Bester. Du hast lange nichts getrunken, dein Herz könnte stillstehen.«

Der Mann setzte den Humpen ab und sah ihn mit glänzenden Augen an. »Danke, edler Herr.« Seine Stimme klang schon deutlich besser. Jasper seufzte. Litt er selbst auch unter Liebesqualen, so war sein Los doch entschieden besser, als das von so manch anderen.

»Gut. Meine erste Frage: hast du gewusst, was sich da in der Terrine befand?«

Der Koch schüttelte heftig den Kopf.

»Nein, Herr. Ich hatte doch nur eine Hammelkeule gekocht.«

»Eine Hammelkeule. Und wo ist die jetzt?«

»Das weiß ich nicht. Ich weiß es wirklich nicht. Diese verfluchte Keule. .« Betrübt blickte der Koch zu Boden.

»Wieso verflucht? Was war denn mit der Keule?«

»Sie war misslungen! Kaum Rosmarin, kein Liebstöckel! Sie schmeckte einfach nach gar nichts, ein übles Machwerk! Diese Keule hätte mich entehrt, dabei hatte ich dem Küchenjungen präzise Anweisungen erteilt! Wenn ich den in die Finger kriege ...« Er schüttete verzweifelt den Rest des Bieres in sich hinein.

»Wer die Keule hat, der hat auch was am Stecken«, sagte Jasper, an Lucius gewandt. »Du solltest dich ein wenig umhören.«

»Geht klar, Herr«, antwortete Lucius. Er hatte sich neben den Koch gesetzt und nahm ihm den leeren Becher wieder ab. Der Koch schüttelte den Kopf.

»Da braucht ihr nicht zu suchen. Diese Keule isst kein Mensch.«

Jasper lächelte über diese Fehleinschätzung der Lage.

»Glaubt mir, verehrter Meister. Dem hungrigen Pöbel da draußen ist es herzlich gleichgültig, ob an einer Hammelkeule der Liebstöckel fehlt. Zweite Frage«, fuhr Jasper fort. »Wann hast du die Terrine zum letzten Mal gesehen?«

»Ich weiß nicht. Ich hatte sie aufs Fensterbrett gestellt. Ich wollte sie natürlich wegwerfen. Aber dann war sie plötzlich nicht mehr da! Wie entsetzlich!«

»Bist du deshalb geflohen?«, fragte Jasper leise. »Weil du befürchtet hast, man könne die misslungene Keule aus Versehen serviert haben? Und du wärst dann in Ungnade gefallen?«

Der Koch nickte und sah zu Boden. Jasper seufzte. »Mein guter Mann, sei gewiss: Der Graf hätte diese Keule nur gierig verschlungen, über zu wenig Rosmarin hat er noch nie geklagt. Ich wage zu bezweifeln, dass er dieses Gewürz überhaupt kennt. Sag: hattest du das Fenster immer im Blick?«

»Wenn ich am großen Kessel stehe, kann ich's nicht mehr sehen. Sonst wär mir bestimmt aufgefallen, wer sie genommen hat. Aber … da war ein Mönch im Gang vor der Küche.«

»Ein Mönch? Was für ein Mönch?«

»Verzeiht, edler Herr, aber ich habe nur die Kutte gesehen. Ein Benediktiner. Er lief durch den Gang, an der Küchentür vorbei.«

»Hm«, Jasper kratzte sich am Kinn. »Wenn doch der Graf nur ein wenig mehr auf die Dinge achten würde, die um ihn herum geschehen«, sagte er mehr zu sich selbst. Dann erhob er sich und blickte nachdenklich auf den Koch herab.

»Lucius«, sagte er. »Lass dir vom Kerkermeister die Schlüssel für die Handeisen geben.«

*

»Und wann kommst du wieder?«, fragte Aleidis betrübt. Sie standen im großen Torbogen, aneinander geschmiegt inmitten einer Menschentraube, die sich vor dem Regen dorthin geflüchtet hatte. Jasper hielt sein altes Schlachtross am Zügel. Normalerweise hätte er sich ein solches Pferd niemals leisten können, nicht einmal ein altes. Aber dieses Pferd war ihm von seinem Oheim geschenkt worden, anlässlich der Verleihung seiner Magisterwürde im Kolleg zu Oxford. Ein kleineres Pferd wäre ihm sogar lieber gewesen, denn dieses hier fraß für drei und brauchte obendrein immer besonders viel Platz in den Stallungen, was sich die Stallburschen natürlich extra bezahlen ließen. Lucius saß bereits auf seinem Esel –

ein belustigender Anblick, da seine Beine fast auf dem Boden schleiften. Aber der gleiche Anblick bewog auch die meisten Zeitgenossen, etwaige spöttische Bemerkungen für sich zu behalten.

»Ich kann es nicht sagen, Liebste«, antwortete Jasper in ebenso schmerzlichem Tonfall. »Ich muss hinüber zum Kloster, um herauszufinden, was der Mönch hier gesucht hat, und ob er überhaupt aus dieser Gegend stammte. Ein Schreiben des Grafen habe ich bei mir.« Er klopfte auf seinen Lederharnisch. »Wünsch mir Glück, meine Sonne, denn sonst wirst du dem Stahlhans versprochen.«

Aleidis erschauerte und drückte sich enger an ihn. »Oh Gott, das wäre ja furchtbar. Er starrt mich immer mit so gierigen Blicken an. Nein, eher würde ich sterben.«

»Und mich hier zurücklassen?«

Sie sah ihn ernst an. »Nein. Dich nähme ich mit.«

Für einen Augenblick fragte sich Jasper, ob sie das ernst meinte. Aber als er in ihre Augen sah, wusste er es. Er küsste sie zart auf ihren roten Mund und strich über ihre weizenblonden, widerspenstigen Locken.

»Du kannst etwas für uns tun, Aleidis«, sagte er leise in ihre Haare hinein. »Halt bei der Gräfin die Augen und Ohren offen. Die meisten Intrigen werden in den Kemenaten gesponnen.«

»Das tue ich schon die ganze Zeit, mein Lieber«, antwortete sie genauso leise. »Es muss einen ganz bestimmten Grund haben, dass jemand dem Grafen den rechten Arm raubt. Vielleicht eine symbolische Handlung?«

Jasper nickte. »So etwas in der Art. Denn wenn man ihn hätte beseitigen wollen, hätte man es nicht bei dem Arm belassen. Oder man hätte ihn nicht derart fachgerecht versorgt. Ja, da steckt etwas anderes dahinter, Aleidis!« Er nahm ihren Kopf in beide Hände und sah sie eindringlich an. »Wenn ich es nicht schaffen sollte, dann …«

»Dann lege ich Feuer in der Burg und verstecke mich bei den Zigeunern«, unterbrach sie ihn. Er antwortete nicht. Ein letzter Kuss, dann nahm er sein Ross bei den Zügeln und wühlte sich durch die Menge auf die Zugbrücke hinaus, gefolgt von Lucius, dem die Menschen bereitwilliger Platz machten, als ihm. Jasper drehte sich nicht mehr um, aber er fühlte ihren Blick in seinem Rücken, bis er zwischen den ersten Häuserzeilen verschwunden war.

*

Nachdem sie Rauenthal hinter sich gelassen hatten, trabten sie einen langgezogenen Höhenweg entlang. Die Handelsstraße war rechts und links von Wald gesäumt, immer wieder unterbrochen durch Auen und Wiesen, auf denen Schafe weideten. Aber bald hatten sie auch die letzten Anzeichen der Besiedelung hinter sich gelassen und waren nur noch von Wald umgeben. Der Regen hatte aufgehört, die Farne dampften vor Nässe. Jasper zog sich den klammen Umhang enger um den Leib.

»Halte die Augen offen, Lucius«, sagte er zu seinem Knecht, der neben ihm ritt. Ihre Köpfe waren fast auf gleicher Höhe. Was das Streitross dem Ritter an Größe verlieh, glich der Knecht mit schierer Körperlänge aus.

»Mach ich schon die ganze Zeit, Herr«, antwortete Lucius. »Hab' die beiden Kerle im Dorf auch schon gesehen.«

»Wie weit sind sie hinter uns?«

»Weiß nich'. Schätze so 'ne Stunde Ritt. Aber Euer Ross hinterlässt ja Eindrücke wie Pfahlgruben … Verzeihung, aber so isses nun mal«, fügte er mit einem schnellen Seitenblick hinzu.

Jasper lächelte. »Das weiß ich selbst, Lucius, aber ich habe ja dich.«

Jasper war kein besonders gut ausgebildeter Ritter, nur ein guter Läufer, was ihm lediglich den Vorteil einer unrühmlichen aber schnellen Flucht ermöglichte. Es reichte zu einem einfach geführten Schwertkampf, aber kaum zu einem Preis auf einem

Turnier – ihm fehlte einfach jeglicher Killerinstinkt. Gegen einfachen Pöbel konnte er sich zur Wehr setzen, schon allein durch sein recht brauchbares Schwert – das einzige Geschenk seines werten Vaters. Aber gegen einen gut ausgebildeten Ritter hatte er kaum eine Chance – schon gar nicht gegen einen zu allem entschlossenen Raubritter. Lucius hatte ihn schon aus manch prekärer Lage herausgehauen, vornehmlich unter Einsatz seiner Fäuste und seiner furchteinflößenden Axt.

Deshalb hielten sie sich nach Möglichkeit in der Mitte des Weges, um bei etwaigen Überfällen mehr Zeit zu haben, sich zu wappnen. Und einen Ritter auf einem Streitross anzugreifen war nicht ganz ungefährlich, selbst dann, wenn der Ritter kein guter Kämpfer war.

»Lass uns das mal durchgehen, Lucius«, nahm Jasper die Unterhaltung wieder auf. »Irgendwer möchte gern wissen, wohin wir gehen, und was wir treiben. Und das hat natürlich mit dem Arm des Grafen zu tun. Nur: wer weiß eigentlich alles, dass wir mit der Untersuchung beauftragt sind?«

Lucius zählte an den Fingern ab: »Nur Eure Aleidis, die scheidet aus. Dann der Koch … aber der wird auch die Klappe halten, es sei denn …«

»Jemand nimmt ihn in die Mangel.«

»Jau«, nickte Lucius. »Und der Stahlhans weiß es bestimmt auch längst.«

»Klar. Du hast den Bader vergessen, aber das konntest du nicht wissen. Doch vielleicht muss man gar nicht eingeweiht sein, um zu ahnen, was wir tun.«

»Wie meint Ihr'n das, Herr?«

»Nun, warum verlässt ein Minnesänger – noch dazu einer der besten …«

»Gibt doch grad' nur einen, Herr … 'tschuljung …«
– Ein finsterer Blick Jaspers –

»… bei einem solchen Sauwetter die Burg? Wo doch der Maientanz bevorsteht? Da wird ein Sänger ja dringend gebraucht. Man muss also nur beobachten, was geschieht. Aber wer auch immer die beiden hinter uns hergeschickt hat, es bedeutet, dass der Täter noch auf der Burg sein muss.«

»Oder hinter uns.«

»Oder das. Und es gibt nur eine Methode, um herauszufinden, wer das ist …«

»Herr! Ihr meint doch nich' …?«

»Klar doch. Hör zu!«

Lucius stöhnte.

*

Ganz wohl war Jasper nicht in seiner Haut, als er in seinem Versteck kauernd auf die Verfolger wartete. Er hatte Lucius vorausgeschickt, der nun das Streitross unbemannt am Zügel führte. Die Abdrücke, die das große Pferd hinterließ, dürften durch das Fehlen seiner Wenigkeit nicht um signifikante Weise flacher geworden sein, sodass ihre Verfolger den Unter-schied kaum bemerken würden. Ein plötzliches Aus-bleiben der Spuren wäre mit Sicherheit verräterischer gewesen.

Jasper hatte nicht vor, sich mit den Verfolgern anzulegen, aber er wollte ihre Gesichter sehen. Und er wurde nicht enttäuscht. Es verging etwa eine Stunde, die sich Jasper mit Alexandrinern vertrieb, die sicher Aleidiss Beifall finden würden. Ein leiser Nieselregen hatte eingesetzt, und es wurde langsam ungemütlich in seinem dürftigen Unterschlupf. Der Wald war hier besonders finster, denn die Kronen der Bäume wuchsen über dem Weg fast aneinander. Und da kaum Sonnenlicht durch die dichte, dunkle Wolkendecke drang, wurde hier der Tag fast zur Dämmerung. Was ihm auf der anderen Seite ja auch einen gewissen Vorteil verschaffte. Er ärgerte sich nur, dass er nur diesen geckenhaften roten Umhang besaß, eine unauffälligere Farbe wäre jetzt ange-messen gewesen. Aber bei allen Göttern, er war schließlich ein Dichter und kein Spion! Der Graf hätte ihn allerdings ein wenig passender ausrüsten können, in der Tat.

Er verdrängte diese Jammergedanken und dachte eine Weile an Chretién de Troyes' Romanwerk über Artus, dem legendären Britenkönig. Wie hätte Lancelot die Situation gemeistert? Nun, der wäre einfach stehengeblieben, hätte die Verfolger allein vom Pferd gefegt und erst hinterher die Fragen gestellt. Beneidenswert. Aber er war nicht Lancelot, er war nur ein einfacher Minnesänger, vielleicht sogar einer der letzten seiner Art, denn viele von ihnen gab es nicht mehr.

Er summte eine kleine Melodie, die er mal von Walther von der Vogelweide gehört hatte. Er war ihm ein einziges Mal begegnet, im Kloster zu Lorsch, dem er regelmäßig seine Aufwartung machte. Der Abt hatte sich vor Freundlichkeit fast überschlagen, als der berühmte Mann an seinem Tisch die Fasanen vertilgte. Und Walther hatte ihm die Grundregeln der Minne erklärt, von denen eine ganz eindeutig war: verlieb' dich nie in deine Minne, und wenn es denn doch geschieht, dann sollte sie niemand anderes Eheweib sein. Nun, wenigstens den zweiten Rat hatte er befolgt, dachte Jasper, und seufzte. Doch was war das? Hatte er da eben Hufschlag gehört? Er lugte hinter dem Wurzelwerk einer mächtigen Eiche hervor, die auf der höchsten Erhebung des Hohlwegs wuchs. Und tatsächlich! Zwei Gestalten, hoch zu Ross, kamen gerade hinter der Kurve hervor. Ihre Rösser dampften – zwei mächtige schwarze Friesen – beide Reiter trugen Umhänge, die sie fast vollständig verhüllten. Einer von ihnen hielt den Blick stets auf den Boden vor ihm geheftet, während der andere wachsam umherspähte. Sie gaben ein gespenstisches Bild ab, wie sie so schweigend, in bösartiger Entschlossenheit ihr Ziel verfolgten.

Jetzt hatten sie den ihm nächstgelegenen Punkt erreicht. Jasper fluchte innerlich auf das Dämmerlicht, welches ihm nun leider auch zum Nachteil gereichte. Konnten sie ihn nicht sehen, so erkannte er sie leider ebenfalls nicht. Doch der Gott aller minnesingenden Spione musste ihn lieben, denn genau in diesem Augenblick fiel ein unerwarteter Strahl Sonnenlichts durch die Decke des Waldes und erleuchtete für einen kurzen Moment die Kapuzen der Männer, die da kaum drei Klafter von ihm entfernt vorbeiritten. Das Gesicht des Spurenlesers kannte er nicht, er hatte ihn nie gesehen. Doch die lange rote Narbe, die über die linke Wange seines bleichen Gesichts verlief, würde es Jasper leicht machen, ihn wiederzuerkennen. Den anderen hatte er schon einmal gesehen, kurz, in der großen Halle, am Kamin. Seine stark südländisch geprägten Züge, die römische Nase und pechschwarze Locken, waren es, die sein Alter unbestimmbar machten. Und er gehörte zum Gefolge der Gräfin.

*

Jasper war völlig ausgepumpt, als er den vereinbarten Treffpunkt am Kreuzweg erreichte. Lucius wartete schon ungeduldig.

»Woher kennt Ihr nur diese Abkürzung, Herr?« fragte Lucius. Jasper genoss die sichtliche Bewunderung seines Knechts und verzichtete stolz auf eine Antwort. Manche Taten gewannen erst durch Schweigen an Größe.

»Auf zum Kloster«, antwortete er stattdessen knapp und stieg umständlich in den Sattel des riesigen Pferdes. Die fehlende Anmut dieser Aktion nahm ihm fast wieder den frisch erworbenen Nimbus, doch er machte sich nichts daraus. Er gab dem Pferd die Sporen und preschte voran. Lucius hatte seine liebe Mühe, ihm auf seinem Maultier zu folgen.

Die Sonne war endgültig untergegangen, als sie die Abtei im Tal vor sich liegen sahen. Jasper hatte viel vom Abt dieses Klosters gehört. Nikodemus von Sankt Gallen stammte ursprünglich aus dem gleichen Kloster wie der berühmte Notker gleichen Nachnamens, dem die Welt die Neumen verdankte, jene

Noten, welche seitdem den Gesang der Mönche überlieferte und damit das Zeitalter der modernen Ars Nova einleitete. Jasper freute sich auf ein Gespräch mit dem gelehrten Mann, auch wenn sein Auftrag eher einige unangenehme Begleiterscheinungen barg.

»Wer seid Ihr und was wollt ihr?« kam es durch die kleine Luke an der Eingangstür des Klosters. Jasper konnte das Gesicht in der Luke nicht erkennen, es war bereits zu dunkel geworden.

»Ich bin Jasper von Eschenbach und das hier ist Lucius, mein Knecht. Wir reisen im Auftrag des Grafen von Rauenthal und wünschen den Abt zu sprechen. Außerdem brauchen wir ein Nachtlager.«

»Euer Siegel? Habt ihr eine Bulle?«

Jasper antwortete nicht. Stattdessen griff er in seinen Harnisch und zog das Pergament des Grafen hervor. Er reichte es durch die Luke, und hielt dem Mann dahinter gleichzeitig seine Faust mit dem Siegelring vor die Nase.

Der Türhüter verzichtete auf ein Studium des Pergaments, es war ohnehin zu dunkel.

»Ich glaub es auch so. In Gottes Namen, tretet ein.«

Die Tür öffnete sich und Jasper sah in das Gesicht eines feisten Benediktiners. Die dicken kleinen Wurstfinger hatte er vor seinem gerundeten Bauch gefaltet, seinem Mund entströmte ein betäubendes Odeur nach Bärlauch und Wurst. Von Fastenzeiten hielten diese Mönche hier wohl nicht viel.

»Ich bin Bruder Tobias. Kommt, ich bringe euch zum Abt,« erbot sich der dickliche Mönch und watschelte voran. Seine Ledersandalen machten schlappschlappschlapp auf dem groben Steinboden.

Jasper warf einen hilflosen Blick in den Innenhof, doch da kam kein Knecht, der sich seines Schlachtrosses annehmen wollte. So gab er Lucius einen Wink, beim Pferd zu bleiben und folgte dem Mönch, der schon ein ganzes Stück den Kreuzgang hinabgeeilt war.

Vor einer mit Buntglasmosaiken verzierten Eisentüre machte Bruder Tobias Halt und klopfte an. Während sie warteten, wandte der Mönch den Kopf und flüsterte Jasper zu: »Pater Nikodemus ist sicher wieder in seine Studien vertieft. Oder er ist mit Ordnen beschäftigt, es gab nämlich einen Einbruch bei uns, müsst ihr wissen.«

»Einen Einbruch? Was ist gestohlen worden?«

Bruder Tobias wollte zu einer Antwort ansetzen, doch bevor er den Mund aufbekam, öffnete sich die Tür. Jasper blickte in das Gesicht eines in Würde ergrauten Mönchs, etwa einen Kopf kleiner als er.

Als er den Edelmann erblickte, neigte er leicht den Kopf.

»Gott sei mit Euch, Edler Ritter. Ich bin Nikodemus von Sankt Gallen, was führt Euch zu mir?« Dabei öffnete er die Tür noch ein Stückchen weiter und lud Jasper mit einer Handbewegung ein, näher zu treten.

Jasper erwiderte die leichte Verbeugung und betrat den Raum. Während er an dem Abt vorbeischritt, gewahrte er Tobias, der sich zum Abt beugte und ihm hastig etwas ins Ohr flüsterte.

»Ich bin Jasper von Eschenbach und ich …« begann Jasper, doch weiter kam er nicht, denn zu sehr nahmen ihn die Eindrücke gefangen. Selten hatte er so viele Folianten und Pergamente auf einmal gesehen, jedenfalls nicht in Privatbesitz. Und sicher gab es in der offiziellen Klosterbibliothek noch viel mehr davon. Die Regale waren als Nischen direkt in die Wände gemauert und weiß verkalkt. Drei Wände des Raumes wurden von Büchern eingenommen, doch die vierte, direkt gegenüberliegende Wand enthielt zahllose Tiegel und Behälter aus Ton, Stein oder Metall, die verschiedene Kräuter und Substanzen enthalten mussten, deren Duftgemisch dem Ritter fast die Sinne raubte. In einer Ecke dominierte ein Lesepult, auf dem ein Pergament aufgespannt war. Mitten im Raum erhob sich ein Steintisch von gewaltigen Ausmaßen, über und über bedeckt von Folianten, fremdartig anmutenden Werkzeugen und besagten Behältern. Der Raum war überwiegend in dunkles Zwielicht getaucht, denn nur einige Fackeln und große Wachskerzen spendeten Licht. Wenn der Abt hier tagaus tagein arbeitete, musste er in der Zwischenzeit blind wie ein Maulwurf sein.

»Ihr habt ein Empfehlungsschreiben des Grafen bei Euch, wie mir Bruder Tobias soeben sagte?«

»Ja, ehrwürdiger Abt. Hier ist es.« Jasper holte erneut das Dokument hervor und übergab es dem Mönch. Der nahm es entgegen, steuerte damit das Lesepult an, erbrach das Siegel und rollte das Pergament auf der Pultschräge aus. Jasper beobachtete, wie der Mönch eine kristallene Halbkugel auf das Pergament aufsetzte, bevor er zu lesen begann.

»Was tut Ihr da?« fragte er interessiert.

Der Mönch blickte auf und lächelte. »Nun – meine Augen sind nicht mehr die besten, wie Ihr Euch denken könnt. Ich verwende daher eine Lesehilfe.«

»Eine Lesehilfe?« Jasper kam interessiert näher. »Wie funktioniert das?«

Der Abt griff hinter sich in eine der Nischen und zog einen Folianten hervor. »Hier – eine zwar nicht gerade brandneue, aber sehr wirksame Erfindung. Obwohl, hierzulande ist sie brandneu.«

Während der Abt sich wieder in das Dokument vertiefte, überflog Jasper die ersten Seiten des Buches. Es war von einem Araber namens Ibn al Haitam geschrieben und in Ravenna ins Lateinische übersetzt worden. Es trug den Titel »Schatz der Optik«. Als Jasper weiterlas, stieß er auf die Begriffe »Refraktion« und »Reflexion«, von denen er auch während seines Studiums in Oxford bereits gehört hatte. Auch Roger Bacon hatte davon geschrieben. Faszinierend. Jasper lugte über die Schulter des Abts, um einen Blick auf den Kristall zu erhaschen. Und in der Tat! Die Buchstaben erschienen darin viel größer und waren einfacher zu lesen. Er musste sich diese Vorrichtung unbedingt anschaffen, denn irgendwann würde auch er ein Alter erreichen, in dem es nützlich werden konnte. Wenn er bis dahin nicht bei sämtlichen Höfen in Ungnade gefallen war, setzte er in Gedanken seufzend dazu.

Der Abt war unterdessen mit seiner Lektüre fertig. Gedankenvoll sah er ihn an.

»Und was haben Eure Untersuchungen in diesem Fall bisher ergeben?«

Jasper räusperte sich. »Noch nicht allzu viel, deshalb bin ich hier. Ich weiß nur, dass es der Koch nicht gewesen sein kann, nicht einmal unabsichtlich. Allerdings hat er einen Mönch gesehen. Da es hier weit und breit nur dieses eine Kloster gibt, vermute ich, dass er von Euch geschickt worden war. Danach wollte ich Euch fragen.«

»Ein Mönch aus meiner Abtei?« Der Alte runzelte die Stirn und kam um das Pult herum. »Das ist seltsam.«

»Was ist seltsam?«

Der Abt schüttelte den Kopf und deutete auf eines der Regale. »Wie euch der überaus mitteilsame Bruder Tobias bestimmt nicht vorenthalten hat, ist bei uns vor etwa sieben Tagen eingebrochen worden. Die Diebe kamen im Morgengrauen, als wir alle im Refektorium versammelt waren. Die Stunde der Vesper ist günstig für Vorhaben dieser Art.«

»Was wurde entwendet?«

»Ich konnte mir zunächst keinen Reim darauf machen. Aber setzt Euch doch erst mal. Guter Gott, ich habe euch noch nichts angeboten!« Er ging zur Tür, öffnete sie und klatschte in die Hände. Wieder hörte Jasper das schlappschlappschlapp von Tobias Sandalen.

»Bringt dem Herrn Jasper eine ordentliche Mahlzeit und einen Krug Wein! Und Bier für seinen Knecht. Weist ihm einen Platz in der Küche an.«

Der Abt schloss die Tür wieder und rückte einen gepolsterten Scherenstuhl zurecht, auf dem Jasper dankbar Platz nahm. Der Abt selbst setzte sich in einen wuchtigen Lehnstuhl, faltete die Hände vor dem Bauch und blickte Jasper an.

»Entwendet wurde eine meiner raren Kostbarkeiten aus dem Orient. Eine recht alte lateinische Übersetzung eines arabischen Werkes über die Kunst der Kastraten.«

»Ihr mein über die Sangeskunst?«

»Nein, edler Ritter, nicht die Kunst des Sanges. Sondern die Kunst, Kastraten zu erzeugen.«

Jasper schaute verblüfft drein. »Ihr meint …«

Der Abt nickte bloß. Jasper schwieg. In seinem Hirn begann es zu arbeiten. Plötzlich formte sich in ihm ein vages Bild.

»Außerdem,« fuhr der Abt ungerührt fort, »fehlte ein Trank, den ich seit langer Zeit für die Gebrechen des Alters herstelle. Eine Mixtur aus walisischem Weidenrindenextrakt und Opium. Ich sage Euch, edler Jasper, diese Tinktur ist ein Wunder. Damit könnte ich euch in siedendes Pech tauchen und ihr würdet es nicht einmal merken. Aber die Mixtur ist mein Geheimnis. Ich werde es niemals preisgeben. Hätte Gott die Schmerzen des Menschen nicht gewollt, dann hätte er Adam ohne die Sinne dazu erschaffen. Nur wer ein äußerst gottgefälliges Leben führt, sollte von dieser Regel Abstand nehmen dürfen.«

»In der Tat, da habt ihr recht«, sagte Jasper scheinheilig, denn er dachte dabei genau das Gegenteil. Welch ein Frevel, dass all den armen Bauernopfern auf den Schlachtfeldern der Edlen diese Gnade vorenthalten blieb! Doch in seinem Kopf jagte ein neuer Gedanke den nächsten. Jetzt musste nur noch …

»Was ist mit dem Mönch, den der Koch gesehen hat? Könnte er aus diesem Kloster stammen?«

Der Abt seufzte. Doch in diesem Augenblick klopfte es an die Tür und Tobias trat ein. In den Händen trug er ein großes Tablett mit Wein, Brot und Schinken. Er stellte beides auf einen Schemel zwischen dem Abt und Jasper und schlappte anschließend ergeben wieder hinaus.

»Danke, Bruder Tobias!« rief ihm Jasper noch hinterher, bevor er sich einen tüchtigen Schluck aus der Karaffe einschenkte. Der Wein war gut. Nicht zu trocken, aber auch nicht zu süß.

»Was ist nun mit dem Mönch, verehrter Abt«, fasste er nach, während er sich ein Stück vom herrlich durchwachsenen Schinken absäbelte und in den Mund schob. Hoffentlich wurde Lucius ähnlich gut versorgt.

»Es ist mir ein wenig unangenehm, denn solcherlei Dinge sollten in einem gut geführten Kloster eigentlich nicht geschehen können. Doch vor wenigen Tagen entfernte sich ein Novize, Bruder Farian, unerlaubt vom Kloster. Nach einigen Tagen kam er zurück und erzählte uns, sein Vater habe ihn dringend auf den Hof berufen, da seine Mutter gestorben sei. Ich hatten noch keine Gelegenheit, das nachzuprüfen. Vielleicht sollten wir ihn etwas genauer befragen, edler Jasper.«

»Unbedingt. Und wir sollten nicht zögern, denn ich habe so ein unangenehmes Gefühl in der Magengrube. Lasst und sofort zu ihm gehen!« Jasper sprang auf und wartete, bis auch der Abt sich erhob, doch dieser blieb ruhig sitzen.

»Wozu die Eile? Wir werden Bruder Farian zu uns beordern.«

»Nein, ich möchte gleich mit ihm sprechen.«

Der Abt zuckte die Achseln.

»Wenn Ihr darauf besteht ...«

*

»Das ist seine Zelle,« erklärte der Abt und leuchtete mit der Fackel in den kargen Raum. Bis auf eine schmale Holzpritsche, einen niedrigen Tisch mit einer Kerze darauf und einem Kruzifix an der getünchten Wand war diese Mönchszelle völlig leer. Keine

Menschenseele. Bruder Farian schien mal wieder auf Abwegen zu sein.

»Hast du Bruder Farian gesehen?« fragte der Abt an Bruder Tobias gewandt. Der schüttelte niedergeschlagen den Kopf. »Nein, ehrwürdiger Abt. Ich habe ihn schon seit Complet nicht mehr gesehen.«

»Dann sucht nach ihm«, befahl der Abt, doch Jasper winkte ab.

»Das wird nichts nützen, er ist über alle Berge. Und ich ahne auch bereits, warum. Sagt – habt ihr einen wirklich vertrauenswürdigen und äußerst begabten, schnellen Botenläufer hier im Ort?«

Der Abt sah Tobias fragend an. Der nickte eifrig, und seine kleinen Augen glänzten. »In der Tat, seltsam, dass ihr fragt. Ja, der Müller-Heinrich, Sohn des alten Müllers, der ist ein wieselflinker Läufer und vor allem ausdauernd.«

»Kennt er den Weg nach Rauenthal?«

»Und ob! Er ist ihn schon in Rekordzeit gelaufen.«

»Sehr gut.« Jasper griff unter seinen Harnisch und holte den Geldsack mit den Münzen des Grafen hervor. Er holte einen Silberling hervor und hielt ihn Tobias unter die Nase. »Geht und holt ihn, gleich jetzt. Und bietet ihm das hier als Lohn!«

*

»Was habt Ihr vor, edler Jasper?«, fragte der Abt, als sie wieder in der Studierstube waren. Jasper hatte sich ein leeres Pergament ausbedungen und schrieb nun eifrig einen Brief.

»Ich bin sicher, werter Abt«, erklärte er, während er schrieb, »dass sowohl das Buch als auch der Trank zu einem bestimmten Zweck entwendet worden sind. Aber beides dürfte zu wertvoll sein, um es nach Gebrauch einfach zu vernichten. Allerdings bei Gefahr im Verzuge …« Er sah den Abt vielsagend an. In diesem Moment klopfte es an der Tür. Tobias und Lucius traten ein, gefolgt von einem etwa siebzehnjährigen Jungen, dessen Augen einen hellwachen Ausdruck zeigten, obwohl ihm der Schlaf noch anzusehen war.

»Du bist der Müller-Heinrich?« fragte Jasper den Jungen. Dieser nickte ergeben. »Der bin ich, Herr.«

Jasper reichte ihm das zusammengerollte Pergament.

»Du wirst zur Burg Rauenthal laufen, so schnell du kannst. Und zwar jetzt gleich. Wenn du in Rauenthal angekommen bist, dann übergibst du diese Botschaft nur an die Dame Aleidis von Rheinhessen, verstanden? Und nur an sie, niemanden sonst. Und dabei sollte euch möglichst niemand sehen!«

Heinrich verbeugte sich und nahm die Schriftrolle entgegen.

»Und lass dich unterwegs nicht erwischen.«

»Mich erwischt keiner, dem ich es nicht erlaube«, erwiderte Heinrich selbstbewusst. Jasper glaubte ihm. Er machte einen vertrauenswürdigen Eindruck. »Dann ab mit dir. Ich verlasse mich auf dich. Wenn du zurück bist, wird dir der Abt noch einen weiteren Silberling geben.«

Die Augen des Jungen strahlten. »Ich bin schon weg, edler Herr!« Und damit war er schon zur Türe hinaus.

»Lucius«, sagte Jasper zu seinem Knecht. »Lass uns nur eine Stunde schlafen, Im Morgengrauen brechen wir dann auf.«

»Ja, Herr«, gähnte Lucius ergeben.

*

»Denkt Ihr wirklich, dass uns die beiden Kerle jetzt in Ruh' lassen, Herr?« fragte Lucius, als sie in der Morgendämmerung das Kloster verließen und wieder den Hügel hinaufritten.

»Weil ich denke«, antwortete Jasper, »dass die beiden nur feststellen sollten, wohin wir reiten. Jetzt, wo sie wissen, dass wir im Kloster waren, sind sie im Zugzwang, sie müssen sich zumindest aufteilen. Einer muss vorausreiten, um den Drahtzieher im Schloss zu warnen, damit er noch genügend Zeit hat, die Beweise zu vernichten. Deshalb habe ich den Botenjungen geschickt – um ihnen zuvorzukommen. Ich hoffe, Aleidis weiß, was sie zu tun hat.«

»Ich versteh' kein Wort, Herr. Welche Beweise denn?«

»Das wirst du früh genug erfahren, Lucius. Je weniger du weißt, desto besser. Ich hoffe nur, dass ich mich nicht irre.«

»Auf jeden Fall wartet dann noch einer auf uns.«

»Damit müssen wir rechnen … doch was ist das?«

Sie waren am Waldrand angekommen. In der stillen Morgenluft stieg eine einzelne dünne Rauchsäule zu den Baumwipfeln auf, um sich dann über den Kronen zu verlieren. Eine mächtige Eiche säumte den Weg, der tief in den Wald hineinführte. An dieser Eiche baumelte eine Gestalt.

»Oh je,« sagte Lucius. »Hoffentlich is' das nich' unser Bote.«

Sie beschleunigten beunruhigt ihren Trab. Doch als sie an der Eiche anlangten erkannten sie schnell die braune Kutte und die Tonsur des Gehenkten. Seine bloßen Füße waren schwarz verbrannt und schwebten direkt über dem noch leise glimmenden Aschehaufen direkt unter ihm. Jasper stieg von seinem Ross und zog sein Schwert. Lucius tat es ihm nach, und behielt die Bäume ringsum im Auge, während sie sich der bedauernswerten Gestalt näherten.

»Wenn das nicht unser entfleuchter Bruder Farian ist,« murmelte Jasper. Und in der Tat: das Gesicht des Opfers war jung. Man hatte ihn stranguliert, die bläuliche Zunge hing ihm aus dem ebenso verfärbten Mund, die Augen stierten entsetzt ins Leere, der Hals war unnatürlich überdehnt.

»Amer Kerl,« sagte Jasper. »Er hat sich für ein paar Silberlinge verkauft, sieh!«

Jasper deutete auf das Wurzelgeflecht der Eiche, welches knorrig an die Oberfläche trat. Zwischen den Wurzeln glänzte ein einzelnes Geldstück, ähnlich dem, welches er dem Boten ausgehändigt hatte.

»Ich hab' kein gutes Gefühl, Herr«, jammerte Lucius. »Wir sollten hier ganz schnell abhau'n.«

»Keine Angst, Lucius. Die ihm das hier angetan haben, sind längst über alle Berge, in Richtung Rauenthal. Aber wir sollten unbedingt einen Abstecher zum Landvogt machen, um ihm das hier zu melden. Sein Gut ist ganz in der Nähe. Komm!«

*

Aleidis saß auf dem Söller und blickte über die Mauer hinweg auf die Ebene hinaus. Sie dachte an ihren schönen Ritter, der da draußen einem düsteren Geheimnis auf der Spur war, während sie hier nur darauf wartete, dass gleich wieder eine neue Order der Gräfin an sie erging. Sie liebte die edlen Züge ihres Minnesängers, die klugen, grünen Augen, in die sie am liebsten eingetaucht wäre, doch am meisten liebte sie seine Ehrlichkeit, seine Gedanken, und seine Worte, die ihr in immer neuen Varianten unermüdlich die Welt ihrer Gefühle erschlossen. Seit sie Jasper kannte, fühlte sie sich nicht mehr allein auf dieser Welt – auch wenn sie kaum Gelegenheit hatte, dieses Gefühl mit ihm zu teilen.

Sicher musste sie gleich wieder eine besonders schöne Stickerei beurteilen oder sich mit der Reihenfolge eines Banketts herumschlagen. Der Gräfin fiel immer etwas ein. Dazu kam das beunruhigende Gefühl, dass Gräfin Zelda irgendetwas im Schilde führte – zu oft zog sie sich in ihre Gemächer zurück, nachdem sie Aleidis mit irgendeinem lächerlichen Auftrag durch die halbe Burg geschickt hatte, als wolle sie ihre Hofdame von etwas fernhalten. Allerdings hatte Aleidis am gestrigen Abend etwas beobachtet, was ihr sehr zu denken gab.

Sie war tief in diese Gedanken versunken, und bemerkte den jungen Mann in einfacher Kleidung zunächst nicht, bis er sie direkt ansprach.

»Ihr seid Aleidis von Rheinhessen?«, sprach er sie an. Sie wandte sich ihm zu. »Ja, die bin ich. Schickt euch die Gräfin? Wie heißt du?«

»Nein.« Der junge Mann schüttelte den Kopf. Er wirkte verschwitzt und ausgepumpt, als wäre er einen weiten Weg gerannt. »Ich bin der Müller-Heinrich aus Gerstenfeld. Der Herr Jasper von Eschenbach schickt mich, Ihnen diese Botschaft zu überbringen. Ich darf sie aber nur Euch persönlich übergeben, niemandem sonst.«

Aleidis sprang hoch. »Dann her damit! Geh in die Küche und lass dir etwas zu essen geben, du siehst aus, als könntest du's gebrauchen.«

»Nein, Herrin, ich bleib lieber bei Euch.«

Aleidis nahm das Pergament entgehen und prüfte das Siegel. Es stammt von Jaspers Ring. Dann musterte sie noch einmal den Boten. Er wirkte ehrlich und klug. Eine gute Wahl. Jasper verstand viel von Menschen, das war auch eine der Eigenschaften, die sie an ihm liebte.

»Gut, wenn du meinst. Aber wir sollten in meine Kammer gehen. Komm!«

Sie ging voran. Der Junge folgte ihr mit wachsamen Blicken. Es war besser, wenn sie nicht gesehen wurden.

In ihrer Kammer angelangt, erbrach sie das Siegel und las die Botschaft. Während sie las, runzelte sich ihre Stirn immer mehr. Dann, als sie geendet hatte, schritt sie rasch an den kleinen Kamin, der ihre Kammer nur notdürftig erwärmte. Sie legte das Pergament hinein und wartete, bis die Flammen es restlos verzehrt hatten. Dann nahm sie den Schürhaken und zerstob die Asche, bis sie sich unkenntlich mit den Rückständen des Feuers vermischt hatte.

»Ihr seid sehr gründlich, Herrin«, sagte der Junge. In seiner Stimme lag Anerkennung.

»Du hast das hier nie gesehen«, erklärte ihm Aleidis. »Und jetzt solltest du wieder zurück nach Gerstenberg laufen. Wahrscheinlich begegnest du dem Herrn Jasper auf halbem Weg. Sag ihm, er findet mich beim Grafen.«

Der Bote nickte und wollte die Türe öffnen.

»Moment noch,« hielt ihn Aleidis zurück. Sie kramte in einer kleinen Schatulle, die sie unter ihrer Bettstatt versteckt hielt. Dann reichte sie dem Jungen einen Silberling. »Hier. Damit kannst du dich dann später in einem Wirtshaus ordentlich satt essen und einen Schluck trinken.«

Der Junge wehrte ab: »Nein, Herrin – der Herr Jasper hat mir doch sowieso schon einen Silberling gegeben und noch einen versprochen! Ihr macht mich ja wohlhabend …«

Aleidis lächelte und drückte dem jungen Mann das Geldstück in die Hand.

»Drei Silberlinge machen noch keinen wohlhabenden Mann. Geht jetzt mit Gott!« Heinrich strahlte. Mit einer scheuen Verbeugung verschwand er durch die Tür.

Doch der Graf war nicht aufzufinden, so sehr ihn Aleidis auch suchte. Mal hieß es, er sei ausgeritten, dann hieß es wieder, er berate sich gerade mit dem Vogt. Schließlich kam Aleidis zu dem Schluss, dass sie auf eigene Faust die Gemächer der Gräfin durchsuchen musste. Hoffentlich begegnete sie nicht unterwegs dem Stahlhans. Der hätte ihr jetzt gerade noch gefehlt.

*

Das Landgut des Vogts lag etwa eine Stunde ab des Weges. Jasper und Lucius ritten einen schmalen Weg, der zu beiden Seiten von Kornfeldern gesäumt wurde. Die Sonne stand bereits im Zenit, der Himmel war strahlend blau und Jasper hätte jetzt gern einige Verse über diesen ersten wirklich warmen Tag im Jahr gedichtet, aber er hatte andere Sorgen. Als das

147

Landgut in Sicht kam, beschlich ihn ein übles Gefühl. Als die Gebäude jäh hinter einem flachen Hügel auftauchten, erwartete er das übliche Treiben, das geschäftige Kommen und Gehen, welches den Tag auf einem Gut bestimmt. Stattdessen erwartete ihn nur eine gespenstische Stille. Rechts waren die Stallungen, daneben eine Koppel, auf der kein Pferd zu sehen war. Gegenüber der Stallungen, auf der anderen Seite des ungepflasterten Hofes erhob sich das gedrungene Hauptgebäude. Und in der Tor-einfahrt lag ein erschlagener Knecht und starrte mit toten Augen in den Himmel. Jasper und Lucius sahen sich nur schweigend an und stiegen von ihren Tieren. Lucius untersuchte den Toten, der in einer ver-krusteten Blutlache lag, übersät von Fliegen und anderem Getier.

»Der is' noch nich' so lange tot,« sagte er leise. Jasper nickte und zog sein Schwert.

»Lass uns vorsichtig sein, vielleicht ist noch jemand hier.«

Die Tür zum Haupthaus stand offen. Jasper und Lucius erklommen vorsichtig die Stufen und betraten die Eingangshalle. Gegenüber führte eine breite Treppe in die oberen Gemächer, rechts lag ein Schreibzimmer, in dem der Vogt seiner Arbeit nachzugehen pflegte. Links führte eine Flügeltür in die Wohnstube.

Als sie das Schreibzimmer betraten, sahen sie den Vogt oder besser das, was von ihm übrig war. Er lag am Boden, die Arme seltsam verdreht, eine Wange fest auf den Holzboden gepresst. Sein Mund stand offen und seine Augen zeigten immer noch einen erstaunten, ungläubigen Eindruck. In seinem Rücken klaffte eine riesige Wunde.

Laut sagte Jasper: »Wir müssen das Haus durchsuchen, Lucius. Vielleicht hält sich irgendwo noch ein Zeuge versteckt.«

In diesem Moment hörten sie eine Stimme, die direkt von unterhalb ihrer Füße zu kommen schien.

»Holt mich hier raus, Jasper! Aber schnell!«

Jasper und Lucius sahen sich erstaunt an.

»Wenn das mal nich' der Graf is'!« brachte Lucius hervor, doch Jasper war schon dabei, den Fußboden zu untersuchen. Und in der Tat: unter dem wuchtigen Eichenholzschreibtisch fand sich eine Bodenklappe, eine Art Falltür. Als Jasper an dem kleinen Eisenring zog, ließ sich die Klappe kaum bewegen. »Hilf mir mal,« sagte er zu Lucius.

Gemeinsam schafften sie es, die schwere Klappe zu bewegen. Als sie sie oben hatten, sahen sie, dass die Klappe an der anderen Seite mit einer Eisenplatte beschwert war. Das Gesicht des Grafen erschien in der Öffnung.

»Gottlob, dass Ihr kommt, Jasper, Euch schickt der Himmel. Konnte mich grad noch rechtzeitig verstecken. Wo ist der Vogt?«

»Der lebt nicht mehr,« antwortete Jasper. »Wer war hier?«

»Wenn ich das wüsste – bewaffnete Schergen, keine Ahnung, wer sie angestiftet hat. Aber das kriegen wir schon noch raus. Hab sie kommen hören und sogleich geahnt, dass das nichts Gutes bedeutet. Und mit meinem abben Arm kann ich ja schlecht kämpfen, oder?«

Jasper sah den Grafen an, dem dieser Auftritt sichtlich peinlich war, dann reichte er ihm eine Hand, um ihn aus seinem Versteck zu hieven.

»Da brauchen wir nicht lange zu suchen, Herr. Ich glaube, ich weiß, wer das war. Wir müssen schnellstens zur Burg zurück. Wo ist eigentlich euer Beschützer, der Stahlh … Verzeihung, von Neuenfels?«

Der Graf ergriff Jaspers Hand mit seinem heilen Arm.

»Weiß der Teufel, wo er steckt – hab' ihn seit Stunden nicht gesehen.«

*

Aleidis' Blicke wanderten aufmerksam über die Kammer der Gräfin. Den ersten Sonnentag nutzend, war ihre Herrin vor einer Stunde mit dem Falkner ausgeritten, und würde wohl vor dem Nachmittag nicht zurückkommen. Die Gelegenheit war also günstig, das Zimmer zu durchsuchen. Aber wo beginnen? All die faszinierenden Details ihrer Herkunft lenkten sie von ihrem Vorhaben ab. Da gab es Gobelins mit sizilianischen Motiven, römische Vasen und zierliche Kämme aus geschlagenem Silber auf der zartgeschwungenen Kommode. Doch Aleidis hatte einen Auftrag. Wo würde die Gräfin das Buch verstecken? Ihr Blick fiel auf den Toilettenerker. Also *sie* würde einen Ort wählen, an den kein Mannsbild sich heranwagen würde. Aleidis öffnete die schmale Tür zum Erker. Ein Odeur aus edlem Parfum und allzu menschlichen Ausdünstungen schlug ihr entgegen. Der Erker war schmal, nur ein hölzerner Kasten mit einem Loch oben in der Mitte hatte noch Platz. Durch das Loch wehte ein kühler Wind. Sie sah hinein, unter ihr gähnte ein Abgrund, es ging steil an der Burgmauer hinab. In diesem Moment hörte sie schwere eisenklirrende Schritte auf dem Gang. Sie kamen näher und endeten schließlich vor der Tür der Kammer. Die Klinke wurde nach unten gedrückt. Aleidis sah sich hektisch im Raume um. Wo sollte sie sich nur verstecken? Wenn sie hier gefunden wurde, war ihr Leben keinen Pfifferling mehr wert, da war sie sich sicher. Sie zog die Tür des Aborterkers hinter sich zu, gerade rechtzeitig, denn die Tür zur Kammer öffnete sich gerade. Schwere Schritte stapften durch den Raum. Auf einmal war sie sich gar nicht mehr sicher, dass ein Mannsbild hier gerade nicht suchen würde. Ihr Blick fiel auf die Abortöffnung. Sie erschauerte. Ohne große Hoffnung steckte sie ihren Kopf in die Öffnung – unter ihr gähnte der Abgrund, in den die Exkremente des Edelfräuleins ihren Weg der Fäulnis nahmen. Aber wenn sie den Kopf drehte, konnte sie ein eisernes Gestänge erblicken, welches die Sitzplatte stützte. Sie seufzte. Es gab keinen anderen Weg. Entschlossen kletterte sie mit dem Füßen voran durch das Sitzloch. Sie angelte mit den Füßen nach den Eisenstreben, die hoffentlich fest genug in der Burgmauer verankert worden waren. Dann ließ sie sich ganz hinab.

In diesem Moment wurde auch die Tür zum Abort geöffnet, sie konnte gerade noch schnell genug den Kopf einziehen. Da hing sie nun, auf einer schmalen Stange balancierend, in luftiger Höhe. Hoffentlich sah von unten in diesem Moment keiner hinauf.

Dann erschrak sie erneut: eine stählerne Hand griff durch die Öffnung, tastete das Holz von außen ab, griff jedoch ins Leere. Aleidis wich zurück, so weit sie nur konnte, ohne von der Stange zu fallen. Verzweifelt hielt sie sich an einer Querstrebe fest. Der Wind zerrte an ihren Locken und bauschte ihr langes Kleid auf – verdammte Weibskleider! Hoffentlich schaute der Besitzer des Handschuhs nicht durch die Luke. Aber darauf schien er keine große Lust zu haben. Aleidis hörte einen unterdrückten Fluch, dann verschwand die Hand wieder in der Öffnung, verfing sich dabei aber an einem Haken unterhalb der Öffnung. Zurück blieb ein schwarzer Panzer-handschuh. Wieder ein unterdrückter Fluch. Dann entfernten sich die Schritte. Aleidis starrte den Handschuh an. Und dann fiel ihr Blick auf ein Bündel, welches man ein ganzes Stück weiter in eine Nische gelagert hatte.

*

Die Burg war in heller Aufregung, als der Graf mit Jasper und Lucius im Gefolge eintraf. Die Wachen salutierten, als sie durch das Burgtor ritten, der aufgebrachte Graf vorneweg. Und sie hatten kaum den Burghof erreicht, als der Stahlhans bereits in dramatisch wehendem Umhang auf sie zueilte.

Jaspers Augen suchten sofort den Burghof nach Aleidis ab, doch er konnte sie nicht finden. Er gab Lucius einen Wink, den dieser sofort befolgte.

153

Unauffällig verschwand er im Gewühl, sein Maultier hinter sich herziehend.

»Gut, dass Ihr wohlauf seid, Herr«, intonierte Otker von Neuenfels, die Zügel des Schimmels in der Hand, von dem der Graf gerade herabstieg. Neuenfels deutete grimmig auf Jasper. »Ich habe schon befürchtet, dass der Minnesänger Euch entführt hat!«

Der Graf bedachte ihn mit einem mürrischen Seitenblick.

»Wenn der Minnesänger nicht gewesen wäre, müsste ich jetzt meine eigene Scheiße fressen. Beraumt eine außerordentliche Verhandlung an. Im Richtsaal, aber schnell.« Der Stahlhans nickte und warf Jasper einen weiteren bösen Blick zu, den dieser stumm erwiderte.

Als sie die Stufen zum Richtsaal emporschritten, sah er Lucius. Neben ihm stand Aleidis. Ihr Haar schien etwas in Unordnung geraten zu sein und ein paar seltsame Flecken an ihrem sonst so makellosen Gewand ließen ihn Böses ahnen, aber sie schien wohlauf zu sein. Er nickte ihr zu, und für einen Augenblick traf sich ihr Blick in inniger Entschlossenheit. Aleidis presste ein Bündel an die Brust und nickte vielsagend. Jasper lächelte. Seine Aleidis!

Minuten später waren alle in dem großen, sechseckigen Richtsaal versammelt. Auf einem erhöhten Podest saßen der Graf und sein Schreiber vor einem klobigen Tisch. Rechts vom Podest gab es eine Reihe von Stühlen für die edlen Beisitzer. Und das übrige Burgvolk saß auf Bänken im übrigen Raum.

Jasper sah zur Gräfin hinüber, die auf einem Beisitzerstuhl saß. Ihr schönes südländisches Gesicht verriet keinerlei Regung, außer einem leichten Ärger über ihre abgebrochene Falknerstunde. In ihren dunklen Augen blitzte bei jeder kleinen Bewegung das Sonnenlicht auf. Ein perfektes Objekt für einen Minnesänger, dachte Jasper. Aber leider eben auch nur das.

Neben ihr saß der Stahlhans und sah grimmig mit verschränkten Armen auf ihn herab. Von ihm war nichts Gutes zu erwarten.

»Am 25. des Maien im Jahre des Herrn 1325 erkläre ich diese Anhörung für eröffnet!«, dröhnte die Stimme des Grafen, eifrig kommentiert vom Gekritzel der Schreibers. »Ich erteile das Wort dem edlen Jasper von Eschenbach, der in meinem Auftrag einen infamen Anschlag auf meine Gesundheit untersucht hat. Wohlan denn! Beginne er mit seinem Rapport!«

Das Gemurmel im Raum erstarb. Alle Blicke richteten sich auf Jasper von Eschenbach, der sich nun bedächtig von seiner Bank erhob. Er richtete seinen Blick effektvoll ins Leere und begann dann zu sprechen.

»Vorletzte Nacht wurde auf unseren edlen Graf und Burgherren ein abscheulicher Anschlag verübt. Unter rätselhaften Umständen verlor er dabei seinen rechten Arm. Seltsam ist nur.« er deutete auf den Grafen und wartete ruhig das aufkeimende Getuschel ab, »dass der Herr Graf von dieser ganzen Angelegenheit nichts spürte. Jedenfalls nicht währenddessen. Wie ist das zu erklären?«

»Hexerei!« ertönte ein Ruf aus den hinteren Bänken. Doch Jasper machte eine unwirsche Handbewegung. »Unsinn!«, rief er laut. »Mit Hexerei hat all das nichts zu tun. Viel mehr mit angewandter modernster Heilkunde aus dem Orient.« Er begann im Raume auf und ab zu schreiten. »Der Verdacht fiel zunächst auf den Koch, doch es stellte sich sehr schnell heraus, dass der arme Mensch nur deshalb geflohen war, weil er seine Hammelkeule missraten wähnte. Er fürchtete eine Strafe wegen schlechter Kochkunst. Diese Aussage ist durchaus glaubwürdig. Aber gleichzeitig erfuhr ich durch ihn von einem Mönch, der hier in der Burg gesehen worden war. Er war es, der den Arm mit der Hammelkeule in der Brühe vertauschte.«

»Aber warum nur, um Himmels Willen?« fragte der Graf.

Jasper lächelte. »Nun, ganz einfach: er musste ihn ja irgendwie loswerden, das war sein Auftrag. Was meint ihr, was ihm passiert wäre, hätte man ihn mit dem Arm des Grafen unter der Kutte erwischt?«

»Aber warum der Mönch?«, wollte der Graf weiterhin wissen?

»Weil«, erklärte Jasper geduldig, »nur dieser Mönch vom Geheimnis um den Trank wusste, welches der Abt im Kloster zu Gerstenberg hütet. Ein Trank, der jeden Schmerz vergessen macht.«

Ein Geraune ging durch den Saal. »Also doch Hexerei!«, kam es wieder von der hinteren Bank.

»Wenn hier noch einer ein einziges Mal das Wort Hexerei erwähnt ...«, brüllte der Graf in den Saal. »Dann wird der Betreffende seine eigene Zunge schlucken, verstanden?«

Sofort herrschte Ruhe im Saal. Der Graf sah Jasper erwartungsvoll an. Dieser fuhr fort.

»Im Kloster von Gerstenberg war aber noch viel mehr zu finden. Und es wurde auch noch viel mehr gestohlen, wie mir der Abt versicherte. Es wurde ein

Buch gestohlen, Herr Graf, und wenn ich Euch jetzt sage, um was für eine Art Buch es sich handelt, dann werdet Ihr sofort begreifen, dass euer Arm nur eine substitutio war, ein Ersatz für ein Körperteil, welches eigentlich stattdessen entfernt werden sollte.«

Dem Graf blieb der Mund offen stehen.

»Denn es handelte sich um ein Buch, welches peinlich genau erklärt, wie man eines Knaben schöne Stimme erhält, mit anderen Worten, es ist ein Buch über die medizinisch korrekte Kastration! Und damit steht fest ... dass nicht der Arm des Grafen entfernt werden sollte, sondern sein edelstes Teil, nämlich seine Manneskraft!«

»Aber warum nur?«, fragte ihn der Graf entgeistert.

Jasper trat nahe an ihn heran und sagte leise, doch so, dass jeder ihn hören konnte. »Weil Eure Ehe dann annulliert werden kann.«

Nach diesen Worten herrschte Schweigen. Die Gräfin sah Jasper mit verkniffenem Gesicht an. Die Augen des Stahlhans funkelten. Und der Garf sah zweifelnd vom einen zum anderen.

»Das ist eine harte Beschuldigung, die Ihr da hervor-bringt, Jasper«, sagte der Graf ruhig. »Könnt Ihr das auch beweisen?«

»Ich kann es beweisen. Dazu rufe ich die Zeugin Aleidis von Rheinhessen auf.«

Gemurmel im Saal, als Aleidis vor den Richtertisch trat. Sie hielt immer noch ihr Bündel an die Brust gepresst.

Jasper nickte ihr aufmunternd zu. »Nun – dann zeigt doch dem Grafen, was Ihr gefunden habt.«

Aleidis trat noch näher an den Tisch heran und ließ das Bündel fallen. Sie schlug die Tücher auseinander. Ein Buch und ein verschlossener Tiegel kamen zum Vorschein. Und ein Handschuh aus Eisen.

»Dieses Buch und diesen Trank fand ich im Zimmer der Gräfin,« erklärte sie mit bebender Stimme. »Es war unter dem Abort versteckt. Und dieser Handschuh gehört demjenigen, der diese Gegenstände vor nur einer Stunde entfernen wollte, sie aber nicht gleich fand. Außerdem habe ich die Gräfin gestern Nacht mit dem Herrn von Neuenfels gesehen … und ich dachte, er hätte auch Auge auf mich – gottlob hatte ich mich getäuscht …« Sie wandte sich an die Gräfin, die ihren Blick nicht erwiderte. »Deshalb habt ihr mich tagaus tagein durch die Burg gescheucht! Ich sollte eure Stelldicheins nicht stören!«

Jasper nahm den Handschuh und hob ihn in die Höhe. »Wem auch immer dieser Handschuh passt – der ist schuldig!«

In diesem Moment sprang der Stahlhans mit einem Wutschrei von seinem Sitz. »Ich höre mir diese infamen Lügen nicht länger an! Jedes Wort ist eine Beleidigung! Jasper von Eschenbach, ich fordere Euch, bei meiner Ehre!«

In diesem Augenblick machte die Gräfin ihren verhängnisvollsten Fehler. Sie sah Otker von Neuenfels an und legte ihm eine Hand beschwichtigend auf den Arm. Und der Graf sah ihren Blick.

»Nehmt sie fest, alle beide«, sagte er müde. Er gab den Wachen einen Wink. In diesem Moment zog Otker sein Schwert und stürmte auf Jasper zu. Doch er kam nicht weit. Bevor er den ruhig dastehenden Jasper erreicht hatte traf ihn ein wuchtiger Schlag an der Schläfe, als hätte ihn eine Holzramme erwischt. Mit Getöse ging er zu Boden und blieb regungslos liegen. Schwer atmend stand Lucius über ihn gebeugt und rieb sich die Faust.

»Das war für'n Arsch«, erklärte er ruhig, und setzte sich ungerührt wieder auf die Bank.

Jasper sah die Gräfin an. Ihr Gesicht war weiß wie Kalk.

*

»Es war ein Komplott, welches an der Unzuverlässigkeit der Verschwörer scheiterte«, erläuterte

Jasper, als er, Aleidis und der Graf abends am Kamin in der Burghalle saßen. Der Graf, der sich von einer Täuschung befreit sah, hatte ein bescheidenes Fest im kleinen Kreis angeordnet. Die Gräfin und ihr Liebhaber saßen im Verließ und warteten auf ihr Urteil – der Graf musste einen Fall wie diesen natürlich vor den König bringen. Von den beiden Getreuen der Gräfin fehlte bislang jede Spur.

»In der Tat hatte die Gräfin geplant, Euch entmannen zu lassen, aber von Neuenfels brachte das im letzten Augenblick nicht über sich. Also nahm er euch nur einen Arm, wohl darauf vertrauend, dass dieser Umstand Euch in ähnlicher Weise eheunfähig machen würde.«

Der Graf schnaubte. »Wozu brauch ich da zwei Arme?«

Aleidis lächelte scheu und wandte ihren Blick ins Feuer. Auch Jasper lächelte.

»Aber dann wurde die Gräfin wütend und verlangte von ihm, Euch zu töten. Stattdessen erwischte er den Vogt. Nun, der stand ihm ja auch im Weg.«

»Apropos,« sagte da der Graf. »Ich brauche einen neuen Vogt. Wie wär's mit Euch?«

»Mein Herr, ich bin doch nur ein Minnesänger«, wehrte Jasper bescheiden ab, doch ein glutäugiger Blick seiner Geliebten ließ ihn verstummen.

»Also abgemacht«, fuhr der Graf fort. »Ich halte meine Versprechen. Meinen Arm in Gold, die Hand meiner Nichte Aleidis und das Amt des Vogts.«

»Kommissarisch?« fragte Jasper listig.

»Ja«, brummte der Graf. »Ihr seid mein Kommissär. Ich brauche euren Verstand, verstanden?« Er lachte herzlich über diesen seichten Wortwitz.

Aleidis lehnte sich an Jasper und bettete ihren Kopf an seine Schulter.

»Ihr habt mir doch noch gar keinen offiziellen Antrag unterbreitet, edler Ritter«, flüsterte sie.

»Ja – wollt Ihr mich denn nicht?«, fragte Jasper entgeistert.

Sie küsste ihn. »Unsinn. Nur dich, und keinen anderen. Herr Kommissär.«

In diesem Moment wurden sie vom Koch unterbrochen, der mit einem großen Tablett an sie herantrat. Er räusperte sich umständlich.

»Ihr Edlen, ich habe mir erlaubt, zu diesem Anlass ein neues Gericht zu entwerfen. In Milch und Honig gewendetes Weißbrot, gesotten in Öl. Es schmeckt köstlich.«

Interessiert wandte sich Aleidis dem Tablett zu. Ein verführerischer Duft schlug ihr entgegen.

»Das sieht lecker aus,« sagte sie fröhlich. »Und wie heißt das neue Gericht?«

»Arme Ritter«, sagte der Koch, und wandte verlegen den Kopf, als Jasper und der Graf losbrüllten vor Lachen.

Die Reise des Wandlers

»Was ist Wahnsinn? –
Die Vernunft eines Einzelnen
Was ist Vernunft? –
Der Wahnsinn vieler.«

Julius Robert Mayer

D er letzte gewöhnliche Abend dürfte der gewesen sein an dem ich über meinen Wecker fluchte, weil er mir beim Einstellen auf den Boden gefallen war.

Das Glas war zersprungen und der Zeiger bewegte sich nicht mehr. Dabei hatte ich doch am nächsten Morgen einen ziemlich wichtigen Termin, ein Vorstellungsgespräch bei der Einwanderungsbehörde. Und jetzt war der Wecker kaputt. Mist.

Ich schlief deshalb die Nacht mit nur einem Auge, in ständiger Sorge, den Morgen zu verpassen. Doch wie es so geht – irgendwann übermannte mich dann noch die Müdigkeit und ich fiel gegen Morgengrauen in einen bleiernen Schlaf.

Um sechs Uhr dreißig warf mich dann der Wecker mit Gedröhne aus dem Bett.

Ich zwinkerte verstört und starrte ungläubig auf das kreischende Ding und stellte es mit zittrigen Händen ab. Ich fuhr sanft mit den Fingerspitzen über die glatte Oberfläche der gläsernen Abdeckung und grübelte darüber nach, ob ich nur geträumt hatte, dass sie einen Sprung hatte. Etwas verwirrt wusch ich mich und machte mich ausgehfertig und wurde das Gefühl nicht los, dass irgendetwas nicht stimmte. Ein seltsamer Geruch lag in der Luft, den ich vergeblich einzuordnen versuchte. Es roch nicht etwa brenzlig oder nach Gas, sondern irgendwie fremd, unbekannt, neuartig. Ich war so verwirrt, dass ich mich beim Rasieren in die Wange schnitt, was mir seit Jahren nicht mehr passiert war.

Auf dem Weg zu meinem Termin verflog langsam das Gefühl der Verwirrtheit und ich war nachgerade überzeugt davon, die Sache mit dem Wecker nur geträumt zu haben. Es gibt ja manchmal solche Träume, die einem so real vorkommen, dass die Wirklichkeit davor verblasst.

An den fremdartigen Geruch gewöhnte ich mich, und nahm ihn kaum noch wahr. Es musste wohl eine ungewöhnliche Schadstoffemission stattgefunden haben, sicher würden die Zeitungen darüber berichten. Es war ein strahlender Sommertag, was mich mit besonderer Freude erfüllte, denn es hatte zuvor wochenlang geregnet. Ich schritt kräftig aus und hatte das Gefühl, dass mir die ganze Welt gehörte. Ich wusste zu diesem Zeitpunkt noch nicht, dass es meine Welt schon seit Stunden nicht mehr gab.

Den nächsten Schock erlebte ich bei der Einwanderungsbehörde. Als ich mich beim Pförtner anmeldete, konnte sich Herr Doktor Metzler nicht mehr an mich erinnern, geschweige denn an einen Termin mit mir. Ich reagierte aufgebracht und hielt ihm sein eigenes Schreiben vor, das er ungläubig bestaunte und bei sich behielt. Er empfahl mir dann, mich erneut zu bewerben, und versprach, meinen Fall zu beachten.

Wie betäubt verließ ich das Amtsgebäude und versuchte meine Gedanken zu ordnen. Konnte es sein, dass ich mir nur eingebildet hatte, einen Termin mit Dr. Metzler zu haben? Einer von uns musste verrückt sein, oder die ganze Welt war verrückt. Beunruhigt überprüfte ich meine Sinne: Ich kniff mir in den Oberarm, las die Schlagzeile einer Litfaßsäule und sprach lauf und deutlich das Wort »Enzephalogramm« aus, was mir mühelos gelang. Meine Sinne waren normal.

Ich beschloss, meine alten Eltern aufzusuchen, um mich mit ihnen zu beraten. Mein Vater war ein pensionierter Beamter, ein gewieftes Behördentier, der mir sicher erklären konnte, was wirklich hinter Dr. Metzlers seltsamen Gebaren steckte. Vielleicht war das ja alles ein schmutziger Trick, weil er in letzter Minute einen anderen Bewerber vorgezogen hatte, einen Verwandten vielleicht. Sicher wollte er nur dem Vorwurf der Vetternwirtschaft entgehen.

Aber so leicht sollte er damit nicht davonkommen!

Mein Vater empfing mich wie immer, aufgeräumt und in guter Laune. Er führte mich in die Küche und fragte mich, ob ich gut geschlafen habe, ob ich gesund sei und all das übliche, das er zu fragen pflegte. Er schien jedoch langsam senil zu werden, denn er fragte mich auch nach Josephine, obgleich ich mich von dieser Xanthippe schon seit Monaten getrennt hatte. Ich maß dem jedoch keine Bedeutung bei und trug ihm mein Anliegen vor. Als ich fertig war, sah er mich eine Weile nachdenklich über seinen Brillenrand hinweg an und pfiff leise durch die Zähne. Ich stellte fest, dass er beim Optiker gewesen sein musste, denn statt des alten trug er jetzt eine moderne, randlose Brille mit getönten Gläsern. Dann räusperte er sich und meinte: »Junge, bist du dir wirklich ganz sicher, dass du dich bei Doktor Metzler beworben hast?«

Ich nickte, Natürlich war ich mir sicher.,

Mein Vater schüttelte betrübt den Kopf.

»Mein lieber Junge, Doktor Metzler ist seit Jahren der Leiter des Jugendamtes. Wie kommst Du darauf, dass er plötzlich bei der Einwanderungsbehörde arbeitet?«

Ich war sprachlos. »Du meinst …?« begann ich.

»Ja. Ja«, nickte er grinsend. »Nicht nur ich werde alt, mein Lieber. Am besten du schaust dir daheim noch mal gründlich deine Unterlagen an. Aber jetzt sollten wir erst mal einen guten heißen Tee trinken., das beruhigt und nachher sieht die Welt ganz anders aus!«

»Tee?« fragte ich ungläubig. »Du warst doch immer ein eingefleischter Kaffeetrinker? Stimmt was nicht mit deinem Herzen?«

»Wie bitte? Was sagst du da?« Er sah mich jetzt ernsthaft besorgt an.

»Ach nichts«, beeilte ich mich zu sagen. »War nur ein Scherz!«

»Merkwürdige Scherze machst du«, brummelte er. »Muss schon sagen: Sehr merkwürdige Scherze.«

Ich trank meinen Tee viel zu schnell und verbrannte mir fast den Gaumen dabei. Plötzlich hatte ich es eilig, von hier wegzukommen, denn mich überfiel das dringende Bedürfnis, einen Arzt aufzusuchen. Mir fiel auf, dass Mutter nicht im Hause weilte und Vater mit keiner Silbe erwähnte, wo sie war. Das tat er sonst immer.

Als ich mich vor der Tür von ihm verabschiedete, bat ich ihn, er möge Mutter meine Grüße ausrichten und ich käme bald mal vorbei, um nach ihr zu sehen.

Vater sah mich schon wieder so seltsam an, dann lachte er. »An deine merkwürdigen Scherze, die du neuerdings machst, werde ich mich erst gewöhnen müssen, glaube ich. Nein, mein Junge, die Grüße bestellst du ihr mal selber. Ich war gestern auf dem Friedhof. Du könntest dich ruhig auch mal um das Grab kümmern! Also, mach's gut!«

Wie benommen taumelte ich das Treppenhaus hinab. Unten auf der Straße holte ich tief Luft, da war schon wieder so ein fremdartiger Geruch. Der Himmel war bewölkt und mir fiel auf, dass die meisten Passanten auf der Straße Regenschirme mit sich führten. Was war mit dem Wetter los? Was war mit mir los? Oder war alles ein abgefeimtes Komplott, um mich in den Wahnsinn zu treiben?. Ich beschloss, der Sache auf den Grund zu gehen und ging zum Friedhof, der nur ein paar Straßen entfernt lag. Der alte Friedhofswärter begrüßte mich, als würde er mich gut kennen, dabei sah ich ihm zum ersten Mal. Ich fragte ihn nach dem Grab von Marianne Kruger und er schüttelte darauf hin missbilligend den Kopf.

»No, wo solls schon sein, das Grab von Ihr'ner Mutter? Da wo's immer ist, oder? Hab's bestimmt nicht verlegt heut Nacht!« Kopfschüttelnd ging er weiter.

Nach langem Suchen fand ich das Grab. Ein schlichter Stein, der nur ihren Namen trug und Jahreszahlen, aus denen hervorging, dass sie schon seit Jahren dort lag.

*

»Und seit wann, sagten Sie doch gleich, haben Sie diese, äh – Symptome, Herr, äh – Kruger?«

»Paul Kruger«, schob ich ein, da dieser Psychotherapeut über ein bemerkenswert schlechtes Namensgedächtnis zu verfügen schien.

»Seit heute Morgen habe ich das«, erklärte ich ihm erneut. »Es fing mit dem Wecker an, plötzlich …«

»Ja, ja«, unterbrach er mich.

»Sie erzählten das bereits.« Er sah mich durchdringend an und schüttelte den Kopf.

Es war nicht einfach gewesen, seine brünette Sprechstundenhilfe zu überrumpeln. Ich hatte draußen das goldene Schild an seiner Tür gesehen und sofort regiert. Ich war einfach in das weiße Sprechzimmer gestürmt und hatte so getan, als wäre ich seit Wochen verabredet. Viel zu nützen schien es mir jedoch nicht.

»Ich kann mir noch keinen Reim darauf machen,« erklärte der Professor. »Im Großen und Ganzen sind das Symptome einer akuten Schizophrenie, wenn ich ehrlich bin, aber um das behaupten zu können, müsste ich mehr über Ihre bisherige Entwicklung wissen. Hatten Sie nicht schon früher einmal solche, hm, Erlebnisse?«

Ich verneinte energisch diese Frage.

»Nein, Herr Doktor. Ich habe bisher ein völlig normales Leben geführt. Ich bin angehender Beamter, war verlobt, und …«

»Verlobt?«, unterbrach mich der Therapeut und sah mich fragend an. »Aber hier auf dem Fragebogen haben Sie angegeben, Sie wären verheiratet. Mit einer gewissen Josephine Kruger, geborene …« -

»Nein, Um Gottes willen! Sie täuschen sich, geben Sie her!« Ich riss ihm das Krankenblatt aus der Hand und las es durch. Tatsächlich. Dort stand es schwarz auf weiß. Die Spalte ›verheiratet‹ war angekreuzt und als Name der Ehefrau stand dort ›Josephine‹, klar mit meiner eigenen Handschrift geschrieben. Ich gab ihm das Blatt zurück. »Ich weiß nicht, wie das passieren konnte, Herr Doktor. Ich bin ganz entschieden nicht mit dieser Frau verheiratet. Gott bewahre mich davor!«

»Interessant«, der Doktor rieb sich das Kinn. »Sie würden also sagen, dass Ihnen der Gedanke, mit dieser Frau verheiratet zu sein, ganz und gar unerträglich ist?«

»Was wollen Sie damit sagen, Herr Doktor?«

Er war aufgestanden und ging langsam zu seinem Schreibtisch.

»Ein wirklich höchst interessanter Fall von Schizophrenie und hochgradiger Verdrängung«, murmelte er vor sich hin und griff zum Telefon.

»Und warum rauchen Sie plötzlich?«, schrie ich ihn beinahe an. Denn urplötzlich hatte er eine qualmende Zigarette in den Fingern, die vor Sekunden noch nicht dort gewesen war. »Seit wann ich rauche?« Er sah mich tückisch an. »Aber Sie selbst haben mir doch eben Feuer gegeben. Erinnern Sie sich nicht mehr?«

Er hob den Hörer ab und behielt mich dabei scharf im Auge. Ein mulmiges Gefühl machte sich in mir breit.

»Geben Sie mir bitte die Klinik«, hörte ich ihn leise sagen, und duckte mich instinktiv. Dann sprang ich hoch und hastete zur Tür, an der blonden Sprechstundenhilfe vorbei, durch die ehemals weiße, jetzt grün gestrichene Eingangstür und auf eine mehrspurige Straße, die man innerhalb einer halben Stunde sämtlicher Bäume beraubt hatte. Kopflos rannte ich gegen den Wind, während dicke Regentropfen auf mich niederprasselten. Der Asphalt unter meinen Füßen änderte mehrmals seine Farbe von hellgrau zu dunkelgrau und die Passanten sprangen blitzartig von einer Seite auf die andere.

Es war wie in einem rasant geschnittenen Film. Vor meinen Augen spulte sich eine ununterbrochene Kette von Veränderungen ab, die so schnell aufeinander folgten, dass ich das Gefühl hatte, in einem Werbeclip zu stecken. Schließlich suchte ich Zuflucht in einer schummerigen Bar. Ich setzte mich an die Theke, bestellte mir einen Wodka, erhielt einen Martini und schaute auf den laufenden Fernseher, in welchem gerade ein Nachrichtensprecher über das Treffen von US-Präsident Arnold Schwarzenegger und dem südafrikanischen Außenminister Stephen Biko berichtete, der im Auftrag der Regierung Mandelas eine Petition an die UNO eingab. Endlich, endlich hatte ich begriffen.

Ich sah ein, dass mein Gehirn nicht richtig funktionierte. Ich litt ohne jeden Zweifel an halluzinatorischer Schizophrenie. Aber in eine Klinik würde ich niemals gehen. Ich musste versuchen, mit dieser Krankheit fertig zu werden, indem ich zunächst einmal alles so nahm, wie es sich mir darbot. Ich kümmerte mich also nicht darum, dass die Theke, auf die ich mich stützte, alle paar Sekunden ihre Form und Farbe wechselte, kümmerte mich nicht darum, dass ich abwechselnd einen Martini, einen Wodka oder Wein vor mir stehen hatte, obwohl mir ein Bier jetzt am liebsten gewesen wäre. Es war mir egal, dass der Kellner scheinbar alle fünf Sekunden zum Friseur rannte oder sich gar als Transvestit entpuppte. Gäste verschwanden spukhaft von der Bildfläche oder tauchten wieder auf und der Fernseher flackerte zuweilen, wie bei einer Bildstörung, ohne dass jemanden das störte.

Es dauerte auch eine ganze Weile, bis ich das Mädchen am anderen Ende der Theke bemerkte. Das einzig Auffällige an ihr war nur, dass sie sich minutenlang nicht verändert hatte, und einen gleichgültigen und doch verstörten Ausdruck im Gesicht hatte – auch wenn das widersprüchlich erscheint. Sie bestellte einen Campari und erhielt einen Eisbecher. Sie seufzte und schob den Becher von sich weg. Das machte mich stutzig. Ich fasste Mut und trat an Sie heran. Sie hatte rote Haare und einen bleichen, zarten Teint. Außer einer dicken, grünen Lederjacke trug sie einen Minirock und Netzstrümpfe, wirkte aber nicht wie ein Püppchen.

»Entschuldigen Sie«, sprach ich sie an. Sie beachtete mich kaum. »Sie haben da eben einen Drink bestellt und einen Eisbecher bekommen. Ist Ihnen das gleichgültig?«

Ich rechnete nun mit jeder Antwort und machte mich auf eine schnelle Flucht gefasst. Doch sie zuckte nur mit den Achseln und sagte müde: »Ist mir egal«.

Doch dann fuhr sie zusammen und starrte mich aus großen Augen an. »Moment mal!« stieß sie hervor und packte mich am Revers. »Sie wollen doch nicht etwa behaupten, Sie hätten das bemerkt! Ich meine: haben Sie gehört, dass ich einen Drink bestelle und gesehen, wie ich einen Eisbecher kriege?«

Dabei schüttelte sie mich aufgeregt. Ich nahm ihre Hände von meinem Kragen und nickte ruhig. »Ja. Ich habe das ganz deutlich beobachtet. Und das ist noch nicht alles.«

Ich beugte mich zu ihr herunter und flüsterte ihr verschwörerisch ins Ohr: »Sagen Sie – haben Sie nicht auch das Gefühl, als würde sich hier ständig alles verändern, außer Ihnen selbst?« Statt einer Antwort nahm sie mich bei der Hand und zog mich zu einem leeren Tisch. Sie setzte sich mir gegenüber und beute sich dann soweit zu mir vor, dass unsere Nasenspitzen sich fast berührten. »Sie also auch?« sagte sie leise. »Sie sind auch ein Springer?«

*

»Ich heiße Janina«, erklärte sie mir später, als wir am Flussufer spazieren gingen. »Ich bin zwar auf Helga getauft, aber als die Dinge sich immer mehr veränderten, dachte ich mir, ich könnte genauso gut meinen Namen tauschen. Also Janina, verstanden?«

175

Ich hatte nichts dagegen einzuwenden. Es war mir so wohl bei dem Gedanken, nicht allein in dieser verrückten Welt zu stehen, in Janina einen Menschen zu haben, der mir ausredete, an einer Krankheit zu leiden, der mein Schicksal teilte – ein Wanderer zwischen den Welten zu sein oder ein ›Springer‹, wie sie es nannte.

Es war ein lauer Sommerabend. Die Blätter rauschten im Wind und die Welt hatte sich fast den ganzen Tag über nur geringfügig verändert. Es gab keinen Krieg im Nahen Osten und niemand kannte Coca Cola. Alles in allem eine der angenehmsten Welten bisher.

Janina erklärte mir ihre Theorien: »Weißt Du, die ganze Welt, sie ändert sich nicht ununterbrochen. In Wahrheit ändert sich ja auch überhaupt nichts. Wir sind es nur, die von Wirklichkeit zu Wirklichkeit springen. Manchmal geht das schnell hintereinander und manchmal bleiben wir länger in einer Welt.«

Die Augenblicke, in denen sich alles unaufhörlich zu ändern schien, nannte sie ›Flatter-Phasen‹. Sie glaubte, dass wir nur in solchen Flatterphasen ›Durchgänge‹ erlebten, die meist einen vorläufigen Endpunkt hatten. Doch es war unmöglich, ein System hineinzubringen.

»Wenn Du eine Flatterphase erlebst, dann setzt du dich am besten still in eine Ecke und wartest ab. Ich würde dir auch nicht raten, in einer solchen Phase aufs Wasser zu gehen oder in ein Flugzeug zu steigen. Auch keine Züge benutzen oder Hochhäuser betreten. Am besten, du hältst dich im Freien auf, klar?«

Ich musste lachen. »Kennst du dieses Gedicht?« fragte ich sie und zitierte den ersten Satz: »Dunkel war's, der Mond schien helle.« Sie lächelte mich an und fuhr fort: »Als ein Wagen blitzeschnelle.« »Langsam um die gerade Ecke bog«, vervollständigte ich die erste Strophe.

»Fuhr«, warf sie dazwischen. »Fuhr?« »Langsam um die gerade Ecke fuhr, nicht bog!«

»Nein«, widersprach ich. »Es heißt bog, nicht fuhr.« »Also gut«, seufzte sie. »In deiner Welt heißt es ›bog‹, in meiner ›fuhr‹. Streiten wir uns nicht. Aber wie ging es weiter?« »Drinnen saßen stehend Leute, schweigend ins Gespräch vertieft.« »... als ein totgeschoss'ner Hase auf der Sandbank Schlittschuh lief!«

Sie umarmte mich und flüsterte: »Jetzt können wir sicher sein, dass wir beide aus ein und derselben Welt kommen. Wegen fuhr oder bog sollten wir uns nicht in die Haare kriegen. Vielleicht irre ich mich auch.,« Ich erwiderte ihre Umarmung und presste sie fest an mich.

»Janina« stieß ich hervor, während ich ihren Atem an meinem Ohr spürte. »Janina, lass uns zusammen bleiben! Ich brauche dich. Nein, ich liebe dich!«

»Brauchst du mich, weil du mich liebst, oder liebst du mich weil du mich brauchst?«

»Beides, Janina. Beides zugleich. Wie der helle Mond, der dunkel scheint.«

Sie rückte von mir ab und sah mir fest in die Augen. »Wir werden zusammenbleiben, Paul. Ich werde dich nicht verlassen, soweit es in meiner Macht steht. Aber was tun wir, wenn einer von uns plötzlich in einer Welt auftaucht, in der es den Anderen nicht gibt?«

Das war eine schwerwiegende Frage. Es war zum Verzweifeln. »Siehst du diese Bank? » fragte ich sie und deutete auf eine rote Parkbank unter einer Trauerweide direkt am Fluss. »Wenn wir uns einmal verlieren sollten, dann wird das unser Treffpunkt sein. Diese Bank am Fluss« »Und wenn dann keine Bank mehr dort steht oder kein Bau oder sogar der Fluss verschwindet?« »Dann weiß ich mir keinen Rat. Janina., Aber so weit wird es nicht kommen.«

»Ich rechne mit allem«, sagte sie. »Auch mit einem hellen Mond, der dunkel scheint.« »Janina«, antwortete ich. »Wir kommen zwar aus der gleichen Welt, aber merkwürdig kommst du mir trotzdem vor.« Sie warf lachend ihren Kopf in den Nacken und gab mir einen Schubs, der mich in bedrohlicher Nähe des

Wassers brachte. »Paul!« rief sie, »Wann wirst du endlich begreifen, dass du schon lange nicht mehr normal bist!«

In der folgenden Zeit sollte sich unser Dasein in einer sich ständig veränderten Welt als immer komplizierter erweisen. Als Wohnsitz hatten wir eine Laube erkoren. Das war besser als meine Wohnung in einem städtischen Silo, dessen Architektur äußerst unbeständig war. Unser Tag begann mit Zeitung lesen und Fernsehen. Wir mussten jederzeit auf dem laufenden sein. Mit der Zeit wurde es jedoch schwierig mit der jeweils herrschenden Sprache zurande zu kommen, denn die Wortwahl änderte sich von Tag zu Tag. Ist es doch schon in einer ›normalen‹ konstanten Welt ein Problem, dem Sprachgebrauch zu folgen. Es kam vor, dass eine Tageszeitung voller Anglizismen steckte, oder ganz auf Französisch geschrieben war. Die Wahl der Kleidung war ein Riesenproblem, denn vor allem die Moden wurden immer bizarrer. Wir gewöhnten uns allmählich daran, dass wir überall, wo wir hinkamen, misstrauisch oder neugierig angestarrt wurden.

Hatten wir am Abend zuvor Butter eingekauft, konnte es passieren, dass sie am Morgen fehlte, da wir nächtens in eine Welt transferiert wurden, in der wir die Butter vergessen hatte. Die Währungen änderten sich rasant, wir erlebten Inflationsraten von astronomischen Werten oder ganze Währungsänderungen, so dass wir mit unserem Münzen und Banknoten fast gar nichts mehr anfangen konnten oder plötzlich gar keine mehr hatten. Erfreulicherweise gab es aber auch Welten, in denen ich Unsummen in meinen Taschen fand, ohne zu wissen, woher sie stammten. Es war kein leichtes Unterfangen, sich alles zu beschaffen, was wir brauchten. Wenn wir einem Obsthändler frech ein Bündel Bananen von der Stange nahmen, konnten wir nur hoffen, schon Minuten später in einer Welt zu sein, in der es diesen Obsthändler gar nicht gab. Es war sinnlos zu planen oder sich auf irgendetwas einzustellen Alles änderte sich. Wir lebten von einem Tag auf den anderen, stets wach und flexibel, um uns blitzartig den veränderten Umständen anzupassen. Langsam gewöhnten wir uns daran und entwickelten uns auf unsere Weise.

Wenn wir uns nicht mit dem nackten Überleben beschäftigen, suchten wir nach Antworten. Wenigstens nach einem Ansatz einer möglichen Erklärung dessen, was uns widerfuhr. Wir stöberten in Bibliotheken herum, lasen Philosophen, Naturwissenschaftler (vor allem Einstein, Schrödinger, Heisenberg) und verstanden kaum etwas davon. Ganz abgesehen davon, dass diese Namen für nichts bürgten, denn auch sie änderten sich. Es war allein schon ein Problem, immer wieder das gleiche Buch zu finden. Dann hatten wir an einem Tag glücklich einen Mathematiker erstanden, verwandelte er sich tags darauf in einen Romancier vom Schlage Karl Mays.

»Ich glaube, wir sind gar nicht immer ein und dieselben in jeder Welt«, sage Janina. »Ich glaube, es ist so, dass hm, ja dass im Grunde in jeder Welt ein anderer Paul und eine andere Janina existieren. Der Defekt ist, dass wir sie nicht voneinander trennen können.

Wir sind auf eine seltsame Art gleichgeschaltet mit allen Pauls und Janinas die es gibt, allen möglichen Varianten.«

»Vielleicht so eine Art Metafeld?«

»Vielleicht. Oder ein Defekt in einem solchen.«

»Merkwürdig, dass ausgerechnet uns so etwas passiert.«

»Möglicherweise ist es gar nicht so ungewöhnlich. Denk doch mal nach: Ist es dir nicht auch schon früher öfter mal passiert, dass du ganz sicher warst, irgend einen Gegenstand da oder dorthin gelegt zu haben und du dir dann gar nicht erklären konntest, wie er dann an eine ganz andere Stelle gekommen ist. Oder dass du dich plötzlich in der Küche wiederfandest und gar nicht mehr wusstest, was du dort wolltest. Gab es nicht auch Augenblicke, in denen du sicher warst, dein Gegenüber hätte etwas bestimmtes gesagt oder getan, obwohl das ganz entschieden bestritten wurde? Oder dass du irgendetwas gelesen hast und dann dieselbe Stelle woanders wiederfindest – und noch präziser: Diese sogenannten Déjà-vus. Situationen, die du genauso schon einmal erlebt zu haben glaubtest?«

»Du hast recht. Ich dachte allerdings bisher immer, ein Déjà-vu sei eine Art Zeitschleife, in der das Bewusstsein der Zeit um einen Bruchteil einer Sekunde vorauseilt.«

»Auch eine Möglichkeit.«

»Du meinst also, jeder Mensch wechselt von Zeit zu Zeit in eine andere Welt, ohne es zu bemerken?«

»So ähnlich. Vielleicht haben wir irgendwann den Absprung nicht geschafft.«

»Aber wohin führt das, wie lange kann das dauern?«

»Oh, rein theoretisch kann das ewig dauern, weil es unendlich viele Möglichkeiten gibt. Es ist nur die Frage, ob wir das Überleben, denn wir sind nicht ewig.«

»Kritisch würde es also erst dann, wenn wir in ungeordnete Welten vorstoßen.«

»Was meinst du damit?«

»Na ja. Das Universum, welches wir kennen, ist ein geordnetes, aber Ordnung ist von allen Möglichkeiten der Existenz die seltenste, nicht wahr? Ich meine –

die Chance für einen ungeordneten Zustand ist viel größer als die für einen geordneten Zustand. Und dann kommt noch hinzu, dass, ja dass wir sogar einen ganz speziellen Zustand der Ordnung brauchen, um zu existieren – ich meine: ohne eine Ökosphäre, wie wir sie kennen, gäbe es uns auch nicht. Jedenfalls nicht in dieser Form«

»Das würde bedeuten, dass wir irgendwann aufhören müssen zu existieren, weil wir dann keine geeigneten Bedingungen mehr vorfinden.«

»So ist es!«

*

Ich verlor Janina in einer der schlimmsten Flatterphasen, die ich bis dahin erlebt hatte. Es brach wie ein Sturm auf uns herein. Vor meinen Augen flimmerte die Luft und ein Brausen war in meinen Ohren. Der Fernseher schrumpfte und wuchs wieder in einer pulsierenden Bewegung. Die Maße des Hauses veränderten sich auf ähnliche Weise und der Tisch wanderte, wie von Geisterhand bewegt, im Raum herum. Ein stechender Geruch lag in der Luft und die Farbe des Himmels wechselte von rot zu blau, zu grün, zu violett, zu grau. Der Boden vibrierte und fremdartige Gegenstände tauchten auf und verschwanden wieder. Und plötzlich verschwand auch Janina. Ich sprang erschrocken auf und rief nach ihr, doch sie blieb verschwunden. Ich rannte hinaus in den Garten, doch er hatte sich in einen grauen Hof verwandelt. Hinter mir ragte nicht mehr die Laube, sondern ein kasernenartiges Gebäude empor. Es war kalt und es roch nach Schnee. Ich beeilte mich, zum Fluss zu kommen, doch als ich die Stelle mit der Bank erreichte, war da nichts als ein geborstener Brücken-pfeiler. Verzweifelt suchte ich die Gegend nach ihr ab. Dann war die Phase vorüber.

Die Sonne brach durch und die grauen Häuser verschwanden. Die Gegend wirkte auf einmal so vertraut, wie schon lange nicht mehr. Ich suchte wieder die Stelle am Fluss.

Und tatsächlich – ein Stein fiel mir vom Herzen – dort saß Janina auf der Bank und starrte auf ihre Fußspitzen. Sie trug merkwürdigerweise einen Falten-rock und ein plissiertes Hemd und wirkte ungewohnt korrekt. Ihr rotes Haar war sorgfältig frisiert und ihr Regenmantel sah aus wie neu. Ich rief sie beim Namen und trat vor sie hin. Sie sah mich an und erschrak.

»Janina, ich bins, Paul. Erkennst du mich nicht?«

Sie nickte und blickte verlegen zur Seite.

»Doch Paul, ich erkenne dich. Suchst du mich schon lange?«

»Es geht. Ich habe dich vor einer Stunde verloren, du mich doch auch oder?«

Sie blickte nervös auf den Fluss hinab und sah mich dann bittend an.,

»Paul«, sagte sie und ein Flehen lag in ihrer Stimme. »Ich kann dir das jetzt nicht erklären, aber du musst gehen, verstehst du? Du kannst nicht bleiben. Ich – na ja, ich lebe in einer konstanten Welt, verstehst du. Ich meine, es ist alles konstant in meiner Welt. Es ändert sich nichts!«

»Aber …« ich war wie vor den Kopf gestoßen. »Was soll das heißen? Ich.«

»Außerdem«, unterbrach sie mich leise, »bin ich nicht allein, du verstehst?«

»Du bist nicht allein?«

Sie sah mich traurig an. »Leb wohl Paul.«

Bevor ich etwas erwidern konnte, verschwand sie wie ein Spuk vor meinen Augen. Nicht nur sie verschwand. Auch die Bank, der Baum, der Park – alles löste sich auf. Nur der Fluss wälzte seine braunen Fluten beständig an mir vorbei.

Tage später befand ich mich schon weit draußen, vor der Stadt und wanderte über Feldwege, durch kleine Dörfer direkt nach Norden. Ich hatte mich entschlossen, den urbanen Wirrnissen zu entgehen und hoffte, dass auf dem Land die Veränderungen langsamer vonstattengehen würden. Mein Ziel waren die Berge, deren höchste Gipfel bereits am Horizont zu sehen waren. Ich hatte bewusst die öffentlichen Verkehrsmittel gemieden, weil ich nicht ohne gültige Fahrkarte erwischt werden wollte. Überhaupt verzichtete ich auf jedes Fahrzeug, da es mir zu riskant erschien, bei einer Geschwindigkeit von hundert Stundenkilometern plötzlich auf einem Holzkarren zu landen. Außerdem mied ich Menschen so gut ich konnte. Ich litt unter der Vorstellung, plötzlich als Terrorist gejagt zu werden und selbst wenn ich mich einer Festnahme hätte entziehen können, indem mich eine Flatterphase rettete, konnte ich nicht sicher sein vor Menschen, die vielleicht einen Gewalttäter in mir zu erkennen glaubten, den es zu lynchen galt.

Und dann war da noch die Angst vor unmenschlichen Systemen, die ja – in der Reihe der Möglichkeiten – durchaus einmal Station werden könnten, Welten, in denen der Faschismus gesiegt hatte, Welten, in denen es keine Gefühle gab – all dies war möglich und ich vermied nach Kräften, da hinein zu gelangen: Deshalb waren die Berge mein Ziel.

Ich wanderte meist über kleine Straßen, übernachtete in Heuschobern oder Geräteschuppen. Ich aß Feldfrüchte, Beeren und Obst und dankte dem Herrn für jeden Tag, der nicht im Chaos endete. Meine Kleidung bestand nur noch aus Fetzen, doch das kümmerte mich nicht sonderlich.

Nach Wochen des Wanderns erreichte ich die Berge. Tage später eine weite Hochebene, einsam und abgelegen. Struppiges Gras wuchs auf einem kargen, felsigen Boden und niedrige fächerartige Bäume duckten sich unter felsige Steilhänge, die voller Höhlen waren. Eine davon erwählte ich zu meiner Heimstatt und richtete mich notdürftig darin ein. Doch die Blätter, die ich abends auslegte, waren am Morgen verfault.

Tagsüber streifte ich über die Ebene und sammelte Beeren und wildes Obst. Doch da ich nicht unterscheiden konnte zwischen giftigen und ungiftigen Früchten, aß ich ab und zu die falsche Frucht und erbrach alles wieder.

Wenn Menschen in der Nähe auftauchten, versteckte ich mich in meiner Höhle und traute mich erst nach Stunden hervor. Dann wurde eines Tages der Himmel rot.

Zuerst war es nur ein Loch in einer grauen Wolkendecke, ein fast kreisrundes, plastisch wirkendes zinnoberrotes Loch in einer fetten, schwarzen Wolke. Dann vergrößerte sich die Öffnung, nahm bald die ganze Wolke, dann den ganzen Himmel ein.

In der Ebene lag die Stadt. Ihre eckigen Hochhäuser erstreckten sich ins Firmament. Doch bald schrumpfte sie in ihrer Fläche, wurde enger und enger, während die Gebäude schwärzer wurden und noch höher in den Himmel wuchs. Dann war da nur noch ein Haufen spitzer, dunkler Türme, die weit in die Wolken ragten, inmitten einer düsteren Ebene, in der vereinzelt Seen ölig glitzerten.

Die Sonne brach durch die graue Wolkendecke, wanderte in wenigen Minuten bis in den Zenit, wanderte in Zeitraffergeschwindigkeit weiter und versank hinter mir, weit hinter den Bergen. Es wurde dunkel und silbrige Maschinen huschten unter dem Sternenhimmel entlang, bis nach kurzer Zeit wieder die Sonne am Horizont erschien. Das Spiel wiederholte sich, wobei die Sonne immer schneller zu werden schien. Was war mit der Zeit los?

Dann überfiel es mich wie ein plötzlicher Gewitterregen. Der Boden vibrierte und ein Tosen war überall in der Luft, vermischt mit pfeifenden Geräuschen. Ein stechender, beißender Gestank fraß sich in meine Lunge und brachte meine Augen zum Tränen. Am Himmel waren Blitze und ein Sturm wehte, der die Bäume samt den Wurzeln ausriss und über die Hochebene fegte.

Ich flüchtete in meinen Unterschlupf und betrachtete entsetzt und fasziniert zugleich die rasanten Veränderungen, die diese erneute Flatterphase in der Natur mit sich brachte. Der Himmel wechselte seine Farbe von Rot zu Blau, von

Blau zu Gelb, von Gelb zu Grau. Der Boden bewegte sich wie bei einem Erdbeben. Große Risse taten sich auf und die Ebene begann sich zu senken. Die Hochhäuser am Horizont bröckelten wie Sandburgen, die man mit Wasser übergossen hatte. Die schroffen Grate und Gipfel glätteten sich und wurden zu sanften Hügeln.

Ich lag in meiner Höhle und wagte nicht, nach draußen zu gehen. Seltsame, geschuppte Kreaturen tauchten auf und watschelten vorbei. Manche ähnelten Dinosauriern, manche sahen aus wie gehörnte Elefanten. Die Flora und Fauna der Sagenwelten entwickelte sich vor meinen Augen. Schwüle Hitze wechselte mit scharfer Kälte, Flechten krochen über den Boden und entwickelten sich zu violett blühenden Büschen, verfaulten innerhalb weniger Minuten und vereinigten sich mit der grauen Masse Erde.

Tage vergingen und der Hunger wühlte in meinen Eingeweiden. Ich trank Regenwasser und blieb in meinem Unterschlupf. Dann ging alles ganz schnell.

Der Boden senkte sich noch weiter ab und wurde zu einem schwarzen Morast. Der Himmel schien herabstürzen zu wollen, so dicht hing er über den Hügeln. Meine Höhle floss nach allen Seiten weg und ich wühlte mich durch den Schlamm.

Die Luft brannte in meinen Augen und ich rang verzweifelt nach Atem. Wasser brach aus Rissen in der Erde und schwemmte alles weg. Wasser kam vom Himmel und mischte sich unter die Flut. Die Luft wurde dünner, ich keuchte und hustete. Und plötzlich, mit einem dumpfen Implosionsgeräusch, wurde alles schwarz. Glitzernde Wölkchen flimmerten vor meinen Augen und ich erblickte für den Bruchteil einer Sekunde das reine Chaos. Kristalline Strukturen waberten durch ineinander verschachtelte Räume. Bunte Schlieren flossen träge durch sie hindurch und mündeten in Seen aus feinem, schwarzweiß marmorierten Sand. Dann war bloß noch Dunkelheit und Ruhe. Völlige Ruhe.

Als ich wieder zu mir kam, lag ich auf einem Bett und blickte an die weiß gestrichene Decke eines modern eingerichteten Zimmers. Es war mein Zimmer, in dem ich gelebt hatte, bevor dies alles begann. Ich wandte den Kopf und erkannte meinen Wecker auf dem Nachttisch. Der Zeiger bewegte sich nicht und das Glas hatte einen Sprung.

Ich stand auf und sah aus dem Fenster. Draußen regnete es und die gewohnten Häuser standen in Reih und Glied. Bäume säumten die Straße und die Kirchturmuhr schlug Acht.

Ich ging hinüber ins Badezimmer und rasierte mich mit zittriger Hand, so dass ich mich schnitt, was mir seit Jahren nicht mehr passiert war. Danach überprüfte ich meine Wohnung auf jedes Detail Alles stimmte. Alles blieb.

Ich nahm den Hörer vom Telefon und wählte die Nummer der Einwanderungsbehörde. Ich verlangte Dr. Metzler und erklärte ihm, dass ich an der Position nicht mehr interessiert sei. Die Welt war wieder konstant, aber ich hatte mich verändert.

Ich rief meine Mutter an und nahm emotionslos zur Kenntnis, dass es sie gab. Sie war mir fremd geworden. Als sie mir sagte, dass ich doch besser die Stelle hätte annehmen sollen, da sie doch so sicher und erfolgversprechend gewesen sei, legte ich kommentarlos den Hörer auf. Dann ging ich nach draußen.

Ich schlenderte zum Fluss hinunter und suchte nach der roten Parkbank unter der Trauerweide. Ich erwartete nichts. Doch als ich dort anlangte, saß Janina auf der Bank. Sie trug die gleiche Lederjacke wie damals in der Bar und den gleichen kurzen Rock und dieselben Netzstrümpfe an den schlanken Beinen.

Sie sah mich und lief auf mich zu. Dann lagen wir uns in den Armen.

»Paul! Dass es dich in dieser Welt gibt!«

Ich war sprachlos. Dann sagte ich: »Aber warst du nicht in einer anderen, konstanten Welt? Du warst nicht allein!«

»Wie bitte? Nachdem ich dich verloren hatte, habe ich dich überall gesucht, aber ich habe dich nicht gefunden. Und da bin ich raus aus der Stadt. Ich konnte diese Gemäuer nicht mehr sehen.«

»Aber ich habe dich gesehen. Kurz nachdem ich dich verloren hatte. Aber du sagtest, deine Welt sei jetzt konstant und du wärst nicht allein«

»Hm, Das ist interessant, aber ich erinnere mich nicht.«

»Warst du auch in den Bergen? Hast du auch den Untergang erlebt?«

»Ja, obwohl ich glaube, dass ich, ja dass ich eine andere Version gesehen habe als du. Im Übrigen war das kein Untergang. Es war nur der Übergang in eine Welt, in der wir nicht leben können.«

»Und du bist dann auch jetzt erst angekommen?«

»Vor einer halben Stunde.«

»Und woher nimmst du die Gewissheit, dass es vorbei ist?«

»Weil wir gestorben sind. Unsere unmögliche Existenz fand ihr Ende, als wir uns auflösten und da es uns aber in anderen Welten zweifellos gibt, landete jedes unserer Ichs wieder auf seinem angestammten Platz – ohne Defekt!«

»Oh, Janina. Wie ist das alles möglich? Warum erinnern wir uns dann an alles?«

»Ich weiß nicht. Ein Geheimnis des Meta-Feldes.«

»Du weißt es nicht?«

»Nein. Ich weiß es nicht!«

Ich küsste sie

Bis jetzt ist unsere Welt gottlob konstant geblieben und das schon seit mehreren Jahren. Janina und ich, wir leben draußen auf dem Land, und trotzdem hier alles langsamer vor sich geht, ertappen wir uns immer wieder dabei, wie wir Gegenstände misstrauisch beäugen oder nachts ineinander verkrallt erwachen – die Angst wieder zu verschwinden wird uns wohl den Rest unseres Lebens nicht verlassen.

Doch das Leben pendelt sich ein, und Gewohnheit macht sich breit. Vielleicht ist Janina meiner sogar schon überdrüssig. Ich vermute, dass sie sich heimlich mit jemandem trifft. Diese Vermutung ist keinesfalls grundlos. Denn als wir vor kurzem in der Stadt Erledigungen machten, trennten wir uns kurz und wollten an der Bank am Fluss wieder zusammen-kommen.

Als ich dann, überladen mit Paketen, dort eintraf, sah ich sie schon von weitem. Sie stand im Gespräch mit einem Mann, den ich schon einmal zu sehen geglaubt habe. Ein Mann, der abgerissen wirkte und irgendwie hilflos vor ihr stand, in einem grauen Regenmantel, die Hände tief in den Taschen vergraben. Sie wirkte traurig und sagte etwas zu ihm, das ich nicht verstand und sie schüttelte leise den Kopf, so wie ich es schon einmal bei ihr gesehen hatte.

Als ich näherkam, löste sich der Mann plötzlich in Luft auf, so als wäre er nie dagewesen. Einen Moment lang glaubte ich mit Panik, dass alles von Neuem beginnen würde, die Flatterphasen und all das. Doch dann sah mich Janina und sprang freudig auf mich zu. Sie trug den neuen Faltenrock und die plissierte Seidenbluse, die sie sich gewünscht hatte.

»Wer war das?«, fragte ich, als sie mich umarmte. »Ach, nichts weiter«, war ihr Antwort. »Nur ein Schatten aus der Vergangenheit.«

Eine heilige Deva

Rajif machte es wie all die anderen: vor dem Hotel herumlungern und warten bis die Euros kamen, die Weißhäuter mit der dicken Kohle. Dann aufstehen und den Stumpf hinhalten. Der Stumpf war natürlich kein Zufall. Den hatten Rajifs Eltern ihm besorgt, als sie ihm die linke Hand abhackten, auf dass er beim Betteln höhere Erträge bringe. Inzwischen hatte sich das bei den Weißhäutern herumgesprochen: »Bombays Eltern verstümmeln ihre Kinder, gebt den Krüppeln nichts, ihr unterstützt das bloß«. Lohnte sich also nicht mehr sonderlich. Aber Rajif hatte trotzdem nur noch eine Hand.

Kamla war anders. Kamla ging mit Köpfchen vor. Sie hatte es nicht nötig, vor den Hotels zu lauern. Sie saß in ihrer Hütte am Strand und wartete einfach darauf, dass einer dieser Euros oder Amis vorüberkam. Am besten waren Paare, denen sie sich als kurzfristige Ersatztochter anbieten konnte. Kamla trug saubere Kleidung. Sie wusch sich jeden Tag. Kamla kämmte ihr Haar, und wusste ganz genau wie sehr sich das auszahlte. Kamla erbettelte keine Almosen: sie ließ sich für ihr Lächeln bezahlen. Und die ganze Kinderbande am Strand wäre ohne ihre Raffinesse längst verhungert.

Eine der wichtigsten Bettelwaffen war Penetranz. Selten bekam man auf Anhieb etwas, dazu waren die meisten Touristen schon zu abgebrüht. Also hieß es dranbleiben. Wenn es sein musste eine Stunde lang und ununterbrochen fordern und betteln und jammern und heulen, bis man schon dafür bezahlt wurde, dass man sich endlich verdrückte.

Auch darin war Kamla von besonderer Art. Ihre Taktik bestand darin, niemals etwas zu verlangen. Sie wich ihren Opfern nicht mehr von der Seite, lächelte immerfort, wohlwissend, dass jede Mutter darüber in Entzücken geriet und jeder Vater in Gedanken bereits die Schwierigkeiten einer Adoption abwog. Aber Kamla dachte gar nicht daran, sich von einem dieser feisten Touristen adoptieren zu lassen. Ihr Leben war ganz in Ordnung so, sie war ihr eigener Herr. Und später, wenn sie erst einmal ein paar Jahre älter war, dann würde sie noch schöner sein, und nicht adoptiert, sondern geheiratet werden.

Kamla lächelte und erzählte. Was sie erzählte, konnten die Touristen meistens sowieso nicht verstehen, aber das war auch ganz egal. Sie wurde dann meistens gefragt ob sie etwas haben wolle. Dann zuckte sie mit den Achseln und lächelte weiter. Bis man ihr die Kugelschreiber, die Geldmünzen, die Rupienscheine, die Briefmarken und was man gerade so bei sich hatte in die Hände drückte. Wenn sie genug hatte ging sie einfach weg. Grußlos. Ohne Dank.

Jetzt saß sie gerade diesem gutgekleideten Europäer gegenüber, der ihr schon die dritte Limca spendierte. Kamla hatte schon keine Lust mehr auf Limca. Aber sie hatte einen Kontrakt mit Judas, dem Wirt. Jeder Euro, den sie hier anschleppte, zahlte, ohne es zu wissen, den fünffachen Preis für eine Limca. Eine Rupie von jeder Flasche gehörte Kamla. Deshalb überlegte sie sich gut, ob sie die vierte Limca ablehnte, denn es bedeutete eine Rupie Verlust. Schließlich tat sie es doch, denn der Weiße versprach noch viel mehr Beute. Etwas abzulehnen war manchmal so etwas wie eine Investition. Die Weißen waren beeindruckt, wenn man etwas ablehnte, denn dadurch demonstrierte man ja, dass es einem nicht nur ums Materielle ging.

Was sie jetzt haben wolle, fragte der Fremde. Kamla bat um Reis für ihre ›Familie‹. Der Fremde stand auf und ging mit ihr zu einem Lebensmittelhändler. Dort kaufte er drei Kilo Reis, die Rajif, auf einen Wink Kamlas herbeigeeilt, sofort entgegennahm. Der Reis war ebenso überteuert, wie die Limca, und Kamla rechnete sich ihre Provision aus, bevor sie dem Fremden weiter folgte. Es wurde langsam Zeit, schlafen zu gehen, aber der Europäer schien in großer Spendierlaune zu sein. Das musste man ausnutzen.

Sie promenierten am Strand. Kamla hatte ihre Hand in seine geschoben. Den Europäer schien das mit Stolz zu erfüllen. Er ging schweigsam neben ihr her und lauschte ihrem reizenden Geplapper. An einigen Ständen blieben sie stehen, und Kamla erhielt Süßigkeiten, Knabberzeug, und was sonst noch so am Strand feilgeboten wurde. Überall addierte sich ihre kleine Provision hinzu.

Kamla sah den Fremden an, während sie liefen. Er war ein Deutscher, soviel hatte sie aus ihm herausbekommen. Kamla sprach nur gebrochen Englisch, und der Fremde schien nicht besonders gesprächig zu sein. Er trug einen Geldgürtel um das Becken.

Ein blonder Deutscher, der gar nicht mal schlecht aussah. Er wirkte zwar nicht gerade muskulös, aber trotzdem war er nicht schlecht gebaut. Seit kurzer Zeit hatte Kamla einen Blick dafür. Das war eine neue Erfahrung für sie. Sie stellte fest, dass sie Europäer mochte. Vor allem Deutsche. Sie mochte sie lieber als die dunklen kleinen Männer, mit denen sie aufgewachsen war, und die in letzter Zeit begannen, sie so seltsam anzuschauen.

Sie ertappte sich bei der Vorstellung, die Haut des Deutschen zu berühren. Er fühlte sich bestimmt angenehm kühl an. Sie hatte irgendwie die Vorstellung, dass diese weiße Haut sehr kühl sein musste.

Das Meer stank entsetzlich nach den Abwässern der Millionenstadt. Kamla fühlte, wie der Teer an ihren Fußsohlen klebte. Das ärgerte sie zwar nicht besonders, da sie es gewöhnt war, aber es lenkte sie ab. Sie wischte mit den Füßen im Sand herum, während sie liefen, und erst ziemlich spät fiel ihr auf, dass sie schon ziemlich weit weg waren von Juhu-Beach. Der Fremde neben ihr wirkte plötzlich sehr nervös. Und dann sah sie auch schon warum: Rajif und die anderen standen plötzlich da. Mit Brettern und Hölzern in den Händen. Und sie sahen recht unfreundlich aus. Der Fremde blieb stehen. Er fragte etwas. Kamla sah ihn an. Seine Augen wirkten ängstlich, aber trotzig zugleich. Sehr trotzig – auf eine gefährliche Art. Der Fremde hatte so viel Angst, dass er zu allem fähig war. Man musste vorsichtig sein. Und Rajif? War der übergeschnappt? Wusste er nicht, dass man in späteren Leben ganz arg für so was büßen musste? Sie sah Rajif an. Der erwiderte trotzig ihren Blick. Genauso trotzig wie der Fremde. Kamla trat vor. Sie trat ganz dicht an Rajif heran.

»Geh weg Kamla,« sagte der leise. »Das ist unsere Sache.« Kamla schüttelte den Kopf. »Das ist nicht deine Sache,« antwortete sie. »Wenn Du ein Räuber werden willst, dann werde ein Räuber. Aber nicht mit mir als Lockvogel!«

Sie drehte sich um und sah, dass der Fremde langsam zurückwich. Rajifs Freunde umzingelten ihn. Er hatte keine Chance.

Rajif hob seinen Armstumpf und hielt ihn ihr vor die Augen. »Schau dir das an: Das habe ich den Eltern bezahlt, dafür, dass sie mich in diese dreckige Welt reinsetzten! Ich habe gar nichts und ich werd auch nie was haben. Der da hat viel mehr als ich. Und das hol ich mir jetzt!«

Er funkelte Kamla an. Das gefiel ihr. Ihr imponierte der Stolz in seinen Augen. So etwas hatte sie nie zuvor gesehen. Aber es passte ihr überhaupt nicht in den Kram. Sie hatte andere Pläne. Und darin hatte Rajif keinen Platz. »Hör zu,« zischte sie. »Der Fremde gehört mir, verstanden! Ich habe meine eigenen Pläne mit ihm! Was glaubst du, kannst Du hier aus ihm rausholen? Im Hotel hat er viel mehr, was meinst denn du?«

»Na und? Dazu müsste man erst mal rein in das Hotel!«

»Sicher – aber das schaffst Du nicht. Ich aber schon.« Sie schaute den Fremden an. Der blickte gehetzt um sich. Wenn Rajif schlau war, dann würde er jetzt auf sie eingehen. War Rajif schlau? Oder war er nur auf stolze Art verzweifelt? Das würde sich gleich rausstellen.

*

Abends hat Bombay seinen ganz eigenen Reiz. Wenn Rolf aus dem Fenster seines Hotelzimmers schaut, hat er einen netten Blick über das Südende von Bombay-Juhu. Von hier fährt eine Bahn nach Churchgate (auf die er selbstverständlich verzichtet) und Busse zur Ferry-Wharf (die dermaßen umständlich fahren, dass man dann doch besser ein Taxi nimmt).

Bombay liegt in seiner Glitzerpracht vor ihm. Die Beleuchtung der diversen Stadtteile flimmert vor dem Auge. Ständig entstehen schwarze Flecken, die kurze Zeit später wieder hell aufflackern: stadtteilweise Stromausfälle alle zehn Minuten.

Es riecht nach Meer und Müll, nach Sommer und Nacht, nach Abgasen und exotischem Gewürz. Rolf beschließt noch einen Abendspaziergang zu wagen. Einmal um den Block und am Strand entlang. Und nur wenig Geld mitnehmen!

Unten, an der Rezeption, fragt er nach dem Hotelsafe und wird in einen abbruchreifen Raum geführt. Der Safe, in die Wand gemauert, sieht allerdings ganz haltbar aus. Man bräuchte jedenfalls Dynamit, um da ranzukommen. Und welcher indische Gelegenheitsdieb hat schon Dynamit dabei?

Rolf deponiert sein Geld und sein Rückflugticket. Nicht ohne mulmige Gefühle, denn trauen tut er keinem hier. Sie sehen alle so vertrackt hinterhältig aus.

Das ist so eines der Probleme, die er hier hat: im Zimmer kann er das Geld nicht liegen lassen, dem Safe traut er auch nicht recht, und um den Leib wickeln kann er sich das Geld schon gar nicht. Man muss damit leben, dass man ängstlich ist, oder man gewöhnt sich's ab, ängstlich zu sein.

Draußen wimmelt er routiniert die Taxifahrer ab und läuft zügig durch den Bettlerpulk. Da hat er den Bogen schon ganz gut raus. Er betritt ein einigermaßen sauber wirkendes Straßenrestaurant und isst ein überraschend gutes Pork Masala. Dafür zahlt er etwa einen Euro. Danach schaut er sich das Holiday Inn einmal an, und stellt fest, dass es genauso luxuriös und teuer ist, wie das Holiday Inn, welches er in Frankfurt kennt. Ein Zimmer kostet eintausenddreihundert Rupies. Er zahlt für sein Zimmer zweihundert Rupies. Eintausenddreihundert Rupies entsprechen 70 Euro und werden von einem Landarbeiter in Indien in etwa 4 Monaten verdient.

Rolf kehrt dem Holiday Inn den Rücken und läuft die Straße zum Strand herunter. Er läuft in alter Gewohnheit auf der linken Seite, aber das ist hier genau falsch. Indien fährt links, in Commonwealth-Manier.

Irgendwann registriert er dieses Mädchen an seiner Seite. Sie war aus dem Nichts aufgetaucht, wie die meisten Inder das so zu tun scheinen, und redet nun mit sanfter Stimme auf ihn ein. Er lächelt und versucht das Mädchen zu ignorieren. Das aber ist ab dem Zeitpunkt nicht mehr drin, wo ihre Hand sich in seine schiebt. Die Hand fühlt sich angenehm an. Und das Mädchen ist hübsch. Ein gerade erblühendes, dunkles Prinzesschen, eine Kindfrau, eine schokoladenbraune Lolita mit gelben Blümchen im Haar.

Natürlich trägt sie einen Sari. Nichts an ihrem Wesen wirkt kokett. Sie ist natürlich und nett. Einfach nur ein nettes Kind an seiner Hand.

»What ist your name?« fragt er. Sie lächelt. Er muss die Frage wiederholen. Sie lächelt immer noch. Diesmal aber mit dem Finger auf ihre kleinen Mädchenbrüste deutend: »Me Kamla. Kamla – my name.«

So in der Art geht es weiter. Kamla begleitet Rolf auf seiner Exkursion auf Schritt und Tritt. Und jetzt, da er einmal angefangen hat sie zu bewirten – mit Limos, Reis und Schnickschnack – beginnt er süchtig zu werden, von diesem Reicheleutegehabe, von diesem Gefühl einer Elite anzugehören, die nur mit dem Finger schnippen muss, um zu kriegen was sie braucht. Manchmal fühlt es sich widerlich an, hier so aus vollem Hals die dritte Welt auszubeuten, aber es sieht ihn ja keiner, der die Nase hätte rümpfen können. Es ist ein wenig wie Onanie hinter der verschlossenen Tür eines Gästeklosetts.

Kamla ist nett. Er weiß genau, dass er betrogen wird, dass er das fünffache der Normalpreise zahlt, dass Kamla ohne Zweifel ihre Provisionen daraus bezieht – schließlich hat er das alles im Reiseführer gelesen, aber: Rolf ist hier so reich, dass er es sich leisten kann, übers Ohr gehauen zu werden. Es macht ihm nicht das Geringste aus. Ein unbeschreibliches Gefühl. Und was das Schönste für ihn ist: Diese armen Inder wissen das nicht einmal, dafür fehlt ihnen einfach das Gefühl für das, was Reichtum ist. Sie lachen sich ins Fäustchen, weil sie sich einbilden so etwas wie einen kleinen Reibach zu machen. Dabei schafften sie es mit ihren krummen Touren gerade mal so weit, das Knurren ihres Magens wegzukriegen. Mein Gott, denkt Rolf, Armut macht schäbig. Armut IST schäbig. Aber Kamla ist nett.

Kamla führt ihn den Strand entlang. Der Strand wirkt um diese Zeit ziemlich einsam, wenn die Buden einmal geschlossen haben. Ein im überbevölkerten Bombay zwar ungewöhnlicher aber keineswegs undenkbarer Umstand. Er geht links von Kamla durch die Schmodderwellen. An seinen Schuhsohlen klebt der Teer, an diesem wiederum der Sand, und so werden die Schuhe immer schwerer mit der Zeit. Ein widerwärtiges Gefühl. Dann war da plötzlich diese Bande.

Sie hatten Stöcke und sahen absolut humorlos aus. Einer von ihnen hatte statt des linken Armes einen Stumpf. Er schien noch recht jung zu sein: eine Kindergang. Rolf kam der mit dem Stumpf bekannt vor, hatte er ihn nicht schon vor dem Hotel gesehen?

Ein Adrenalinschock peitscht sein Blut durch die Adern. Rolf steht kerzengerade da und sucht nach einem Fluchtweg. Entsetzliche Situation. Das ist genau die Art von Abenteuer, die er gar nicht leiden kann.

Rolf hat Kampfkunst trainiert, seit er fünfzehn war. Leider mit so vielen Unterbrechungen, dass er sich eigentlich gar nichts zutraut. Und er hat so viel Angst, dass er sie im Rektum spürt. Er betet, dass der Schließmuskel hält.

Kamla lässt seine Hand los und geht auf den Jungen mit dem Stumpf zu. Sie redet mit ihm. Rolf ist das ganz recht. Vielleicht schafft sie es ja, die Rasselbande zu besänftigen. Was aber, wenn sie mit denen unter einer Decke steckt? Und ihnen nur als Köder dient? Dann ist er geliefert. Rolf schwitzt, trotz der kühlen

Meeresbrise. Er versteht nur, dass Kamla den Burschen Rajif nennt.

»Das ist das Leben pur,« sagt er sich selbst. »Das wolltest Du doch immer haben, oder?«

Jetzt erlebt er die Konfrontation mit der Gefahr und schlottert sich einen ab dabei. Lieber wäre er jetzt im Bahnhofsviertel von Frankfurt am Main und hätte einen beleidigten Loddel vor sich. Kamla redet immer noch mit dem Burschen. Der gibt ihr trotzige Antworten. Er hört das am Klang der Stimme. Die anderen Jungs sehen im Mondlicht einfach nur finster aus, und sie halten ihre krummen Stöcke wie Golfschläger. Sie haben ihn umringt: die klassische Situation. Wäre er ein Held würde er jetzt einen nach dem anderen erledigen.

Kamla redet lauter, während Rolf seine Zähne klappern spürt. Er bibbert am ganzen Leib. Ist das ekelhaft. Er verachtet sich selbst.

Plötzlich macht der Junge, den Kamla Rajif genannt hatte einen Schritt nach vorn und hebt den Stock. Kamla wirbelt wütend herum und wirft sich zwischen ihn und den Stock. Der Stock saust herab und streift Kamlas Schläfe. Sie schreit und fällt zu Boden. Blut rinnt ihren Hals hinab. Rolf ist entsetzt. Und plötzlich wird er verdammt wütend. So wütend, dass er seine Angst völlig vergisst und dem Burschen, der Kamla verletzt hat, den Fuß zwischen die Beine rammt.

Während der andere noch stöhnt und zu Boden geht, springt Rolf den nächsten Burschen an und schlägt blindlings drauflos, er weiß gar nicht, wohin er schlägt. Auch dieser Gangster klappt zusammen wie ein Taschenmesser. Bevor die anderen sich auf Rolf stürzen können, hält sie ein Ruf zurück.

Es war Rajif, der gerufen hatte. Rajif kniet vor Kamla und wischt ihr unbeholfen das Blut von der Schläfe. Das erinnert die andren an den Ernst der Lage. Sie laufen weg. Rolf geht auf Rajif zu. Er ist ziemlich aufgeregt, aber Angst hat er keine mehr. Sein Hintern fühlt sich feucht an. Hoffentlich hat er nicht … aber es ist wohl nur der Schweiß.

Kamla atmet gleichmäßig; und jetzt schlägt sie auch die Augen auf. Unwillig stößt sie Rajifs Hand weg. Der redet auf sie ein und deutet dabei auf Rolf. Kamla lächelt. Dann sieht sie Rajif an und sagt etwas sehr Hartes zu ihm. Der schaut nämlich daraufhin betrübt zu Boden und steht dann auf. Er geht zu Rolf und wackelt mit dem Kopf. »Sorry, Sir.« Dann geht er weg.

*

Für Kamla war dann alles ziemlich schnell gegangen: Rajif mit seinen trotzigen Antworten, der Fremde, der immer mehr zu zittern begann, und die

Jungs, die langsam ungeduldig wurden. Ein Wunder, dass sie nichts sagten, sondern Rajif stumm als ihren Führer akzeptierten. Aber dann wurde es wohl Rajif zu dumm. Sie registrierte im Augenwinkel, dass er mit seinem Prügel ausholte und wirbelte entsetzt herum. Das brachte Rajif zwar aus der Fassung, aber nicht aus dem Drive. Der Knüppel sauste nieder, und Kamla sah keine andere Möglichkeit, als sich dazwischenzuwerfen, wenn sie den Fremden schützen wollte. Warum sie das tat, wusste sie nicht genau, aber sie tat's.

Der Knüppel traf sie, und Kamla tauchte ab in die Schwärze.

Aber sie wachte wieder auf. Sie sah Rajifs besorgtes Gesicht, und spürte wie er mit seinen dreckigen Tüchern an ihrer Schläfe herumtupfte. Sie fegte seine Hand beiseite. »Was ist passiert?« fragte sie. Rajif deutete auf den Fremden.

»Er hat mich und Ganesh getreten. Danach sind alle abgehauen.«

Kamla sah überrascht den Fremden an, der verlegen herumstand und auch diesen besorgten Ausdruck im Gesicht hatte. Das gefiel ihr.

»Dann ist er ja ein Held?« sagte sie zu Rajif. Der nickt.

»Wie Superman-Baba. Hat mächtig wehgetan.«

Kamla wurde wütend auf Rajif, der sich einfach so in ihre Pläne eingemischt hatte. Und sie hatte das gute Gefühl, dass ihre Wut von dem Fremden geteilt und unterstützt wurde.

»Du wirst dich bei ihm entschuldigen, Rajif,« sagte sie laut und streng. »Und dann wirst du uns allein lassen. Bis ich dich rufen lasse, verstanden?« Rajif nickte betreten. Dann stand er auf und ging auf den Fremden zu, der ihm misstrauisch entgegenblickte.

»Sorry, Sir,« sagte Rajif zu dem Fremden und neigte dabei den Kopf zur Bestätigung. Rajif ging zurück nach Juhu, um dort in seine kleine Hütte zu kriechen, die er sich aus lauter Autoreifen zusammengebastelt hatte. Ein bisschen tat er ihr ja leid. Aber schließlich musste er ihre Kunden respektieren. Ansonsten konnte er ausrauben, wen er wollte.

Kamla stand auf und ging zu dem Fremden hinüber. Sie schmiegte sich an ihn, ganz selbstverständlich. Hoffentlich verstand er die Geste. Und hoffentlich nahm er sie nicht umsonst!

*

Rolf ist verwirrt.

Eben hatte er noch eine Heidenangst gehabt und jetzt drückt sich diese zierliche indische Lolita an ihn und alle Gefahren sind vorüber. Und er hat zugeschlagen! Rolf fühlt sich zum ersten Mal im Leben als Mann. Mit allen Konsequenzen. Er murmelt etwas in Kamlas Haar. Er weiß gar nicht was er da murmelt. Es ist nichts als eine uralte Geste, die ein Mann als Beschützer der Frau schon in Urzeiten entwickelt hat. Ausgesprochen unmodern. Jede zweite westliche Emanze hätte ihn dafür geviertelt, aber das ist ihm jetzt völlig egal.

Er nimmt sie bei der Hand und führt sie weg. Gemeinsam gehen sie am Strand entlang, und diesmal fühlt sich die Hand in der seinen noch einmal ganz anders an. Es spürt wie sich zwischen seinen Schenkeln etwas zu regen beginnt. Und das wird immer schlimmer.

Sie erreichen die Budenmeile. »You want something?« fragt Rolf. Kamla schüttelt den Kopf. »Only you!« sagt sie dann. Rolf schmilzt wie Butter in der Tropensonne.

Er führt sie vom Strand weg, die Straße zum Hotel hinauf. Kamla geht anstandslos mit. Rolf atmet wie ein Walross. Er schielt zu Kamla hinüber und sieht, dass sich auch ihre Brust recht stark hebt und senkt. Ob es das erste Mal für sie ist? Rolfs Aufregung steigt ins schier Unerträgliche. Seine Hand ist schweißnass, und er fühlt sich wie ein vierzehnjähriger, als das erste Mal ein Mädel mit ihm ging. Das Hotel. Der Pförtner guckt blöd, aber Rolf ignoriert ihn. Sie betreten den stinkigen, winzigen Aufzug. In dieser Situation kommt ihm der billige Schuppen noch viel heruntergekommener vor, eine faulige Absteige, in die ein schwitzender notgeiler Kolonialherr seine abhängige Sklavin verschleppt, aber sei's drum: es sieht ihn ja keiner. Jedenfalls niemand, vor dem er Rechenschaft ablegen müsste. Er läuft mit der kleinen Inderin an der Hand über die ausgetretenen fleckigen Teppichböden und will gar nicht an all das Getier dabei denken, welches er dabei unter seinen Füßen zertritt. Er denkt nur noch an eines.

*

Kamla war sehr beeindruckt. Schon als sie mit dem Fremden die Straße an den Buden entlanggegangen war, hatte sie gespürt, dass sich etwas verändert hatte. Sie sah einige aus Rajifs Bande hinter den Buden. Die Jungens blickten verschämt weg, wenn sie ihre Augen auf sie richtete. Und die Händler blickten sie so seltsam an. In einer Mischung aus Verachtung und Respekt. Sie war im Begriff eine Mätresse zu werden. Wollte sie das? Im Moment wollte sie nur eines: das tun, wonach es sie schon längst in ihren Träumen verlangte. Und das wollte sie mit einem Europäer tun und nicht mit einem ihrer dreckigen Kumpels. Danach würde die Welt eine andere sein.

211

Kamla zuckte ein wenig zusammen, als sie den Hotelportier erkannte, der sie sonst immer weggejagt hatte. Aber an der Hand des Deutschen war das alles kein Problem. Der Portier schwieg still. Wie sauber war das Hotel! Und wie groß! Allein schon der Aufzug war riesig, und roch so gut. Der Liftboy brachte sie die vielen, vielen Stockwerke nach oben. Kamla staunte über die Teppichböden, die weich und flauschig waren.

Das Zimmer des Deutschen war so groß, dass gut und gern drei darin hätten leben können. In den Slums lebten Großfamilien auf der Hälfte des Raums. Kamla stellte fest, dass das Zimmer einen eigenen Ventilator besaß. So etwas hatte sie bisher nur in Restaurantbuden gesehen. Der Fremde bestellte etwas beim Liftboy. Kamla setzte sich aufs Bett. Sie fühlte, dass sie sehr aufgeregt war. Aber das gefiel ihr.

*

Rolf bestellt Champagner beim Portier. Der verlangt fünfhundert Rupies für die Flasche. Das ist selbst für deutsche Verhältnisse teuer, aber Rolf nickt nur. Er schließt die Tür und schaut Kamla an, die sich aufs Bett gesetzt hat.

Der kleine Raum liegt im Dunkel. Das Licht hat er bisher noch nicht angeknipst. Er hat es auch nicht vor. Der altersschwache Ventilator surrt leise. In den geöffneten Fenstern wehen die verschlissenen, löchrigen Vorhänge. Eine Kakerlake huscht über den fleckigen Steinboden. Kamla sitzt stumm auf dem Bett. Sie sehen sich nur an. Rolf an der Tür stehend. Kamla auf dem Bett sitzend. Er hört seinen Atem. Übermäßig laut. Sein Herz pocht. Es klopft an der Tür. Es ist der Liftboy mit dem Champagner und zwei Gläsern. Rolf bezahlt und gibt fünfzig Rupies Trinkgeld. Damit er garantiert Ruhe hat die nächsten Stunden. Der Liftboy wackelt mit dem Kopf und geht, ein unverschämtes Grinsen im arischen Gesicht. Rolf öffnet umständlich die Sektflasche. Es ist zu dunkel, das Etikett zu lesen, aber wenn es Champagner ist, will er den Korken fressen. Die Gläser sind nicht besonders sauber, der Sekt nicht besonders kalt. Er füllt beide Gläser zur Hälfte und reicht Kamla eines davon. Der Form halber, nimmt er einen Schluck. Der Sekt schmeckt wie Zuckerwasser, mit einem ekelerregenden säuerlichen Beigeschmack, der ihn an vergorene Spucke erinnert.

*

Das Getränk schmeckte einfach himmlisch. Herrlich süß und prickelnd. Kühl glitt es ihr die Kehle hinunter. Dann saß der Fremde neben ihr. Sie fand, dass er gut roch. Im Dunkeln schimmerten seine hellen Augen. Wenn der Fenstervorhang zur Seite geweht wurde, konnte sie das Mondlicht in seinen Augen sehen. Das gefiel ihr. Sie trank das Glas leer. Der Deutsche schenkte ihr nach. Sie trank auch dieses Glas leer. Dann spürte sie das Wirbeln im Kopf. Sie kannte dieses Gefühl nicht. Es machte sie unsicher und mutig zugleich. Sie legte den Kopf in den Nacken und öffnete leicht den Mund. Dann schloss sie die Augen.

*

Rolf küsst sie vorsichtig. Er fühlt sich immer noch ein wenig verrucht. Aber spätestens jetzt erkennt er, dass dieses Mädchen die Absicht hat, zur Frau zu werden. Und unter seinen Händen wird sie es auch.

Er streift ihr die Bluse ab. Ihre festen, kleinen Brüste zittern. Die kleinen Warzen – sie stöhnt auf, als er sie leicht zwischen die Zähne nimmt. Ihre Hand krallt sich in seinen Haarschopf. Sie atmet heftig. Rolf drückt sie nach hinten, legt sie auf den Rücken. Sie bäumt sich auf und öffnet die Schenkel. Der Rock rutscht nach oben. Er sieht ihre seidenglatte, dunkelbraune Haut. Zum Verrücktwerden.

*

Kamla wusste nicht wie ihr geschah. Alles brauste in ihrem Kopf, als die Zunge des Mannes die ihre berührte. Sie war im Begriff ihre Unschuld zu verlieren. Kein ehrenhafter Mann würde sie mehr wollen. Man würde sie aus dem Hotel kommen sehen, und jeder würde wissen, was mit ihr war. Dann blieb ihr nur noch der Weg nach Churchgate – in dieses schreckliche Viertel wo die Frauen nur bloße Schultern hatten, und nackte Oberarme. Sie wollte ihn wegdrücken, aber da fühlte sie seinen Mund an ihren Brüsten. Und dieses Gefühl schwemmt sie weg. Heiß vor Verlangen ließ sie sich auf den Rücken legen. Und unwillkürlich spreizte sie die Beine. Sie bäumte sich auf gegen dieses Gefühl, aber die Lust war stärker. Bebend ließ sie zu, dass er ihr den Sari bis über die Hüften hochstreifte. Sie fühlte den Luftzug zwischen ihren Schenkeln, fühlte seinen Blick auf ihrem Geschlecht und wischte die Träne weg, die aus ihrem Auge quoll. Nein! schrie ihre Seele, und Ja! schrie ihr Leib. Sie hob ihr Becken. Die Lippen des Mannes vergruben sich in ihrem Schoß. Kamla weinte vor Scham und schluchzte vor Lust.

*

Sie schmeckt leicht nach Seife. Der Geruch würzig wie ein scharfes indisches Gericht. Sie trägt die

Geheimnisse Indiens im Schoß. Die Lust der Maharani. Das Mädchen windet sich unter ihm. Wahrscheinlich ist das sogar echt. Rolf kann sich nicht vorstellen, dass die Kleine ihm nur etwas vorspielt. Und doch ist etwas seltsam an ihr. Soll er wirklich? Schließlich trägt er diesen Verantwortungskomplex mit sich herum. Was würden seine Freunde sagen, wenn er ihnen diese Geschichte erzählte? In bestimmten Kreisen könnte er mit einem solchen Erlebnis sogar durchaus prahlen, aber in diese Kreise gehörte er nicht. Ihm hatte man von Kindsbeinen an Respekt vor der Weiblichkeit eingebläut. Und kaum ist er hier, in einem Land, in dem dieser Respekt noch weniger gilt, als die Ehre eines Parias, fällt seine ethische Grundgesinnung von ihm ab, wie welkes Laub. Er ist ein Dieb, das weiß er.

Egal jetzt. Er ist verrückt auf dieses Gör, diese berauschende Lolita, dieses samthäutige Fräuleinwunder aus Indien. So erregt war er zum letzten Mal als Pubertierender. Er hatte schon fast vergessen wie das war. Er sieht sie an: sie wirft den Kopf hin und her. Wie im Kino. Gleichzeitig dieser entsetzte Blick! Sanft stößt er zu. Und fühlt einen ungewohnten Widerstand. Noch einmal. Wieder diese Barriere. Er stößt etwas heftiger. Durch die Barriere hindurch. Sie schreit auf, er sieht sie überrascht an.

Später dann, saß sie bei Judas unter dem Ventilator und trank eine Limca. Ihr Kopf schwirrte immer noch ein wenig und in ihrer Rocktasche knisterten zweitausend Rupies. Soviel Geld hatte sie in ihrem Leben noch nie gehabt. Aber das würde jetzt anders werden. Sie fühlte die Blicke der anderen auf sich. Schätzten sie bereits den Normalpreis ab? Eines stand für Kamla schon jetzt bereits fest: Sie würde es nie unter tausend tun. Und wenn ein Inder diesen Preis zahlen konnte, dann sollte es ihr recht sein. Aber sie glaubte nicht daran. Ihre Beute würden die Euros sein, am liebsten Deutsche. Und wenn es zu entsetzlich wurde – na dann blieb ihr immer noch der Weg ins Meer. Nicht die Welt hatte sich verändert. Kamla war nicht mehr dieselbe.

*

Rolf liegt unter dem Ventilator. Er schwitzt trotzdem wie ein Schwein und die dünne Decke lastet schwer auf seinen Füßen. Er hat ein flaues Gefühl im Magen. Hoffentlich hat er sich von der Kleinen nichts geholt. Plötzlich überkommt ihn ein würgendes Gefühl. Er steht auf, wankt ins Bad und übergibt sich in die Toilette. Würgt alles heraus: die Scham, den Schmerz, das Gefühl betrogener Betrüger zu sein. Und seinen Ekel vor sich selbst.

Dann liegt er wieder einsam unter dem Ventilator. Aber warum einsam? Wenn er sich doch jederzeit kaufen konnte, was er wollte? Doch langsam dämmert ihm eine Erkenntnis, die sich wie ein Krampf auf seine Seele legt: er fühlt sich als Opfer. Kamla hat gesiegt.

Sein Blick fällt auf sein Rasierzeug in der offenen Reisetasche.

*

Auf dem Weg zu ihrer Hütte am Strand sah sie Rajif vor dem Hotel stehen. Vor dem Hotel gab es einige Aufregung, und zwei Polizisten standen vor dem Eingang. Doch das interessierte sie nicht besonders.

Sie ging auf Rajif zu und zupfte ihn am Ärmel. »Kommst du mit mir,« fragte sie ihn. Doch Rajif schüttelte den Kopf. Er sah sie nicht einmal an, dabei.

»Du warst bei ihm, nicht wahr?«, sagte er leise. Kamla antwortete ihm nicht. Rajif hob die verbliebene Hand und deutete auf die Eingangstür. »Da kommt er«, erklärte er. »Du hast ihm kein Glück gebracht.«

Kamla blickte verwirrt zum Eingang. Zwei Turbanträger schoben gerade eine Rollbahre heraus. Unter einem weißen Tuch lag eine Gestalt, ein blonder Haarschopf ragte am oberen Ende heraus. Das Tuch war voller Blut.

Kamla schüttelte den Kopf. »Warst du das?«

Rajif wirbelte heftig herum und sah sie an. »Was denkst du? Nein, Kamla. Das war er selbst. Versteh' einer diese Europäer.« Dann lief er davon.

Kamla sah ihm nach. Sie verstand den Europäer sogar ein wenig. Sicher war er krank gewesen, unheilbar krank, so wie viele hier. Aber sie hatte ihm ein Stückchen Seligkeit schenken können, kurz vor seinem Tod. Kamla war sehr zufrieden mit sich. Fast wie eine Heilige Deva.

Die Freggel und der Zauberer

Es war einmal ein Zauberer, der lebte in einem tiefen, dunklen Wald. Er hieß Yetinor Xon di Granoir, um nur seine wichtigsten Namen zu nennen.

Der Zauberer hatte im Laufe seines langen Lebens schon viele Könige und Regierungen kommen und gehen sehen. Er war es gewohnt, dass es Zeiten gab, in denen die Menschen an ihn glaubten und dass es dann wieder Zeiten gab, in denen sie an ihm zweifelten und ihn in das Reich der Legenden wiesen.

Die Zeit, in der unsere Geschichte spielt, das war eine Epoche in der viele Menschen sich wieder der alten Zauberer erinnerten und sich wünschten, dass es sie gäbe. Dagegen erhoben die Wissenschaftler natürlich sofort ein großes Geschrei und erklärten in vielen klugen Artikeln, die in Fachzeitschriften gedruckt wurden, dass es so was wie Zauberer ja nie gegeben hätte und überhaupt seien das alles nur Scharlatane, die den Leuten das Geld aus der Tasche ziehen wollten, und so weiter.

Die Menschen, oder zumindest ein großer Teil von ihnen, kümmerten sich nicht um das Geschrei von Wissenschaftlern. Boten und Kundschafter wurden ausgeschickt, um die verborgenen Zauberer und Schamanen zu finden und statistisch zu erfassen. Das war nämlich ganz besonders wichtig in dieser Zeit, dass alles statistisch erfasst wurde, damit man es in einen Computer eingeben konnte. Da die Menschen sich nun einmal entschlossen hatten, wieder an Zauberer zu glauben, sahen sie es als ihre Pflicht an, diesen die Segnungen ihrer Kultur angedeihen zu lassen.

Yetinor Xon di Granoir (sprich: granwar) wohnte in einem wunderlichen, kunterbunten Häuschen, in der Mitte einer Lichtung. Das Haus hatte einen eigenen Namen: es hieß Castello Tempora und verfügte über einen stolzen, messerscharfen Giebel. Die Eingangstür nahm fast eine ganze Seitenwand des Hauses ein und reichte über den ersten Stock hinaus. Rund um das Gebäude wuchsen die seltsamsten Blumen und Sträucher. Da gab es Wunschelanemonen mit violetten Stängeln und rehbraunen Blütenblättern, aber auch Moorveilchen, die keck ihre gelb gesprenkelten Gesichter in die Sonne hielten. Davon bekamen sie natürlich Sommersprossen, aber das machte ihnen nichts aus. Die Bäume, die rings um die Lichtung standen, waren so hoch und so knorrig wie die Masten alter Segelschiffe und der Zauberer hatte ihnen bunte Wimpel an die Kronen gesteckt die hektisch im Wind flatterten. Dabei machten sie Geräusche die wie das ungeduldige auf den Tisch trommeln eines Kindermädchens klangen, dessen Schützlinge sich weigerten, den Spinat aufzuessen.

Die Sträucher waren von ganz besonderer Art. Es waren sogenannte Grummelbüsche, die nie damit zufrieden waren, gerade dort zu stehen, wo sie gerade standen. Deshalb wanderten sie immer genau zwischen 12 Uhr 30 und 12 Uhr 45 umher und tauschten die Plätze. Zu anderen Zeiten konnten sie nicht wandern und waren gezwungen an ihrem Platz zu verweilen, wie andere Büsche auch. Sie hatten schon des Öfteren vom Zauberer verlangt, die tägliche Wanderzeit verlängern zu dürfen, aber der Zauberer hatte sich darauf nicht eingelassen.

»Wenn ich euch eine Stunde Wanderzeit mehr gebe, dann seid ihr ja doch nicht zufrieden damit, dann wollt ihr als nächstes drei Stunden Wanderzeit. Ich habe auch noch anderes zu tun, als mich nur um euren Dickkopf zu kümmern!«

Die Grummelbüsche hatten daraufhin zwar einige Tage besonders missmutig vor sich hingegrummelt, aber schließlich hießen sie ja auch Grummelbüsche und taten nur das, was natürlich für sie war.

Durch die Lichtung kroch ein kümmerlicher Waldweg auf das Häuschen zu. Auch mit diesem Weg hatte es seine besondere Bewandtnis. Er hatte die Angewohnheit sich ab und zu wie eine Schlange zu schlängeln. Wenn man darauf nicht gefasst war, konnte es sein, dass man dabei auf die Nase fiel, denn man wusste nie genau, wann der Schlangenweg auf die Idee kommen würde, sich wie eine Schlange zu winden. Die meiste Zeit aber, war der Schlangenweg ganz gemütlich und verhielt sich wie ein völlig normaler Pfad.

Über eben diesen Weg schritt eines Tages ein hoch gewachsener, dünner Mann mit einer schwarzen Aktentasche in der Hand. Der Mann trug einen grauen Anzug und einen blauen Regenmantel darüber. Den blauen Regenmantel trug er nur deshalb über dem grauen Anzug, weil der blaue Regenmantel im Winterschlussverkauf besonders billig gewesen war. Er passte eigentlich gar nicht zu dem grauen Anzug. Der Mann war nämlich ein Beamter.

Beim Gehen stampfte er immer kräftig mit den Füßen auf, da er schon von den seltsamen Eigenschaften des Schlangenwegs gehört hatte und er wollte sich keinesfalls überraschen lassen. Er trug eine große Brille mit schwarzem Gestell und reckte das Kinn in die Luft, wie einer, der keinen Widerspruch duldet. Kurz bevor er das Haus erreichte, streifte er aus Versehen einen der Grummelbüsche, der sofort anfing los zu brummeln. Darüber erschrak der Beamte sehr und er blieb stehen und zog ein Notizbüchlein aus seiner Jackentasche. Er machte ein missbilligendes Gesicht, befeuchtete seinen Bleistift mit er Zunge und notierte: Beamtenbeleidigung durch renitenten Grummelbusch. Dann tauschte er seinen missbilligenden Ausdruck durch eine wichtige Miene aus und klopfte hart an die Tür des Zaubererhäuschens.

Die Tür öffnete sich knarrend und der Beamte blickte in das mürrische Gesicht eines Zwerges, der eine dicke Havanna rauchte. Als der Beamte den Zwerg sah, schniefte er und fragte: »Haben Sie eine Aufenthaltsgenehmigung?«

Der Zwerg war für einen Augenblick viel zu verblüfft um wütend zu werden. Aber dann wurde er richtig sauer. Er riss sich seine Zigarre aus dem Mund, schmiss sie auf den Boden und trampelte darauf herum. Dabei zeterte er in einer Sprache, die der Beamte nicht verstand. »Ud redölb fpokllank! toidi! ties nnaw nehcuarb egrewz enie gnugimheneg?«

Dann wandte er sich abrupt ab, setzte sich an einen großen, hölzernen Tisch und begann sich mit einer elektrischen Schleifmaschine die Hornhaut an den Füßen abzufeilen.

Der Beamte trat vorsichtig näher und sah sich um.

Das Haus bestand nur aus einem einzigen, riesigen Raum, der über zwei Stockwerke hoch war. Oben führte eine Galerie entlang und an der rechten Außenwand gab es eine Wendeltreppe, die sich zu der Galerie hinaufschraubte. Gegenüber der Eingangstür loderte ein gewaltiges Höllenfeuer in einem klobigen Kamin. Über den Flammen hing ein großer Kupferkessel in dem Wasser brodelte. In dem Wasser räkelte sich ein Waldfaun und blätterte gelangweilt in der Neuen Revue.

Regale zogen sich die Wände nach oben und waren vollgestopft mit allerlei seltsamem Krimskrams. In der Mitte des Raumes stand ein Tisch, der etwas kleiner war, als ein Fußballfeld. Die Tischplatte bog sich unter seltsamen Apparaturen, Reagenzien und dicken, staubigen Büchern.

Der Beamte zuckte zusammen, als er Schritte auf der Wendeltreppe hörte. Er blickte nach oben und erkannte einen hochgewachsenen, unglaublich hageren Mann, der ganz in einen schwarzen Umhang gekleidet war. Der Umhang hatte einen hohen, steifen Kragen und war innen mit roter Seide ausgeschlagen. Auf dem Kopf trug er ein enganliegendes, schwarzes Lederkäppi, welches spitz in die hohe Stirn hineinlief. Seine dunklen Augenbrauen waren finster zusammengezogen und seine schmalen Lippen wirkten verkniffen. Er glitt die Wendeltreppe nach unten und stand wie ein Spuk plötzlich vor dem Beamten.

»Was, bei allen wunden Schwänzen der Hölle, wollt Ihr denn von mir?«, fragte er den Beamten mit einer Stimme, die so eisig war, dass ein Vulkan erfroren wäre.

Der Beamte unterdrückte einen Zitteranfall und sagte geschäftsmäßig, wobei er seinen Aktenkoffer öffnete und ein Büchlein hervorholte: »Sie sind Yetinor Xon di Granoir?«

Als der Magier nicht antwortete fuhr er fort, wobei er in sein Büchlein blickte: »Das ist nicht Ihr voller Name, ich weiß. Also, sind sie Yetinor Elrias Xannon Malaclypse Hansfred Xon Müller di Granoir der Jüngere?« – »Nein«, antwortete der Magier.

»Nein?« Der Beamte war verblüfft und verunsichert.

»Nein«, wiederholte der Magier. »Ich bin der Ältere.«

»Der Ältere?« Der Beamte war immer noch verdutzt.

»Ich bin Yetinor Elrias Xannon Malaclypse Hansfred Xon Müller di Granoir der Ältere«, berichtigte ihn der Magier.

»Sowas«, brummelte der Beamte. »Da muss ich in die falsche Spalte gerutscht. Ah! Da haben wir es. Ich war in der falschen Spalte. Sie sind natürlich Yetinor Elrias Xannon.« – »Schon gut!«, unterbrach ihn der Zauberer unwirsch. »Was wollt Ihr?« – »der Ältere«, vervollständigte der Beamte seinen Satz und blickte dann geschäftsmäßig im Raum herum. »Ich bin hier, um Sie nach Ihrer Genehmigung zu fragen.«

Mit einem dumpfen Knall flog plötzlich die Tür zu. Es wurde ganz still in dem Raum. Man hätte die Stille greifen, sie kneten und zu Klößen verarbeiten können.

»Meiner Genehmigung?«, fragte der Magier und seine Stimme klang wie ein Erdrutsch. »Was zum Beelze, für eine Genehmigung?« Der Beamte nahm seine Brille ab, setzte ein hochmütiges Gesicht auf und begann zu dozieren, während er die Brille mit seiner Krawatte putzte: »Sie wissen es vielleicht noch nicht, aber seit der internationalen Magierkonferenz von Grimmelshausen, lieber Herr. äh Granoir, sind alle diejenigen, welche ein als Zauberei definiertes Gewerbe ausüben, verpflichtet dieses dem zuständigen Gewerbeamt mitzuteilen, sich Pflicht zu versichern bei der Magier Sozialkasse und eine Steuernummer beim Finanzamt einzuholen. Dazu kommt, dass wir noch Ihre Daten für die Volkszählung brauchen und genaue Angaben Ihr Gewerbe betreffend, insbesondere, äh, welche Art Zauberei Sie betreiben, ob weiße oder schwarze Magie, ob die Sicherheitsbestimmungen eingehalten werden und ob sie Angestellte wie Adepten und Zauberlehrlinge beschäftigen.«

Er holte tief Luft und zog ein Formular aus seiner Tasche. Er wedelte damit herum und suchte nach dem Zauberer. Der nämlich, war während seiner langen Rede einfach verschwunden. Jetzt tauchte er wieder auf und schien auf einmal doppelt so groß zu sein. Er grinste den Beamten diabolisch an und hob einen langen, glänzenden Zauberstab empor.

»Kraft meines Amtes«, dröhnte seine Stimme machtvoll und keinen Widerspruch duldend, »verwandle ich diesen Sachwachkopf in einen Freggel dritter Klasse!«

Es war einige Wochen später und an einem wunderschönen Sommertag, als ein würdig gekleideter Herr in einem gestreiften Flanellanzug den Schlangenweg herangetrabt kam. Auch er trug eine Aktentasche, allerdings sah seine viel teurer aus, als die des Beamten. Er schritt dynamisch aus und hatte seinen Blick zielbewusst auf das wunderliche Haus geheftet.

»Keine schlechte Lage«, murmelte er vor sich hin. »Hier noch einen Appartementblock hin und die Rendite wäre der reinste Wahnsinn.«

Als er das sagte, machte der Schlangenweg plötzlich eine heftige Bewegung und der Mann flog auf die Nase. Er rappelte sich fluchend wieder hoch, klopfte sich den Staub vom Anzug und murmelte: »Und dieser Mistweg muss natürlich begradigt werden, das ist ja mal klar.« Der Mann war nämlich ein erfolgreicher Vertreter. Als er das Haus erreichte, stand die große Tür weit offen und drinnen saß der Magier vor einem Computer und spielte Tic-Tac-Toe.

»Ein saublödes Spiel«, knurrte der Magier. »Man kann überhaupt nicht mogeln dabei.«

Der Vertreter trat hinter ihn und klopfte ihm leutselig auf die Schulter. »Na Herr Zauberer? Ah, ein Magisoft- Rechner, wie ich sehe!« Er beugte sich über die Tastatur und studierte den Schriftzug. »Bar oder auf Raten?«

Der Magier sah ihn schräg von der Seite an und fragte:

»Wer zum Henker, seid Ihr denn?«

Der Vertreter setzte sich flink an den großen Tisch und klappte seinen Aktenkoffer auf.

»Gestatten Sie eine kleine Vorführung, Herr Granoir. Ich vertrete die bekannte Firma ›Husch – Zaubergeräte und Zubehör‹ und möchte Ihnen unser neuestes Produkt empfehlen.« Er holte einen schönen, bunten Zauberstab hervor.

»Das Meisterstück aus dem Hause Maggilostro, zerlegbar in drei Einzelteile und abwaschbar. Garantiert rostfrei und mit einem Jahrhundert Garantie! Was halten sie davon?«

Er reichte dem Magier den Zauberstab und lehnte sich zufrieden in seinem Stuhl zurück. Dann beugte er sich noch einmal vor und flüsterte dem Magier verschwörerisch zu: »Ich kann Ihnen 25% drauf geben, aber sagen Sie's nicht weiter.«

Der Magier nahm den Stab in die Hand und wog ihn bedächtig.

In diesem Augenblick huschte ein kleines Tier über den Tisch und quiekte laut. Es setzte sich genau vor den Vertreter und entblößte einen großen Schneidezahn.

Es sah aus wie eine Mischung aus einer Wüstenrennmaus, einem Hamster und einem vietnamesischen Hängebauchschwein.

»Was ist das denn für ein niedliches Tierchen?«, fragte der Vertreter und versuchte das Tier zu tätscheln. Dabei biss es ihn in die Hand. »Autsch!«, rief der Vertreter. »Was ist das für ein Mistvieh?«

»Das ist ein Freggel«, erklärte der Magier. »Ursprünglich war das ein Beamter, der irgendwelche Genehmigungen von mir verlangt hat.«

Der Vertreter wurde plötzlich ganz bleich im Gesicht, als er das hörte. »Mach dass du wegkommst!«, schrie der Magier den Freggel an. »Gestern hast du mir meine ganzen Blaulilien abgefressen!«

Der Freggel quiekte erschrocken auf und witschte davon. Dabei rannte er ein großes Senfglas um, das mitten auf dem Boden stand.

»Er stolpert ständig über Senfgläser«, erklärte der Magier seufzend und blickte dann streng den Vertreter an. »Und jetzt zu uns beiden.«

Der Vertreter schluckte und rutschte auf seinem Stuhl tiefer, bis seine Nase fast die Tischkante berührte. »Ihr behauptet also, das wäre ein Stab aus dem Hause Maggilostro. Und der wäre besonders gut?«

Der Vertreter schluckte noch einmal und stotterte dann:

»Nna ja er ist nnicht schlecht, oder?«

Der Magier erhob sich und donnerte den Vertreter mit einer Stimme an, die klang als würden drei Hochhäuser auf einmal gesprengt: »Diese Hybridenfamilie Maggilostro hat es in fünf Jahrhunderten nicht geschafft auch nur zwei gute Zauberstäbe herzustellen! Das Ding taugt noch nicht mal als Kochlöffel! Und so was wollt Ihr mir andrehen?«

»NNa jaa vvvielleicht ggeht er jja ddoch?«

»Das werden wir gleich haben, lieber Freund«, murmelte der Magier hämisch und hob den Stab. »Neeiiin!«, brüllte der Vertreter verzweifelt und wollte wegrennen. Doch bevor er noch die Tür erreichte, gab es einen großen Knall und eine weiße Rauchwolke und anstelle des Vertreters huschte ein Freggel 2. Klasse über den Boden.

»Nun ja«, sagte der Magier zu sich selbst. »Vielleicht ist der Stab ja wirklich gar nicht so übel.«

Es war wiederum einige Tage später, aber schon fast Herbst und außerdem ein düsterer, regnerischer Abend, als sich wieder eine Gestalt dem wunderlichen Häuschen näherte.

Diesmal handelte es sich um eine schöne junge Frau, die in einen gut geschnittenen Hosenanzug gekleidet war. Ihre Haare waren fast weißblond und sie trug keine Aktentasche in der Hand. Heftige Windböen zerrten an den Trauerweiden und peitschten sie wie wilde Rösser. Eine Gruppe unschlüssiger Nebelgeister waberte hin und her und kleine Dämönchen huschten durch die Grummel-büsche, die missmutig vor sich hin moserten. Die junge Frau schritt lächelnd durch sie hindurch und kümmerte sich nicht weiter um das Getue hinter ihrem Rücken. Als sie vor der großen Tür stand hob sie ihre feste, kleine Faust und donnerte entschlossen dagegen. Die Tür öffnete sich und der Zwerg schaute sie schlaftrunken an.

»Na?«, fragte die junge Frau den Zwerg. »Fertig mit der Maniküre? Ist dein Herr und Meister im Haus?«

Der Zwerg sah sie scheel an und schlurfte ins Haus zurück.

Die junge Frau folgte ihm und schritt auf den Kamin zu, in dem ein lustiges Feuer prasselte. Der Magier saß an seinem Tisch und blickte nicht auf. Er war gerade damit beschäftigt eine besonders schwierige Zauberformel auswendig zu lernen. Die junge Frau stellte sich unterdessen vor den Kamin und wärmte sich die Hände.

»Wer, zum Kuckuck, seid Ihr schon wieder?«, knurrte der Magier sie an.

»Ihr wiederholt Euch, werter Yetinor«, sagte die Frau und schüttelte ihr Haar aus. Tausend kleine Silberfäden rieselten zu Boden. »Ihr wisst genau wer ich bin und Ihr wusstet auch, wer die anderen waren. Aber um der Etikette Genüge zu tun.« Sie schritt auf den Tisch zu und blieb vor dem Magier stehen. »Ich bin Lunaris, die Mondfee. Meines Zeichens Sonder-beauftragte des Ausschusses für den Missbrauch der schwarzen Magie von der Magierkommission Grimmelshausen. Sagt Euch das etwas?«

Als der Magier dies hörte, sprang er sofort auf und verbeugte sich tief vor Lunaris, der Mondfee.

»Oh, edle Lunaris, wie konnte ich es wagen, Euch nicht sofort zu erkennen. Mein bescheidenes Heim steht zu Eurer Verfügung. Ihr könnt auf den Boden spucken und den Freggel auf den Schwanz treten, fühlt Euch also wie zu Hause.«

Die Fee wedelte ungeduldig mit der Hand. »Bitte keine Schmeicheleien. Ich bin hier, da uns einige besonders gravierende Fälle magischer Willkür zu Ohren gekommen sind. Zeigt mir jetzt bitte Eure beiden Freggel, bei denen es sich ohne Zweifel um einen Finanzbeamten und einen Vertreter handeln dürfte, oder irre ich mich da?«

Der Magier hüstelte verlegen und lächelte die Fee mit einem schelmischen Augenzwinkern an. »Ach das«, sagte er. »Ihr habt sie doch wohl hoffentlich nicht …?«, fragte die Fee mit einem drohenden Unterton in der Stimme.

»Oh Nein, wo denkt Ihr hin.« Der Magier streckte entrüstet die Hände aus. »Ich mag Freggel überhaupt nicht. Nein, nein, sie sind wohlauf, weil sie leider völlig ungenießbar sind.« Die Fee entspannte sich wieder. »Also, dann her mit den beiden.«

Der Magier seufzte und ließ einen schrillen Pfiff hören. Der Pfiff klang wie die Pfeife eines kochenden Wasserkessels und drang durch jede Ritze des alten Gemäuers, auch bis hoch in das Regal in dem die beiden Freggel schliefen. Sie wachten sofort auf und stießen sich schmerzhaft den Kopf an einem dicken Buch, das dadurch über die Bretterkante kippte und in die Tiefe trudelte.

Der Beamtenfreggel raste wie der Blitz über die Regaltreppchen und flitzte das Küchenbord entlang. Der Vertreterfreggel, immerhin schon ein Freggel zweiter Klasse, war ein wenig schneller und warf keine Sachen um. Der Freggel dritter Klasse, der Beamten Freggel, stürzte über einen Senftopf und fiel mitten hinein. Er quiekte laut auf, denn er hasste

Senf, und dachte bei sich: »Wenn ich jemals an die Spitze des Staatsapparates gelangen sollte, dann werde ich dafür sorgen, dass der Senf überall im Lande verboten wird!«

Dann hastete er weiter, wobei er lauter kleine Senftupfer auf dem Steinboden hinterließ. Lunaris, die Fee, blickte mitleidig auf die beiden zitternden Kreaturen vor ihr und fragte: »Wieso ist der eine dritter und der andere zweiter Klasse?«

»Der Beamte war noch dämlicher als der Makler«, antwortete der Magier. »Strafe muss sein.«

Dann sah er lauernd die Fee an. »Wenn ich`s mir recht überlege«, sagte er dann, »fehlt mir eigentlich nur noch ein Freggel erster Klasse!«

Die Fee schickte ihm einen strengen Blick hinüber, der ihn fast nach hinten geworfen hätte. »Keine Tricks, Yetinor«, warnte sie ihn. »Wenn Ihr Dummheiten macht, kann es passieren, dass Ihr als Zaubermantelwäscher in einer Zauberlehrlingsanstalt landet. Und das für die nächsten Hundertzwanzig Jahre.«

Der Magier hatte keine Lust die nächsten Hundertzwanzig Jahre Zaubermäntel zu waschen, also unterließ er es, die Fee in einen Freggel erster Klasse zu verwandeln.

Der Freggel dritter Klasse leckte sich unterdessen die Lippen und schmeckte Senf. Senf, Senf, Senf! Er hasste Senf!

»Wenn ich eines Tages an die Spitze des Staatsapparates gelangen sollte«, dachte er bei sich. »Dann werde ich nicht nur den Senf verbieten, sondern auch die Farbe Gelb!«

»Gemäß der Magierkonvention von Grimmelshausen«, begann die Fee zu erklären, »seid Ihr, Meister Xon di Granoir, verpflichtet allen verwandelten Kreaturen, die Rückverwandlung durch das Stellen und Lösen eines Rätsels zu gestatten. Ich fordere Euch daher auf, im Sinne dieser Vereinbarung zu verfahren. Stellt also Euren Freggeln ein Rätsel. Wenn einer der Freggel das Rätsel in einer angemessenen Zeitspanne löst, dann sollen beide frei sein!«

Der Magier brummelte etwas Unverständliches und setzte sich auf seinen Stuhl. Der Vertreterfreggel schnüffelte an dem Beamtenfreggel und verzog angewidert sein Schnäuzchen. »Wenn ich eines Tages an die Spitze des Staatsapparates gelangen sollte«, dachte der Beamtenfreggel bei sich. »Eine Geheime Senfpolizei werde ich einführen, die GSP und die wird jeden verhaften, der auch nur nach Senf riecht!«

Der Magier blätterte unterdessen in seinem großen Rätselbuch. »Hm«, brummelte er. »Was hat Flügel und kann doch nicht fliegen, was hat einen Rücken und kann doch nicht drauf liegen und hat nur ein Bein, kann aber laufen?«, las er leise und schüttelte dann den Kopf.

»Zu leicht. Das kriegt sofort jeder raus, was das ist.«

*

Er blätterte weiter.

»Ah, da haben wir etwas!« Er kicherte und setzte sich in Positur. »So Ihr beiden Freggel. Jetzt spitzt mal die Ohren. Jetzt kriegt ihr ein Rätsel, dass ihr vor lauter Nachdenken die Tischbeine anknabbert! Also aufgepasst!«

Die Fee hockte sich lächelnd vor den Kamin und die beiden Freggel hörten aufgeregt zu.

»Was ist das?« fragte der Magier und las vor:

»Was ist so scharf, wie ein Rattenbiss

und hat die Farbe der Sonne.

Es ist aber auch wie Zucker so süß

und lebt in 'ner hölzernen Tonne?«

Dann faltete er die Hände wie ein Pfarrer und lächelte die beiden Freggel zuckersüß an. »Na? Kriegt Ihr das raus?« Die beiden Freggel saßen verdutzt da und blickten sich ratlos an. Was sollte das bloß sein?

Sie grübelten und grübelten und hätten mit dem Rauch ihrer Köpfchen ganze Indianerstämme mit Rauchzeichen versorgen können, aber sie kamen nicht drauf. »Ach ja, ich vergaß«, setzte der Magier hinzu. »Ihr habt fünf Minuten Zeit.« – »Das ist unfair!«, wollte die Fee protestieren, doch der Magier schnitt ihr das Wort ab. »Laut Konvention von Grimmelshausen ist der Rätselsteller berechtigt, das Zeitmaß zu bestimmen. Kommt mir nicht mit Paragraphen, die kenne ich auswendig.« – »Aha!«, versetzte die Mondfee giftig. »Ihr gebt also zu, dass Ihr in vollstem Wissen gegen die Statuten gehandelt habt!«

Der Magier zuckte mit den Achseln. »Was die Kommission nicht weiß, das macht sie auch nicht heiß.«

Die beiden armen Freggeltröpfe dachten unterdessen nach, dass sich ihre Gehirnbalken bogen, aber sie kamen nicht drauf. Der Beamtenfreggel leckte sich nervös das Schnäuzchen und schmeckte schon wieder Senf. »Wenn ich eines Tages.« begann er wieder zu denken, doch plötzlich durchzuckte ihn die Erleuchtung. »Senf! Senf!« schrie er ganz aus dem Häuschen und tanzte wie besessen um den Tisch.

»Es ist der Senf! Er hat die Farbe der Sonne, schmeckt wie ein Rattenbiss und ist doch zuckersüß, und«, hier hielt er triumphierend inne, »er befindet sich in einem großen, hölzernen Fass!«

Der Magier sprang auf und ließ einen entsetzlichen Fluch hören, der noch dreihundert Kilometer weiter eine Lawine auslöste, die drei verlassene Skihütten, eine Sprungschanze und einen Schaufelbagger verschüttete.

Dann hieb er wütend mit dem Zauberstab, den er dem Vertreter abgenommen hatte auf den Tisch. Es gab einen knackenden Laut und der Zauberstab brach durch und baumelte nur noch an einem Holzfädchen. »Ich wusste ja, dass der Maggilostro-Stab nichts taugt«, sagte er ruhig und warf das kaputte Ding ins Feuer.

Die beiden Freggel verwandelten sich augenblicklich in das zurück, was sie vorher waren. Sie strahlten sich freudig an und schüttelten sich die Hände. »Na, was werden Sie jetzt machen«, fragte der Beamte den Vertreter, »jetzt, wo Sie wieder ein Mensch sind?«

»Oh, ich werde lieber wieder Staubsauger verkaufen«, antwortete dieser. »Das Zaubergeschäft lohnt nicht, glaube ich. Und Sie, was werden Sie tun?«

Der Beamte, der sich seinen blauen Regenmantel ganz keck über die Schulter geworfen hatte, lachte fröhlich und antwortete: »Ich glaube ich eröffne eine Senfproduktion. Wissen Sie, ich liebe nämlich Senf!«

Dann hakten sie sich wie zwei gute Freunde unter, verneigten sich vor der Fee und dem Zauberer und gingen guter Dinge ihrer Wege.

* = ied esan hcilrütan!

Trunkene Lämmer

Für Edwin war es jedenfalls ein ganz normaler Tag im Winter.

Wenn auch alle übrigen Bewohner dieses Landes anderer Meinung darüber waren. Es war in Wirklichkeit dieser ganz spezielle Tag im Dezember, den die meisten Bewohner des Landes damit verbrachten, stachelige, grüne Bäume mitten im Wohnzimmer aufzustellen und sie mit glitzerndem Zeugs zu behängen, welches sie eigens dafür den Rest des Jahres im Keller zwischen Eingemachtem und vergessenen Comic-Serien zu lagern pflegten.

Der Rest des Nachmittages diente dazu, nutzlose Dinge in buntes Papier einzuwickeln. Später würde genau dieses mühevoll gebändigte Papier dann von ungeduldigen Fingern brutal zerrupft im Mülleimer landen, meist in Nachbarschaft der nutzlosen Dinge, die darin eingewickelt waren. Dazu wurden dann asbachuralte Songs in grauenhafter Qualität gebrummt, die allesamt von Schnee und Glöckchen und ähnlichem Kitsch handelten und alle hatten sich für einen Moment lang furchtbar lieb. Die Spendenkonten quollen vor diesem Tag und die Mülleimer nach diesem Tag über und in beiden Fällen bedienten sich Leute daran, denen diese Weihnachtsliebe mit Sicherheit nicht galt.

Für Edwin aber war es ein ganz normaler Tag. Einerseits, weil er sich weigerte Bäume in sein Wohnzimmer zu schleppen, andererseits aber auch, weil er kein Wohnzimmer mehr besaß, in das er einen Baum hätte schleppen können. Ferner mangelte es ihm an buntem Papier, geschweige denn irgendwelcher Dinge, die er darin hätte einwickeln können.

Den größten Teil des Tages verbrachte er damit, auf einer Parkbank herumzulungern, die von den Stadtvätern möglichst unbequem konstruiert worden war, um es Seinesgleichen zu verleiden, den größten Teil des Tages darauf herumzulungern. Als er das satt hatte, brachte er sich mühsam aus seiner zusammengesunkenen Haltung in eine stehende, leicht schwankende Position. Was die Angelegenheit erschwerte, hing einerseits damit zusammen, dass ihm die Füße eingeschlafen waren, und andererseits damit, dass sein motorisches Zentrum zu sehr damit beschäftigt war, die Fuselmoleküle zu verarbeiten, die ununterbrochen über die verkalkte Blutbahn angeschleppt wurden.

Dies erforderte ziemlich viel Aufmerksamkeit vom motorischen Zentrum, sodass es sich nicht auch noch um solch lächerliche Kleinigkeiten, wie Gehen, Sitzen, Stehen usw. kümmern konnte. Die Fußgänger und Fahrzeugführer wiederum, waren es gar nicht gewohnt, zusätzlich zu ihrer hektischen Heiligabend-Betriebsamkeit auch noch auf einen besoffenen

Penner zu achten, der bedenkenlos über die belebte Straße wankte. Das übliche Chaos, das darauf folgte, bewirkte einerseits ein schlechtes Gewissen bei einer BMW-Fahrerin, die sich die darauf folgenden Tage damit herumquälte, ihre Erinnerung nach irgendeinem Zeugen durchzuforsten, der gesehen haben könnte, wie sie den Alten über den Haufen fuhr, und andererseits einen im Rinnstein liegenden Alten, um den sich weiter niemand kümmerte, weil er so entsetzlich nach Alkohol stank. Niemand kam auf die Idee, er könnte aus einem anderen Grund, als dem übermäßigen Alkoholgenusses, regungslos im Rinnstein liegen. Als Edwin wieder zu sich kam, war es schon ziemlich spät am Abend. Der Alkohol hatte sich zum größten Teil aus seinem Gehirn verflüchtigt, was ihn dazu befähigte die Umgebung ein wenig deutlicher wahrzunehmen. Die Eindrücke, die daraufhin auf ihn hereinprasselten, weckten sofort den Wunsch, sich erneut so tief und gründlich wie möglich zu benebeln. Diesen Wunsch in die Tat umzusetzen scheiterte daran, dass er im Augenblick keinen Tropfen Alkohol zu Verfügung hatte. Folgerichtig kombinierte sein in dieser Hinsicht geübter Logiksektor, dass die Beschaffung von Alkohol die wichtigste der zu erfolgenden Maßnahmen war. Er war kaum ein paar Schritte gegangen, als er das Gefühl hatte, die Welt durch einen roten

243

Schleier zu sehen. Er hielt inne, um sich das Blut aus der Stirn zu wischen. Er schwankte kurz hin und her, und marschierte dann entschlossen in Richtung Bahnhof.

Einem aufmerksamen Passanten hätte das Herz brechen können, beim Anblick des Alten, der blutüberströmt durch die kalten und nassen Straßen schlich. Es gab aber keinen Passanten in dieser Gegend, dem das Herz hätte brechen können. Selbst wenn es einen Passanten gegeben hätte, dann wäre es zu viel verlangt gewesen, dass er auch noch aufmerksam sein sollte, und selbst für diesen unglaublich unwahrscheinlichen Fall, hätte er bestimmt kein Herz zum Brechen mehr gehabt. Das ist das fatale an den meisten Passantenherzen: sie brechen nur ein einziges Mal, und das meistens ziemlich früh, so dass man den ganzen ruhigen Rest des Lebens mit diesem Spalt im Herzen herumläuft, der einem die Dinge zwar erleichtert, aber nicht unbedingt verschönert.

Das Problem für Edwin war, dass er kein offenes Geschäft mehr finden konnte, wo er seine paar Mark hätte loswerden können. Schließlich war es der 24. Dezember und zudem noch ein Sonntag. Es wäre einfacher gewesen einen Fleck vom Blut Christi auf dem Rücksitz eines rostigen Ascona zu finden, als ein offenes Geschäft am Weihnachtsabend. In Kneipen traute er sich schon lange nicht mehr rein.

Als er um die letzte Ecke vor der Straße zum Hauptbahnhof bog, stutzte er. Er rieb sich die Augen, da er noch einige verkrustete Blutreste dort vermutete, die vielleicht die Ursache für die merkwürdige Halluzination sein könnten. Aber das Bild, das sich ihm bot, veränderte sich nicht: Ein Strom von Tippelbrüdern bot sich seinem Auge.

Leicht schwankend, wie Ähren im Wind, schlurften sie in seine Richtung, hunderte, nein tausende. Selbst wenn man diejenigen abzog, die er doppelt sah. Das war keine Illusion eines doppelten Dimple. Er hatte auch nicht die geringste Ahnung, was die Brüder da vorhatten. Er fragte auch gar nicht lange, sondern schloss sich der Prozession einfach mal an. Irgendeine innere Stimme sagte ihm, dass bei so vielen Pennern, die plötzlich ein gemeinsames Ziel hatten, wenigsten ein Schnaps pro Mann rausspringen müsste.

Nach einigen Kilometern wurde die Menge so dicht, dass Edwin nur noch in kleinen Schritten vorwärtskam, ein Gedränge wie beim Schlussverkauf. Er stellte ein paar Fragen, bekam aber nicht viel heraus, nur so viel, dass bald eine Art Sammelstelle käme, die dazu diente all diese Penner und Tippelbrüder in Bussen an einen Ort zu karren, an dem Milch und Honig, respektive Fusel fließen sollte. Wer der edle Spender dieser Gabe war, wollte niemand so recht wissen. Nur einer, der entschieden jünger wirkte, als die anderen, erzählte Edwin irgendwas von einem Staatsgast, einer Königin oder so ähnlich, die an diesem Abend die Stadt besuchen würde. Dem Bürgermeister war es offensichtlich ein Unerträgnis, dass das Auge der Königin, kaum am Bahnhof angelangt, zuallererst den banalen Anblick besoffener Vagabunden ertragen sollte.

Ein pestilenzialischer Gestank lag in der Luft. Sogar Edwin, der einiges gewöhnt war, hatte Mühe dieses Sammelsurium von Ausdünstungen zu ertragen. Seine geübte Nase unterschied mindestens zwanzig Fuselsorten, deren scharfer Geruch den unge-waschenen Hälsen ringsum entströmte. Dazu der Muff alter Mäntel, billiger Deodorants, aus Müll-tonnen gefischt und auf die zerlumpten Sweat-Shirts oder Pullover gesprüht; der Mageninhalt so mancher empfindlicher Genossen, und die Wolke hochgiftiger Fürze, die aus den aufgeblähten Alkoholdärmen entwichen. Egal, solange etwas dran war an der Geschichte, konnte er eine Menge ertragen. Edwin wartete geduldig bis er an der Reihe war. Die Menge schob ihn einfach nach vorn, deshalb hätte er schon gar nicht mehr anders gekonnt, auch wenn er anders gewollt hätte, als in den grünen VW-Bus zu stolpern. Die aufgesperrte Seitentür verschlang ihn wie ein gieriges Maul und irgendjemand drückte ihm einen

Flachmann in die Hand. Er kletterte auf einen freien Sitz inmitten der schnaufenden und nörgelnden Penner und versuchte sich mittels seiner Ellbogen den nötigen Freiraum zum Atmen zu verschaffen. Dann schraubte er den Verschluss von der kleinen Flasche und machte den Korn in einem Zug nieder. Der Wagen ruckte an, und Edwins Kopf wurde gegen die Lehne geschleudert. Er ließ ihn in dieser Stellung und döste vor sich hin. Die Wärme der ihn einquetschenden Leiber und der Schnaps in seinem Wanst taten ihr übriges. Kein Gedanke des Misstrauens kam in ihm auf. Sein schlafendes Hirn, in dem der Korn träge hin und her schwappte, registrierte nichts von dem Exodus, der um ihn herum und mit ihm geschah:

Eine ganze Wagenkolonne tuckerte aus der Stadt, vollgestopft mit Seinesgleichen, und die Stadt war sauber danach. Zumindest roch sie besser, das mochte niemand bestreiten.

Das Fahrtende bekam er nicht mit, da er immer noch schlief. Er wachte erst auf, als ihn jemand grob am Arm packte und aus dem Wagen schleifte. Edwin schlug unentschlossen und ziellos um sich und erreichte entsprechend wenig damit. Er fühlte kalten Erdboden unter seinem Hintern und hörte das Motorengeräusch eines sich eilig entfernenden Wagens. Er streckte seine durch langes Krümmen steifgewordenen Beine aus. Etwas klirrte leise. Er schlug die Augen auf, und sah eine Flasche Schnaps vor sich auf der Erde liegen. Schnell griff er danach und ließ sie unter seinem Mantel verschwinden. Dann erst blickte er sich verstohlen um.

Es war finster. Und es war kalt. Weit entfernt blinkten die Lichter der Stadt. Er musste irgendwo in den Bergen sein, aber wo genau, das konnte er unmöglich feststellen. Einige Meter entfernt von ihm, sah er die Gestalt eines anderen, der ebenfalls etwas unter seinem Mantel verborgen hielt. Es wurde ihm immer kälter und Edwin schlang seine Arme um seinen Oberkörper. Das half nur wenig. Die Flasche war ziemlich schnell leer. Irgendwo um ihn herum flammten dünne Lagerfeuer auf, aber Edwin war zu müde und zu besoffen um sich dorthin zu schleppen. Er blieb einfach sitzen, in der Kälte und bibberte vor sich hin. Er versuchte das alles irgendwie zu verstehen, brachte aber nichts zusammen. Irgendwann schlief er dann ein.

Als am nächsten Morgen die Busse zurückkamen, nahmen seine Ohren die Motorengeräusche nicht mehr wahr. Das lag einerseits daran, dass seine Ohren irgendwann zu funktionieren aufgehört hatten und andererseits daran, dass überhaupt alles in ihm aufgehört hatte zu funktionieren. Er hatte es nicht bemerkt. Ihm war nicht einmal klar, dass er Grund gehabt hätte, wütend zu sein. Dafür war es jetzt sowieso zu spät.

Gleich und Ungleich

Wir waren ein loser Haufen, Hembus, Frieder und ich. Wir hatten alle drei dieselbe Schule besucht und gleichzeitig zu arbeiten begonnen. Schon während der Schulzeit vertrieben wir uns mit groben Scherzen und Faulenzen die Zeit, ohne uns um die Forderungen unserer Lehrkräfte zu kümmern. Ursprünglich gehörte auch Kolle in unseren Kreis, doch das hatte sich im Laufe der Zeit geändert. Irgendwann hatte Kolle uns zu meiden begonnen und wurde ein Einzelgänger, hinter dessen Stirn wir die wunderlichsten Gedanken vermuteten.

Unser Tag begann früh morgens um sechs. Da versammelte sich das halbe Dorf am großen Eingangstor des Grundstückes, das dem Doktor Grosser gehörte. Er besaß etliche Morgen Land und eine kleine Fabrik. Jeden Morgen um sechs fanden sich die Tagelöhner ein und warteten jeder auf seine Art, dass man ihm Arbeit gab. Die einen stumm, ernst und nachdenklich, vor allem die Familienväter. Andere, wie wir waren fröhlich und ausgelassen und betrachteten das Ganze mehr als Spaß.

Der Verwalter von Doktor Grosser kam pünktlich um halb sieben und wählte die aus, die er für den Tag zur Arbeit brauchte. Wir waren immer dabei, denn wir waren jung und konnten anpacken. Auch Kolle bekam immer Arbeit, denn auch er war kräftig und jung, aber er sonderte sich den ganzen Tag über von uns ab und blieb stumm und nachdenklich.

Die Arbeit selbst war zu ertragen, wenn sie manchmal auch öde war und die Stunden oft nur zäh verflossen. Wenn dann aber endlich Feierabend war, dann aber sollten Sie uns gesehen haben. Wie wir übermütig und lautstark durch die staubigen Gassen unseres Dorfes stürmten, vom Wirtshaus Besitz nahmen und all unseren Tageslohn sofort umsetzten in Wein, Brot und Spiele.

Es kümmerte uns nicht, dass die Älteren uns oft schalten und missbilligend ihre grauen Köpfe schüttelten. Sie hielten uns vor, dass wir unser mühsam verdientes Geld verschleuderten, anstatt es redlich zu sparen und uns langsam nach oben zu schuften. Wenn wir uns dann allerdings ansahen wohin diese Alten sich selbst geschuftet hatten, nämlich in das gleiche Wirtshaus hinein, in dem wir jeden abend saßen, wo sie dann genau wie wir ihren Wein schlürften und die Füße unter den Tisch streckten, nun, dann grinsten wir uns an und nickten uns zu und waren der Meinung, dass wir genau dieses doch jetzt schon erreicht hätten. Und soffen fröhlich weiter.

Kolle ging immer an uns vorbei, auf seinem Weg nach Hause. Sein Zuhause bestand aus einer alten

Kate die er gemeinsam mit seiner Mutter bewohnte. Wir wohnten gemeinsam in einer baufälligen alten Mühle, die einmal Hembus Großvater gehört hatte. Wir hatten weder Strom noch fließendes Wasser, aber wir zahlten auch keine Miete.

Kolle ging immer an uns vorbei und grüßte uns nicht. Er schien uns dadurch seine Verachtung ausdrücken zu wollen, doch wir kümmerten uns nicht darum. Wir lachten über ihn, wie er da tagaus tagein schuftete wie wir, ohne sich ein bisschen Spaß zu gönnen.

Als wir eines Nachts reichlich angeduselt nach Hause torkelten, sahen wir helles, gelbes Licht durch die Fenster seiner Kate schimmern. Verblüfft blieben wir stehen und kratzten uns am Kopf. Hembus murmelte etwas unverständliches und sah fast ein wenig neidisch aus, als uns allen klar wurde, dass Kolle sich eine Leitung hatte legen lassen. Er hatte nun elektrisches Licht, während wir nach wie vor mit Kerzen vorlieb nehmen mussten. Doch wir trösteten uns mit dem Gedanken, dass Kerzen viel romantischer seien, als eine nackte Glühbirne an der Decke, die schäbig in einer metallenen Fassung baumelte, wie in einem gewöhnlichen Kuhstall.

Ein bis zwei Jahre gingen ins Land und unser Lebensstil änderte sich keinen Deut. Wir arbeiteten jeden Tag und versoffen unseren Lohn regelmäßig des Abends im Wirtshaus.

Ab und zu fuhren wir auch in die nahegelegene Stadt und versuchten ein wenig vom Duft der Welt zu schnuppern, doch merkten wir recht bald, dass dazu unser kümmerlicher Tagelohn nicht ausreichte. Da wir auch keine Idee hatten, wir wir diesen vergrößern konnten, wurden unsere Ausflüge in die Stadt immer seltener.

Es war nach einem dieser seltenen Ausflüge, als wir müde und lustlos die staubige Landstraße zum Dorf zurückmarschierten. Unser Geld hatte gerade für ein paar Biere und Zigaretten gereicht und jetzt langte es nicht einmal mehr für den Bus. Wir waren trotzdem eingestiegen, aber ein Kontrolleur hatte uns auf halber Strecke erwischt und uns auf der Landstraße ausgesetzt. Vor uns erstreckte sich die schmale Straße endlos und schlängelte sich durch karge Äcker. Hinter uns schimmerten die glänzenden Dächer der Stadt im Sonnenuntergang. Unser Schuhe verursachten schlurfende Geräusche auf dem Asphalt. Niemand sprach ein Wort. Ich hatte einen ordentlichen Batzen Staub in die Nase bekommen, als der Bus weggefahren war und nieste gequält vor mich hin. Wir drehten uns um, als wir ein Motorengeräusch hinter uns hörten und streckten die Daumen raus. Fast ein wenig euphorisch registrierten wir, dass der Wagen anhielt. Es war ein kleines Auto, nicht mehr ganz neu, aber sehr willkommen. Hembus war als erster am Verschlag und riss ihn auf. Fast wäre er zurückgeprallt, so erstaunt war er, als er Kolle am Steuer erblickte. Wo er plötzlich ein Auto herhabe, war unsere erstaunte Frage und dass er es sich zusammengespart hätte, war seine mürrische und knappe Antwort.

Die restliche Fahrt verlief schweigend. Wir waren zu müde, um zu reden und Kolle zu verdrießlich. Doch an seinen zynisch herabgezogenen Mundwinkeln war doch sehr deutlich zu erkennen, wie sehr er sich über die gelungene Überraschung freute. Hembus war an seinem fast grünen Gesicht als einzigem anzusehen, dass er sich krümmte vor Neid. Ich selbst dachte daran, wie lange Kolle hatte schuften müssen um sich das Geld für dieses Vehikel zusammensparen zu können und war überhaupt nicht neidisch. Jedenfalls nicht sehr.

Die folgenden Monate vergingen freudlos und mühsam, denn wir alle waren in einer gedrückten Stimmung. Der Winter war hart und wir froren erbärmlich in unserer schlecht beheizten Mühle. Kolle, das hatten wir gesehen, hatte sich eine elektrische Heizdecke gekauft, in die er sich in diesen kalten Nächten wunderbar einkuscheln konnte. In Hembus' Augen las ich Mord.

Als der Frühling kam, kehrte auch unsere gute Laune wieder. Die Arbeit ging leichter von der Hand und das Wirtshaus wurde wieder unser angestammter Ort der Fröhlichkeit. Hembus' Gesicht hatte nun nicht mehr die Farbe von gefrorenem Gras und Kolles Auto hatte durch den Winter sichtbar gelitten.

Gegen Sommeranfang geschah dann das Unglück. Wir hörten davon, als wir gerade erst das Wirtshaus betreten hatten. Ein Junge stürmte in den Gastraum und rief nach der Polizei. An der Ausfallstraße sei ein Unfall passiert. Wir eilten natürlich sofort hin, denn schließlich geschah wenig Aufregendes in einem kleinen Dorf. Als wir an die Kreuzung kamen, erkannten wir schon von weitem Kolles kleinen Wagen völlig verbeult an einem Baum im Graben.

Kolle stand mit gesenktem Kopf daneben und sah genauso verbeult aus wie sein Auto. Wir gesellten uns zu ihm und standen betreten herum. Sein Auto war futsch, das sah ein Blinder. Selbst der geschickteste Mechaniker hätte da nichts mehr machen können. Er hätte einem Hund ausweichen wollen, erklärte er dem Wachtmeister, und dabei sei er eben von der Fahrbahn abgekommen.

Am nächsten Tag erschien Kolle nicht zu Arbeit. Auch nicht am übernächsten Tag.

Am Abend des dritten Tages beschlossen wir, dass einer von uns nach ihm sehen sollte. Die Wahl fiel auf mich, und so machte ich mich seufzend auf den Weg.

Ich fand ihn hinter seiner Kate, an einen Baum gelehnt. Der Abendwind fuhr durch die Gräser und zerzauste sein glattes Haar, das ihm in die Stirn hineinhing. Er hielt den Blick starr geradeaus gerichtet und spielte mit einem Gänseblümchen in der Hand.

Ich setzte mich neben ihn und wir schwiegen eine Weile gemeinsam. Als die Sonne schließlich hinter den Wiesenhügeln sank, erhob ich mich wieder, legte ihm eine Hand auf die Schulter und fragte ihn, ob er morgen nicht zur Arbeit kommen wolle. »Wozu?«, sagte er, ohne mich dabei anzusehen. Dann streckte er seine Hand aus und deutete mit seinem Zeigefinger auf den Sonnenuntergang.

»Den hier,« sagte er, »habe ich bis jetzt nie so richtig bemerkt. Ich hätte nie gedacht, dass die Sonne so schön sein kann.« Er wandte mir nun sein Gesicht zu und ich bemerkte ein feines Lächeln um seine Mundwinkel, das ich noch nie bei ihm gesehen hatte.

»Geh du nur ins Wirtshaus zu deinen Kumpels zurück.«

Darauf wusste ich keine Antwort.

Das weiße Kreuz des Meeres

Das wohl abenteuerlichste Seemannsgarn, das je gesponnen wurde.

Die Nacht war sternlos und bibelschwarz. Die Kraft ihrer 1500-PS Diesel trieb die *Sinnariz* unbarmherzig durch die aufgewühlte See. Während die Mannschaft in ihren Kojen gegen die Übelkeit kämpfte, stand Capitain Rámon de la Fuente rechts vom Rudergänger, blickte auf die aufgeschäumten Wogen im Scheinwerferlicht und kämpfte ebenfalls gegen die Übelkeit. Seekrank war er jedoch nicht, nur wütend. Wütend und enttäuscht.

Heute war der erste Advent, und traditionell feierte seine Familie diesen Tag gemeinsam mit vielen Kerzen, Bananenlikör und heißem Wein auf ihrem Landgut bei St. Bartholomee, einem kleinen idyllischen Städtchen in den Bergen Gran Canarias. Und er stand hier auf der Brücke dieses kleinen Küstenwachschiffs und hielt Ausschau nach Drogenschmugglern.

Nicht, dass Rámon de la Fuentes besonders versessen auf Drogenschmuggler gewesen wäre; er gehörte keineswegs zu jener durchgeknallten, schäferhundezüchtenden, hippiefressenden Gattung Polizist, die, einer geflüsterten Eingebung der

Jungfrau Maria folgend, ihr gesamtes Dasein, ihr Privatleben und ihre gesamte sexuelle Libido fanatisch nur dem einen Ziel opferten: so viele Drogenschmuggler zu fangen, wie nur irgend möglich, ihre Namen sowie die beschlagnahmten Kilos in ein Stück Eibenholz zu ritzen, um sich am einzigen freien Tag im Jahr daran zu ergötzen (denn viel mehr gab es nicht mehr, an dem diese Männer sich hätten ergötzen können). Nein, dazu gehörte er nicht. Er liebte es, mit seiner Familie am ersten Advent Bananenlikör zu trinken und geröstete Kartoffeln zu essen. Aber sein Vater war Vizebürgermeister des Ortes St. Bartholomee, und wäre gern Bürgermeister geworden. Deshalb hoffte er, dass Ramon, der in jungen Jahren dummerweise zur Guardia Civil gegangen war – der schönen Uniformen wegen, und der schönen Dolores wegen, die auf schöne Uniformen stand – dass also dieser sein Sohn Ramon, dessen Schläfen nach 20 Ehejahren mit der nun etwas fülligen Dolores sichtbar ergraut waren, einen spektakulären Drogenfang machen würde, etwas wovon die Weltpresse sprechen würde, um ihn auf diese Weise in das Amt seines amtierenden Chefs zu katapultieren.

Nur dass Ramon nicht daran glaubte, dass sich die Drogenmafia ausgerechnet hier vor den Kanaren versammelte – die Routen führten meist über Algeciras oder Marokko.

Und dann noch der Name des Schiffes: Sinnariz, was »ohne Nase« bedeutete, eine Anspielung auf den Tod, oder auch völlige Kokainlosigkeit – sprich Unglück im Fang von Kokainschmugglern, oder – noch viel schlimmer: eine herabwertende Bemerkung hinsichtlich des Zeugungsorgans des Kapitäns, denn die Nase eine Mannes. nun ja, lassen wir das.

Capitan de la Fuente war also ein Mann, der allen Grund hatte, Übelkeit zu verspüren, der in grimmiger und zugleich schicksalergebener Wut oder besser gesagt in SCHEI☐LAUNE auf der Brücke seines nasenlosen Schiffes stand und in eine Nacht hinausstarrte, die alle Geheimnisse für sich behielt.

Lassen wir ihn starren und wenden uns einem anderen Kapitän zu, dessen Laune nicht viel besser war.

.ooOoo.

Denn zur gleichen Zeit kämpfte sich nur wenige Seemeilen weiter östlich der Bug der *Noseless* durch die tintenschwarze See. Zwingen Sie mich bitte nicht, auch den Namen dieses Schiffes zu übersetzen.

Die *Noseless* war ein äußerst seetüchtiger ehemaliger Schwertfischkutter, umgebaut zum Frachter mit 15 Mann Besatzung, einem schlechtgelaunten Kapitän und einer höchst wertvollen Ladung an Bord. Genauer gesagt: die *Noseless* war innen so weiß, wie die See schwarz war. Sie steckte so voller Kokain, dass die Mannschaft keinen Platz mehr in ihren eigenen Kajüten fand – dicht zusammen gedrängt, allesamt ÄU☐ERST schlecht gelaunt, saßen sie überall auf der Brücke herum, besetzten jeden freien Winkel und hätten sich die Seele aus dem Leib gekotzt, wenn noch etwas drin gewesen wäre. Das einzige, was sie bei Laune hielt, waren die großzügigen Spenden des Kapitäns, die sich in weißen Linien am Boden entlangschlängelten, jedenfalls da, wo noch Platz war. Aber wie heißt es so schön: Für Koks ist Platz in der kleinsten Kajüte.

Kapitän Jorge Cruzeiras hatte mindestens ebenso schlechte Laune, wie sein Gegenspieler, der ihm einige Seemeilen weiter westlich von der Brücke der *Sinnariz* ahnungslos entgegenstarrte. Denn Jorge Cruzeiras war kein Drogenschmuggler, jedenfalls nicht von Geblüt. Anstatt sich hier durch die aufgewühlten kanarischen Gewässer zu kämpfen, hätte er nun lieber mit seiner Familie in warmen Kolumbien unter tropfenden grünen Dächern gesessen und das heiße Fladenbrot gemampft, welches seine Großmutter so herrlich kross zubereitete. Aber er war damals zur See gegangen, ein guter Kapitän, während sein Bruder, dieser Nichtsnutz, dieser Tropf, dieser hodenlose Kriminelle, versucht hatte, bei der örtlichen Kokainmafia Karriere zu machen. Was ihm nur mäßig gelang, so dass eines Tages jene finsteren Burschen bei ihm, dem angesehenen Kapitän, auftauchten, um ihm ein unmissverständliches Angebot zu machen. Jorge Cruezeiras hatte zusehen müssen, wie diese Killerbrigaden ohne viel Federlesens einen kräftigen Jungen Mann mittels einer Pumpgun in Chili con Carne verwandelten. Er hatte keine Sekunde überlegt. Den Bruder zu retten, war familiäre Ehrenpflicht, seine Großmutter hätte nie wieder Fladen für ihn gebacken, also hatte er den Auftrag übernommen.

Doch als er dann mit ansehen musste, welche Mengen Kokain über die Laderampe geschafft wurden, drehte sich ihm der Magen um. Noch nie hatte die Welt eine solche Menge Koks auf einem Haufen gesehen, geschweige denn auf einem Schiff. Wollte der ortsansässige Padron einen Rekord aufstellen? Hatte er eine Wette abgeschlossen? Hatten sich sämtliche Drogenfürsten Kolumbiens zu einer Koksregatta vereint? Jorge wusste es nicht, aber ihm wurde Angst und Bang, als der Laderaum sich füllte und füllte, schließlich überquoll, und man dazu

überging, nun auch die Kajüten, Bilgen, Rettungs-
boote und sogar Abschnitte des Maschinenraums mit
Plastiksäcken vollzustopfen. Jorge hatte so viel
Kokain an Bord, er hätte es in der Wüste schneien
lassen können. Der Marktwert war kaum noch zu
schätzen, es wäre ohne weiteres möglich gewesen,
sich dafür eine Armee einzukaufen, um den Kongo
zu erobern.

Und er hasste dieses Zeug. Im Gegensatz zu seiner
Mannschaft, die seit »Leinen los« nicht mehr geschlafen hatte.

Ziel waren die Kanarischen Inseln, denn diese
galten seit geraumer Zeit als Hauptumschlagplatz für
Drogen jeder Art. Viele verschwiegene Küsten und
Strände luden hier zum stillen Umladen ein. Das
Wetter war hier normalerweise verlässlich und stabil,
und die Adventszeit besonders günstig, weil die
Küstenwache es in der Regel vorzog, im Familien-
kreis verschrumpelte Kartoffeln zu essen. Und jetzt
dieser Sturm! War das vielleicht ein Omen? Ein
Zeichen des Himmels?

Eine plötzliche Rührung ergriff ihn. Erster Advent
... noch vier Wochen bis zur Geburt des Heilands, der
für die Sünden der Welt gestorben war. Für alle
Sünden, auch für die seinen! Kapitän Jorge kämpfte
tapfer eine Träne herunter, nun, sagen wir: die
Anzahlung auf eine Träne, denn ein Schwertfischkäptn

heulte nicht. Oder – vielleicht doch? Er warf einen verstohlenen Blick in die Runde. Seine Männer saßen triefnasig, hohlwangig und mit glühenden Augen überall im Steuerraum auf dem Boden. Auf den Instrumenten verstopften weiße Bröckchen die Ritzen, eine feine Staubschicht hatte sich auf den Kleidern der Leute niedergelassen. Sie brauchten sich nur mit dem Ärmel die tropfende Nase abzuwischen und hätten mehr Koks dabei erwischt, als ein Popstar während einer Releaseparty in New York.

Jorge ließ den Blick wieder nach vorne schweifen bis er nachdenklich auf den Säcken im Bug hängen blieb. Man musste dem Heiland ein Opfer bringen … aber wie?

.ooOoo.

Währenddessen kämpfte Ramon de la Fuente gegen die Müdigkeit. In fast minütlichen Abständen quälten ihn Gähnkrämpfe, die seine Kinnbacken krachen ließen, und er hatte das dringende Bedürfnis, sich hinzusetzen. Doch er musste stehen bleiben und auf die Wogen starren – für ihn die einzige Methode die Seekrankheit fernzuhalten. Er bedauerte seine Mannschaft, die zwar allesamt seit ihrer Kindheit zur See fuhren. Doch bei einem solchen Wellengang machte auch der hartnäckigste Matrose schlapp. Nur er nicht – er war derart resistent gegen das zermürbende Schwanken des Schiffes, dass sein erster Maat manchmal behauptete, er habe versteckte Kiemen am Leib.

Der erste Maat, der sich die ganze Zeit krampfhaft an einer Rohrleitung geklammert aufrecht gehalten hatte, sackte neben ihm weg und taumelte durch das schmale Schott nach draußen. Ramon hörte die vertrauten würgenden Geräusche, übertönt vom heulenden Wind, der das Gekröse gleich mit sich riss, werweißwohin. In diesem Augenblick hatte Ramon de la Fuente eine Vision. Der Bug des Schiffes zeigte steil nach oben, übergenommenes Wasser rauschte schäumend an den Seiten herab und das Schiff erklomm tapfer einen riesigen Wellenberg. Und hoch oben, auf dem Kamm der Welle, wo sich das schwarze Wasser in sprudelnder Woge brach, da schimmerte ein weißes Kreuz, vom Scheinwerferlicht nur schwach bestrahlt, und schien doch von innen heraus zu leuchten. Ein geisterhaftes Kreuz, welches an den Rändern verschwamm, sich langsam auflöste, und kurz darauf in alle Winde zerstob. Doch er hatte es gesehen. Gott war hier auf den Wassern und hatte ihm ein Zeichen gegeben. Ein Zittern durchfuhr seinen sehnigen Leib und er wandte den Blick kurz auf den Steuermann. »Volle Kraft voraus!«, befahl er aufgeregt. Doch der Steuermann nickte nur knapp und tat gar nichts, denn das Schiff lief ohnehin auf voller Kraft.

.ooOoo.

Jorge Cruzeiras stand im Bug der *Noseless*, starr vor Erstaunen und voller Ehrfurcht. Sein Opfer war angenommen worden! Beseelt von dem Entschluss, seinem Heiland näher zu kommen, hatte er sich heroisch gegen den Sturm zum Bug des Schiffes gekämpft, einen der festgezurrten Säcke mit steifen Fingern gelöst und mühsam über Bord gehievt. Kaum hatte der Wind das neue Spielzeug erfasst, hob er es auch schon ungestüm empor, zerriss mit scharfem Geräusch das dünne Gewebe des Sacks und verteilte mit fauchendem Geräusch den Inhalt über dem Meer. Und dann – für Sekunden nur – hatte auch Jorge das weiße Kreuz erblickt. Jetzt ließ er seinen Tränen freien Lauf. Ein gemurmeltes »Madre de Dios« kam über seine Lippen, und wie ferngesteuert, ohne nachzudenken, bückte er sich und schnitt die nächste Ladung los.

.ooOoo.

Und nun kommt die dritte Hauptperson in die Geschichte. Denn Jorge und Ramon waren nicht die einzigen verzweifelten Gestalten, die sich in dieser schicksalsträchtigen Nacht durch die sturm-gepeitschten kanarischen Gewässer wühlten. Wie wir wissen, ist das Meer voll wundersamer Wesen, von denen viele ins Reich der Legenden gehören und viele noch nie von einem Menschen erblickt wurden. Wer kennt nicht die Geschichten von furchterregenden Seeungeheuern, seien es riesige Wale oder überdimensionale beflosste Räuber, die hinterrücks ihre gewaltigen Gebisse in die Flanken ahnungsloser Opfer schlugen. Und in den finsteren Abgründen der Tiefsee mochten werweißwelche Kreaturen ihr düsteres Dasein fristen, deren Anblick selbst hartgesottene Seebären zum Weinen bringen würden. Und wer kennt nicht den Kraken, jenes vielarmige Monsterwesen, welche genauso Wale mit sich hinabzog wie auch ganze Schiffe.

Über allem jedoch stand ein Wesen, bei dessen bloßer Erwähnung alle Menschen, seien sie Seefahrer oder Landratten gleichermaßen erzittern: Der Leviathan. Seine bloße Existenz ist so monströs, dass man ihn früh ins Reich der Sagen bannte; zu schrecklich ist die Vorstellung, dass ein solch riesiges Mistvieh die Meere unsicher machen könnte. Schon die Bibel zitiert ihn, als Gott persönlich zu Hiob spricht, um ihm schlicht und einfach Angst zu machen, dass er sich entleerte in die Beule seiner Hose:

„Kannst du den Leviathan ziehen mit dem Haken und seine Zunge mit einer Schnur fassen? Wenn du deine Hand an ihn legst, so gedenke, dass es ein Streit ist, den du nicht ausführen wirst. Niemand ist so kühn, dass er ihn reizen darf; Wer kann ihm sein Kleid aufdecken? Und wer darf es wagen, ihm zwischen die Zähne zu greifen? Seine stolzen Schuppen sind wie feste Schilde, fest und eng ineinander. Aus seinem Munde fahren Fackeln, und feurige Funken schießen heraus. Die Gliedmaßen seines Fleisches hängen aneinander und halten hart an ihm, dass er nicht zerfallen kann. Sein Herz ist so hart wie ein Stein. Wenn er sich erhebt, so entsetzen sich die Starken . Wenn man zu ihm will mit dem Schwert, so regt er sich nicht. Er macht, dass der tiefe See siedet wie ein Topf . Auf Erden ist seinesgleichen niemand; er ist gemacht, ohne Furcht zu sein. Er verachtet alles, was hoch ist".

Doch über dieses Zitat, von Gott persönlich, kann der wahre Leviathan nur lachen. Allein die Vorstellung, dass ein Mensch auch nur die Hand an ihn legte, erregte Heiterkeit in ihm. Und es war keine gute Idee, ihn zum Lachen zu bringen, denn wenn der Leviathan nur kicherte, dann – ho ho ho – senkten sich ganze Inselgruppen ab. Es kam aber nicht oft vor, dass er lachte.

Der Leviathan war alt. Kein Wunder, wenn er schon in der Bibel Erwähnung findet. Er war so alt, dass er vor hunderten von Jahren bereits die holländische Flotte durch die Luft wirbelte, woraufhin die Sage vom fliegenden Holländer überhaupt erst entstand.

Und entgegen der auf Erden üblichen Evolution, dem Entwicklungsgang durch Geburt und Tod des Individuums, starb der Leviathan nicht. Irgendwie hatte man bei ihm das Todesgen vergessen, denn seine Zellen erneuerten sich munter weiter. Und da es starke Zellen waren, die im Verbund die reinste Festung ergaben, konnte ihn auch niemand das Fürchten lehren. Dieses Wesen starb nicht, weder durch Alter, noch durch Kampf oder Unfall. Trotzdem hielt der Leviathan wenig von Publicity. Die Vorstellung, dass eine Horde von Wissenschaftlern, Reportern und Touristen in Hubschraubern über ihm kreisten, um ihn in die Acht-Uhr Nachrichten zu bringen ,war ihm ein Greuel. Daher versteckte er sich in der Tiefe, oder, wenn er denn mal an die Oberfläche musste, verschlang er alles, was ihm begegnete.

Und an die Oberfläche musste er fast nie, außer er hatte kein Koks mehr.

Das war seine Achillesferse, eine Schwäche, die sich bei ihm erst in den letzten Jahrzehnten entwickelt hatte, als die ersten Schmugglerschiffe auf der Route von Mittelamerika Richtung Nordafrika in seine Fänge gerieten. Färbte sich das Wasser weiß, saugte er es durch seine Kiemenschlünde ein und dann geriet er in einen Taumel der Ekstase, dem dann alles im Umkreis von vielen Seemeilen zum Opfer fiel, was bei drei nicht im Marianengraben war.

Eben dieser Leviathan war es, den in diesem Moment der kulminierten Andacht auf zwei Schiffen an die Oberfläche trieb, und der, als er die schäumenden Wogen und den klatschenden Regen sah, erstmal »Sauwetter!« rief, als auch er den weißen Nebel in Form eines Kreuzes erblickte. Sofort steuerten seine kokainverseuchten Neuronen den Ort des Nebels an, in der Hoffnung, dort ein wenig von diesem Zeug zu finden, welches in der Lage war, ein klein wenig Abwechslung in sein ansonsten doch recht trübes Dasein zu bringen. Es war kurz vor Mitternacht, als alle drei Schiffe (wollen wir der Überraschung wegen, den Leviathan mal als Schiff bezeichnen, denn die beiden ahnungslosen Kapitäne nasenloser Schiffe werden früh genug ins Mark erschrecken) an einem kleinen Felsen mitten im Meer zusammentrafen.

.ooOoo.

Es war Kapitän Ramon de la Fuente, der beide Schiffe zuerst in seinem Fernrohr erspähte, und der auch, als Abkömmling abergläubischer kanarischer

Fischer als erstes erkannte, dass das zweite Schiff kein Schiff war, sondern ein formidables Meeresungeheuer; und der daher auch sofort mutig und entschlossen reagierte. Er wollte diese Ladung, die ihn unsterblich machen würde, und die wollte er sich von einem dahergelaufenen Meeresmonster nicht abgreifen lassen. Also schickte er seine fähigsten Kanoniere aufs Deck, auf dass sie die beiden Geschütztürme klarmachten, die zu beiden Seiten des Bugs unmissverständlich die Kampfkraft des Bootes hervorhoben. Ja, die *Sinnariz* war nicht so nasenlos wie es schien, denn die beiden Drillingskanonen mit einem Kaliber von 15,5 cm panzerbrechender Munition hatten schon so manchen Drogenbaron in die ewigen Koksgründe geschickt. Und Ramon de la Fuente war sich sicher, dass sie auch die Schuppen eines Ungeheuers durchdringen würden. Womit er Recht hatte.

Und Kapitän Jorge Cruzeiras? Der stand immer noch im Bug, weiß bestäubt und triefend vor Nässe und sah fassungslos zu, wie sich der Leviathan aus den Fluten erhob. Was bei allen Teufeln Panamas war das für ein Vieh? Durfte es sowas überhaupt geben? Und das Ungeheuer hatte es ganz eindeutig auf sein Schiff beziehungsweise dessen Ladung abgesehen, denn nun machte es Anstalten, ihn, den Kutter und alles darin mit Mann und Maus zu verschlingen. In diesem Moment feuerten die Kanonen der Sinnariz die erste Breitseite ab.

Die Wirkung war ebenso verblüffend wie verheerend. Denn der siegesgewohnte Leviathan hatte mit der Durchschlagskraft einer modernen 15,5 cm Schiffskanone nicht gerechnet. Und so ertönte, nachdem der Hall der Salve verklungen war, ein lautes »Auuuuuuuuuuuuuuuuuuul!« über der See.

Schlotternd vor Angst stolperte der mittelamerikanische Kutterkapitän über das Deck zurück zur Brücke, denn in einer solchen Situation am Bug zu stehen, erschien ihm wenig nützlich. Er wollte so schnell wie möglich beidrehen und dem Schiff die Sporen geben, nur weg von diesen beiden Verrückten, womit er sowohl den spanischen Käptn als auch das Ungeheuer meinte, denn jetzt mal ehrlich: Wer war so irre, auf ein sagenhaftes Monster zu feuern und welches Monster war derart bekifft, dass es ein ganzes Koksschiff fressen wollte? Beides war – und er lachte bei diesem Wort wie ein Gecko – *ungeheuerlich*.

In diesem Moment sprach der Leviathan. Denn in den Centurien seiner Existenz und nach zahllosen gefressenen Matrosenleibern hatte er das menschliche Idiom erlernt. Leviathan sprach Englisch, Spanisch und Holländisch, und da er es hier mit zwei Spaniern zu tun hatte, wählte er deren Muttersprache aus.

»Es ist mir gleich, wie sehr ihr trieft, rettet euch indem ihr hievt, das Koks hinunter in meinen Schlund, sonst leg ich beide Kutter auf Grund!«

Jorge Cruzeiras, der inzwischen auf seiner Brücke angekommen war, nahm das Mikrofon für den Schiffslautsprecher und rief zur *Sinnariz* herüber.

»Werter Käptn, seid so frech, und ballert dem Monster die Rübe wech!«

Prompt kam von drüben die durch den Sturm leicht verwehte Antwort:

»Könnt ihr mir sagen, ihr Nasenspecht, warum ihr nur in Reimen sprecht?«

»Das weiß ich nicht, ich bin kein Dichter, liegt sicher an diesem Meeresgelichter!«

In diesem Moment ertönte wieder die grollende Stimme des Leviathans:

»Es liegt an mir, ihr Landgetier. Bringt mir den Schnee, das wäre die beste Aktionsidee!«

Eine Weile schwiegen die Männer, das Meeresviech und sogar die Wogen. Dann ertönte die Stimme des spanischen Drogenjägers durch die Gischt:

»Mexican Standoff, das kennt ihr wohl. Wir brauchen 'ne Lösung, denn sonst versohl, ich euch beide mit meinen Kanonen … den Arsch!«

»Das hat sich nicht gereimt!«, brüllte der Leviathan.

»Na und?«, brüllte der Kapitän zurück.

»Ich hab 'nen Vorschlag, und der ist klasse, ich werfe in beiden Teilen die Masse!«, rief da der Drogenschmuggler in den Streit. »Ich wollt das Koks der See übergeben, da macht es nichts, eure Laune zu heben!«

Und so begannen sie zu feilschen.

.ooOoo.

Nach einigen zählen Verhandlungen, in denen Ramon de La Fuente noch zweimal gezwungen war die Außenhaut des Monsters zu perforieren, und mindestens 10 misslungenen Reimen später hatte man sich geeinigt. Der kanarische Polizeikäpt'n und der drogensüchtige Leviathan erhielten je die Hälfte der Ladung. Es dauerte zwar, bis die Besatzungsmitglieder sich wieder ans Deck trauten – wobei Jorges Mannschaft schlimmer dran war, als die des kanarischen Käpt'ns, denn sie hatten Schiss vor dem Meeresungeheuer UND dem Kanaren, und waren außerdem bis unter die Haarwurzeln zugekokst, doch mit gemeinsamen Kräften sowie dem Schiffskran gelang es, immer schön fair einen Sack in das Maul des Monsters und je einen Sack an Bord der Sinnariz zu verklappen.

Und Jorge Curzeiras durfte alles mit seiner Handykamera filmen, um die Transaktion bei Youtube hochzuladen. Er hatte innerhalb weniger Wochen vier Millionen Klicks, machte ein Vermögen mit den Ads und konnte seinen Bruder freikaufen.

Ramon de la Fuente wurde Bürgermeister und das Monster hatte genug Kokain bis zum nächsten Weihnachtsfest. Eine echte Win Win Win Situation. So geschah es am weißen Kreuz des Meeres, von dem zum Henker immer noch niemand wusste, wie es zustande gekommen war. Aber auf See geschehen eben die unglaublichsten Geschichten.

Der Rabe

D er alte Rabe saß auf der Zinne und wartete
ab. Er kannte diese Stimmung. Schon seine
Vorfahren hatten sie gekannt. Die hektischen Vor-
bereitungen im Innern des düsteren Kastells, die
heiseren Rufe der Henker, wenn sie ihre Räder
polierten und die Stangen zurechtstellten. Genera-
tionen von Raben hatten sich dieses Wissen vererbt:
Festtage fanden nicht nach dem Lauf der Jahreszeiten
statt, sondern nach den seltsamen Gesetzen des
menschlichen Durcheinanders. Man musste es fühlen,
wenn man Rabe war. Wenn man mit der Stadt lebte,
dann lebte man mit ihnen: den Zweibeinern, den
vollkommenen Wesen, die Macht hatten über Festtage und Hungerzeiten.

Es war ein heißer Tag. Die Stadt lag im Dunst der
Julisonne. Für Raben existierte eine eigene Zeit-
rechnung, die ein Mensch kaum versteht, doch in der
Zeitrechnung der Menschen war es ein Sommer des
Jahres 1710. Durch die Gassen dümpelte eine
stinkende Brühe voller Abfall, »Floss« genannt, und
die reichen Städterinnen refften ihre Röcke, wie
Fregatten, die durch einen fauligen Kanal navigierten.
Den Tagelöhnern am Pont Neuf schwappte der Wein
im Schädel, und die Kinder plärrten, weil ihnen die

Karamellbonbons in den Patschfingern schmolzen, bevor sie die gierigen Münder erreichten.

Das Volk strömte auf den Richtplatz. Die schwarzen Gemäuer des Gefängnisses warfen keinen Schatten mehr, denn es war Mittag.

Fliegende Händler boten Fettgebackenes und Fleischspieße an. Es gab Wachteln in Knoblauch und gesottenen Blätterteig. Die Menschen zahlten und fraßen, sie stopften sich die Mäuler voll, bis sie troffen vor Fett.

Ein paar junge Raben stießen sich von der Zinne ab und rasten im Sturzflug in die Meute. Zielsicher schnappten sie mit ihren krummen Schnäbeln nach weggeworfenen Wachtelknochen und Froschschenkelresten. Der alte Rabe ließ sich nicht aus der Ruhe bringen. Er wusste, dass dies nur das Vorgeplänkel war. Das Hors d'Euvre sozusagen, auf das es ihm nicht ankam. Er wartete auf den Hauptgang.

Rund um den Richtplatz standen die reichen Bürgerhäuser. Und heute wuchs ihr Reichtum noch mehr, denn die schlauen Burschen hatten ihre oberen Stockwerke an den Adel vermietet. Je besser der Blick, desto teurer die Miete. Ein ganz besonders geschäftstüchtiger Patrizier hatte sogar die Schindeln von seinem Giebeldach entfernt und im Gebälk eine Art Tribüne installiert. Da saßen dann die adligen Herrschaften und sahen zu, während ihre Finger und

Nasen auf Wanderschaft waren. Was gab's Gebratenes? Wie fühlte sich das Fleisch der Comtesse de Maintenant unter dem Mieder an? Der Rabe sah's von weitem, ihm war das Getue fremd.

Der Rabe steckte den Schnabel unter das Gefieder und räusperte sich. Der Adel war ihm egal. Solange er lebte. Aber – und das wusste der Rabe – auch das adelige Fleisch würde sich irgendwann seinen Krallen darbieten.

Jetzt kam Leben in den Vorhof der Bastille. Ein Karren wurde herangezerrt, gezogen von sechs Männern. Sie schirrten vier Pferde an.

Vier. Oho. Der Rabe plusterte sich auf. Vier Pferde. Das bedeutete, dass ein ganz besonderer Genus ins Haus stand. Vier Pferde, vier feurige Rosse, um ein Gefährt zu ziehen. Nur Könige hatten ein solches Recht. Oder Königsmörder. Ein Attentäter, der einen König angriff, war schließlich nicht irgendein Attentäter. Oh nein – er gehörte zur Créme der Verblendeten. Vier Rösser waren das mindeste.

Und dann – trat er ins Licht. Eine bleiche Gestalt, flankiert von beharnischten groben Gesellen. Eine Horde von schwerbewaffneten Gardisten umgab ihn wie ein Zaun. Dieser Mann war gefährlich, obgleich er nicht so aussah. Als sie ihn auf den Wagen hievten, konnte er sich kaum bewegen. Und als sie ihn festzurrten, schien er fast dankbar zu sein. Ohne diese

Fesseln wäre er über den Sturz gefallen, und jede Hinrichtung wäre zur Farce geworden.

Als die Rösser in Trab fielen, wäre er fast erneut vom Wagen gestürzt, aber sein Stolz hielt ihn aufrecht.

Dann öffnete sich das Tor der Bastille. Ein donnernder Aufschrei ging durch die Menge, als der Mann schwankend und zitternd, voller Abscheu im Gesicht, auf seinem Todeswagen den Torbogen passierte. Der Rabe sah, was alle anderen sahen: das Gesicht des Mannes war entstellt. Folgen der Verhöre, die – trotz der vielen Zeugen, die gesehen hatten, wie er das Messer gegen den König erhob – unabänderlich ihren grausamen Gesetzen folgend, die Wahrheit noch und noch aus ihm herausgeprügelt hatten. Doch was sollte der Gedanke? Königsmörder – was konnte einen tiefer in den Höllenpfuhl schleudern? Das Volk johlte. Ein Königsmörder – so sehr sie es nun genossen, den Mörder sterben zu sehen, so sehr würden sie es genießen, eines Tages den König zu morden. Mit dem gleichen Gebrüll und der gleichen Wollust im Gesicht.

Der Rabe plusterte sein Gefieder auf und machte sich bereit.

Der Delinquent hatte den Mittelpunkt des Platzes erreicht. Ein doppeltes Aufgebot von Speerträgern sicherte den Platz. Die Händler machten ihr letztes, um die Hälfte reduziertes Angebot. Wachteln, noch halbgar und von minderer Qualität, wechselten nun zu einem Viertel des Preises den Besitzer. Und wieder stießen die jungen Raben hinab. Und wieder wartete der Alte ab. Er wusste, was er wollte.

Jetzt trat der Henker auf den Wagen und riss dem Mann das Hemd entzwei. Die blutigen Striemen auf der Brust glänzten in der Mittagssonne, und hatte der Mann auch gehofft, dass sein Anblick auf ein mitleidiges Auge stoßen würde, so ergab er sich jetzt der johlenden Menge, die, geifernden Hyänen gleich, jede Strieme mit Hohngelächter quittierte. Für nur den Bruchteil einer Sekunde lang, huschte der Blick des Todeskandidaten über die Bastille und sah den Raben. Für eine Zehntelsekunde verschmolz der Blick des Todgeweihten mit dem der Kreatur, und jeder Schmerz war für Sekunden gebannt. Hier der Tanz der menschlichen Hybris – und dort die ruhige Erwartung des Unvermeidlichen. Er, der Delinquent, hatte den König töten wollen. Weil er glaubte, dass der König ein Verbrecher war. Für das Volk hatte er ihn töten wollen. Und das Volk sah nun den Verbrecher in ihm und weidete sich an seinem Tod.

Wo war der König? Der Blick des Raben wanderte zur Tribüne hinauf. Dort? Der gelockte Geck, mit den goldenen Epauletten an der Schulter? Nein – zu militärisch. Oder dieser hier? Der schlanke Galan mit dem Silberstaub auf der Perücke? Nein – der auch nicht. Er senkte den Kopf. Der Delinquent wurde brutal vom Wagen gerissen. Die Pferde schirrte man aus und führte sie an die vier Enden das Platzes.

Der Fast-schon-Tote schritt unter den scharfen Blicken seiner Bewacher das Trittbrett des Wagens hinab. Auf der letzten Stufe stolperte er, seine bloßen Füße landeten im Staub.

Harte Fäuste rissen ihn wieder hoch, stumpfe Lanzen stießen ihn auf das niedrige Podest, auf dem ein ganzes Rudel von Henkern mit flüssigem Blei und scharfen Messern auf ihn wartete. Ihre Gesichter waren verhüllt, auf dass niemand Rache an ihrem Handwerk nehmen konnte. Angesichts der Brutalität des zur Schau getragenen Folterwerkzeugs, strauchelte der Delinquent für einen Moment, fiel dann vornüber und wurde von den Soldaten mit dem Bauch nach oben auf ein eisernes Gestell gezurrt.

Als einer der Scharfrichter sein Schwert erhob, ging ein Raunen durch die Menge. Aber kein Laut des Mitleids oder der Empörung war darunter. Es klang eher nach Theaterbesuchern, die erwartungsfroh applaudierten, wenn der Vorhang sich hob. Der Rabe sah gar nicht hin. Es war noch nicht an der Zeit. Doch jetzt – ein Schrei.

Der Scharfrichter schnitt tiefe Wunden in das Fleisch des armen Damiens. Tief in die Hüfte grub sich das Schwert und genauso tief in die Ober-schenkel. Das Opfer bäumte sich auf und ließ einen lauten Schrei des Schmerzes und des Entsetzens hören, der alsbald im Gejohle der Menge unterging. Doch nicht genug damit. Jetzt nahte ein weiterer Scharfrichter und goss aus dem dampfenden Behälter mit dem langen Stiel das flüssige Blei in die blutende Wunde. Hier fiel Damiens zum ersten Mal in Ohnmacht.

Man weckte ihn mit Wasser und Myrrhe. Dann ging es weiter. Man begoss ihn mit siedendem Öl, brennendem Pech, Wachs und Schwefel. Die Qualen mussten ungeheuerlich sein. Die Augen traten ihm hervor, weiß und ungläubig, während seine Zunge erstickend im Halse hing. Das Volk klatschte bei jedem Schrei.

Nervös flatterten die jungen Raben im Gebälk. Der Geruch verbrannten Fleisches verhieß nichts Gutes – es würde kaum etwas übrig bleiben.

Dann schirrten sie die Pferde an. Man band seine Arme und Füße an Taue aus solidem Hanf. Sie warfen ihn zu Boden, das Gesicht in den Dreck. Die Geschirre der Pferde wurden mit den Seilen verknüpft. Der Delinquent schloss die Augen und verkniff das Gesicht, während sein geschundener Körper dampfend im Staub lag. Der Rabe wartete ruhig ab.

Während der stahlblaue Himmel sich über das Land ausbreitete, trieb man die Pferde an. In alle vier Himmelsrichtungen strebten sie, bis der Delinquent vom Boden abhob und in der Luft zu schweben schien, gehalten nur von den Seilen. Nur die Physiker hätten nun sagen können, welche Kräfte auf die gemarterten Sehnen und Muskeln des Geschundenen einwirkten. Die Meute wartete auf einen Schrei, doch der kam nicht.

Schwer klatschen die Peitschen auf ihre Rücken herab, doch ihre Kraft reichte nicht aus, um das gewaltige Stück Leben in der Mitte des Platzes zu zerreißen.

Und endlich, endlich entrang sich ein Stöhnen aus den Lippen des Gequälten. Ein Schrei voller Qual, Entsetzen und Wut. Die Menge applaudierte. Aber es nützte nichts. Die Sehnen waren zu stark. Der leitende Major wurde nervös. Einem Zeichen seines Vorgesetzten folgend, hob er den Stab, und die Henker eilten mit Messern herbei. Sie nahmen den schwebenden Delinquenten in ihre Mitte und packten ihn unter den Armen. Dann schnitten sie ihm die Sehnen durch.

Während sein Geschrei über den Platz hallte und sein Blut in die Menge spritzte, wanderte der Blick des Raben über die Adelstribüne. Was trieb dieser Geck dort oben für einen Sport? Und warum stand der Dame vor ihm die Wollust im Gesicht? Der Rabe ahnte es. Menschenspiel.

Der Rabe wurde unruhig. Warum war der Mann noch nicht zerrissen? Er hatte zahllose Verurteilte gesehen. Ein Ratsch und die Glieder waren ab. Was war mit diesem hartnäckigen Königsmörder los? Warum klammerte er sich an ein Leben, das keinen Sous mehr wert war?

Wieder peitschte man die Pferde an. Panisch, mit hervortretenden Augen, zogen sie mit aller Kraft, doch die Muskeln und Knochen des Verurteilten waren zu stark. Übermenschlich, beängstigend stark. Die Menge murrte. Was war das für ein König, dem ein Mörder selbst im Tod noch trotzte?

Und der Offizier beschloss, der Sache ein Ende zu machen. Seine Garde rückte ein zweites Mal aus und hackte mit den Säbeln erst das linke Bein, dann den linken Arm des Delinquenten ab.

Während der Gequälte seinen Todesschmerz hinausschrie, drang leises Stöhnen an das Ohr des Raben. Doch es war die Gräfin, die hier stöhnte, und sicher nicht vor Schmerz. Ihr Stöhnen und ihr gepuderter Gestank überlagerte jeden weiteren Sinneseindruck des Raben. Und während der Adel sein Spiel betrieb, quälte sich der Verurteilte, mit hängendem Kopf und immer noch brüllend wie ein Stier, bis die Garde kam und ihm den Hals durchschnitt. Und als wäre das noch nicht genug, zerfetzten sie seinen Leib mit ihren Messern, bis die Gedärme den Platz besudelten und der kreischenden Meute vor Entsetzen die Wachteln aus dem Halse flogen.

Auf diesen Moment hatte der Rabe gewartet. Er breitete seine Schwingen aus und setzte zu seinem unvergleichlichen Sturzflug an. Und vor den Augen der verblüfften Jungen, segelte er vor der Menge auf den Delinquenten zu, der mit offener Brust vor ihm lag, und entriss ihm das noch schlagende Herz.

Die Wanne

Dann hielt sie prüfend ihren Zeigefinger in das Badewasser. Es war ihr noch zu heiß. Sie nahm den Duschgriff aus seiner Halterung und drehte den Kaltwasserhahn auf. Der scharfe Strahl trieb ein sprudelndes Loch in die glatte Wasserfläche und wirbelte das Badesalz am Boden der Wanne durcheinander. Sie hatte sich heute etwas Luxus gegönnt: andalusische Mandelblüte.

Sie schnupperte und versuchte den Duft des Salzes in sich aufzunehmen. Aber es war wohl schon zu alt. Der penetrante Geruch des Badezimmers nach Kalk und Moder überwog.

Vorsichtig setzte sie ihren linken Fuß in die Wanne. Ihre Haut färbte sich sofort hellrot und sie zog das Bein schnell wieder zurück. Dann versuchte sie es von Neuem, wobei sie gleichzeitig den kühlenden Strahl der Handdusche gegen Ihr Bein hielt. Langsam zog sie den rechten Fuß nach.

Schließlich lag sie bis zum Hals in dem heißen Wasser und genoss es, wie die Wärme langsam den Schweiß aus ihren Poren trieb. Sie schloss die Augen und lauschte.

Sie hörte das Tropfen des undichten Wasserhahnes. Bip.Bip.Bip. Das Geräusch machte sie schläfrig. Sie bemerkte das Rasseln ihres Atems und das unregelmäßige Klopfen ihres Herzens. Das wiederum, beunruhigte sie.

Sie schlug die Augen auf und betrachtete sich ihren Körper. Er war nicht mehr jung. Die roten Pusteln auf ihrem Bauch hatte sie gestern zum ersten Mal bemerkt. War das ein Zeichen? An ihrem Schamhaar hatten sich unzählige, winzige Luftbläschen festgesetzt, als sie in die Wanne gestiegen war. Der Anblick erinnerte sie an etwas. An moderndes Unterholz in klaren Seen. Sie lächelte bei dieser Vorstellung. Du bist wie ein Haufen moderndes Unterholz in einem See, dachte sie. Sie hob ihren Körper ein wenig aus dem Wasser heraus. Nur so viel, dass ihr Becken herausschaute.

Es knisterte, als sich die Bläschen an der Luft auflösten.

Als sie sich dann wieder herabsinken ließ, sah ihr Haar völlig normal aus. Bis auf die kahle Stelle.

Angewidert wandte sie den Blick ab und starrte an die gekachelte Wand. Der heiße Dampf hatte sich als matte Schicht auf ihrer wasserabweisenden Oberfläche niedergeschlagen.

Sie streckte den Arm aus und malte Buchstaben auf die Kacheln: P-A-U-L. Er hatte es nicht mehr geschafft.

Sicher lag er jetzt bei den Tausend anderen. Bei den Abertausenden, Millionen.

Langsam wurde ihr das Bad zu heiß. Sie angelte nach dem Badetuch und richtete sich auf. Die Berührung mit dem rauen Handtuch tat ihr weh. Es fühlte sich an wie Sandpapier auf einer Schürfwunde.

Sie stieg aus der Wanne. Das Wasser tropfte von ihrem Körper und floss in Rinnsalen über den Steinfußboden. Der Fußboden war kalt.

Sie trocknete sich vollständig ab und zog sich dann den Bademantel über. Sie kämmte ihr Haar und vermied dabei, in den Spiegel zu schauen. Sie wollte nicht mit ansehen, wie die kahlen Stellen größer wurden.

Ein Schwächeanfall zwang sie auf die Knie. Sie hustete. Nein, sie würde nicht ins Krankenhaus gehen. Es hatte ohnehin keinen Zweck. Wo war Paul? Hatte er nicht versprochen zum Abendessen da zu sein? Das war vor drei Tagen.

Sie verließ das Badezimmer. Durch die geborstenen Fensterscheiben im Flur heulte der Wind und wirbelte Staub auf. Sie fröstelte und zog sich den Mantel enger um den Leib. Unter ihren Fußsohlen knirschte verbranntes Linoleum.

Ihr Blick fiel auf die Überreste der Wohnzimmereinrichtung.

Sie war fast neu gewesen. Jetzt lag das Sofa als formloser, schwarzer Klumpen in einer Ecke. Ein grotesker Anblick.

Sie sah durch das zerbrochene Fenster auf die ehemalige Stadt hinab. Unter einem anthrazitfarbenen Himmel tanzten Ascheflocken umher. Fettiger Ruß drang in alle Ritzen der zerstörten Gemäuer und bildete Schlieren auf geschmolzenem Glas. Eine unheimliche Stille lastete auf Allem, als wäre die Welt in Watte gehüllt.

Nichts in ihrer Wohnung war heil geblieben. Bis auf das Badezimmer. Wie durch ein Wunder.

Sie machte kehrt und ging in das Badezimmer zurück. Das Wasser in der Wanne war noch warm. Wie lange würde sie noch heißes Wasser haben? Sie streifte den Bademantel ab und ließ sich wieder in die Wanne gleiten. Sie legte den Kopf zurück und träumte.

Wie Bodie zur Geisterstadt wurde

Bonusmärchen (Nur Taschenbuchausgabe)

Vor vielen Jahren, im Wilden Westen, gab es eine Stadt namens Bodie. Streng genommen gibt es sie heute noch, aber es ist eine Geisterstadt. Niemand lebt dort. Man hat die Stadt inzwischen in ein Museum verwandelt, denn die Gebäude sind durch den Wüstensand konserviert und die Menschen haben Bodie in so großer Hast verlassen, dass sie viele Gegenstände zurückgelassen haben. Unter anderem die Fotografie eines wunderschönen Mädchens, von dem niemand weiß, wie es hieß.

Es hieß Maddy.

Maddy lebte mit ihrer Familie in San Francisco. Sie waren arm, und hatten kaum genug zu essen, aber Maddy gefiel es in San Francisco, denn sie liebte das Meer.

Eines Tages verbreitete sich die Kunde, dass man in Bodie Gold gefunden habe. Viel Gold. Es war die Zeit des kalifornischen Goldrauschs und solche Gerüchte kursierten andauernd. Aber Bodie schien wirklich lohnenswert zu sein. Leider hatte die Stadt auch einen überaus schlechten Ruf – genaugenommen den schlechtesten im ganzen Land.

Als nun Maddy erfuhr, dass ihr Vater Joe mit der ganzen Familie nach Bodie gehen wollte, um dort nach Gold zu schürfen, schrieb Maddy, äußerst betrübt, in ihr

Tagebuch: »Mach's gut, lieber Gott, wir gehen nämlich nach Bodie.«

Sie war der Ansicht, dass Gott dort nicht sein würde.

Sie sollte sich irren.

Als der liebe Gott mal wieder durch seine Aufzeichnungen ging, fand er auch Maddys Tagebucheintrag.

»Was?«, murmelte Gott vor sich hin. »Sie meint, ich wäre nicht in Bodie? Ich bin überall!«

Also machte Gott sich auf den Weg nach Bodie.

Maddy war inzwischen mit ihrer Familie in Bodie angekommen. Und in der Tat: die Stadt war schrecklich. Die Postkutsche wurde nahezu täglich überfallen. Einmal in der Woche war Bankraub. Und täglich schossen sich irgendwelche Raufbolde gegenseitig über den Haufen. Maddys Familie siedelte sich am äußersten Stadtrand an.

Als Gott nach einigen Wochen ebenfalls in Bodie eintraf – er hatte sich mehrfach verlaufen, weil er in der Wüste einfach nicht zurechtkam – stellte auch er fest, dass Bodie ganz schön verrucht war. Aber da er den Menschen nun mal den freien Willen gelassen hatte, konnte er daran nichts ändern. Wenn einige sich unbedingt gegenseitig erschießen wollten, dann sollten sie das halt tun.

Als er aber die Armut von Maddys Familie sah, wurde ihm doch eng ums Herz. Nun ja, Gott braucht natürlich kein Herz, aber er hat so etwas Ähnliches.

Also stellte er ihr heimlich, als Maddy in der Schule war, einen Teller Suppe vor ihr Bett.

Als Maddy nach Hause kam, sah sie die Suppe und freute sich riesig darüber. Sogleich wollte sie sie aufessen. Doch dann fiel ihr ein, dass ihr kleiner Bruder sicher auch Hunger hatte. Und ihr Dad. Und ihre Mom. Also nahm sie die Suppe mit nach draußen und teilte sie unter allen auf.

Das sah der liebe Gott und dachte bei sich »Na, da werde ich wohl einen ganzen Topf voller Suppe aufstellen müssen.« Kaum wollte er das tun, hörte er eine tiefe und sonore Stimme aus einem Kaktus, die zu ihm sprach.

»Halt. Was tust du da?«

»Wer bist du?«, fragte Gott.

»Ich bin's, Manitou. Du bist auf meinem Gebiet.«

»Ach so. Ja, das sehe ich ein. Aber ich will diesem Mädchen nur ein wenig helfen. Das ist doch sicher in Ordnung, oder?«

»Nein, ist es nicht«, widersprach Manitou. »Wir Götter dürfen uns nicht einmischen!«

»Nicht mal einen Topf mit Suppe?«

»Nein.«

»Zwei Teller?«

»Nein.«

»Einen Teller?«

»Na gut«, seufzte Manitou. »Aber wirklich nur einen Teller!«

Da freute sich der liebe Gott. Denn Manitou hatte nicht erwähnt, wie oft. Also konnte er Maddy jeden Tag einen Teller Suppe hinstellen. Und wenn Manitou nicht hinsah, machte er ihn auch ein wenig größer. Denn Maddy teilte ihre Suppe grundsätzlich mit ihrer ganzen Familie.

Das ging eine ganze Weile so. Und Gott sah, dass es nicht viel half, denn Maddy war immer noch unglücklich. Und was viel schlimmer war: Sie dachte , Gott wäre nicht in Bodie.

Da hörte er sie eines Nachts leise flüstern. Er kam näher und sah sie vor ihrem Bett knien. Sie betete.

»Lieber Gott«, flüsterte die kleine Maddy. »Ich weiß, dass du mir jeden Tag Suppe hinstellst. Ich weiß deshalb auch, dass du uns nicht verlassen hast, obwohl ich in Bodie bin. Aber weißt du was, lieber Gott? Am liebsten wäre mir doch, hier gäbe es gar kein Gold. Nicht eine Unze mehr. Dann würde mein Dad wieder nach San Francisco ziehen.«

Als Gott das hörte, ging er sogleich zu Manitou, der immer noch in einem Kaktus lebte.

»Sag mal, Manitou,« begann er. »Gehen dir die Bleichgesichter hier nicht fürchterlich auf die Nerven?«

»Und ob!«, antwortete der große Manitou. »Die zertrampeln die Kakteen, nehmen meinen Indianern das Land weg und richten jede Menge Unfug an.«

»Hättest du dann was dagegen, wenn ich diese Mine da hinten stilllegen würde?«

Eine Weile schwieg der indianische Gott. Dann sagte er. »Du willst das Gold in Bodie verschwinden lassen? Das ist eine sehr gute Idee!«

Und so kam es, dass Bodie zur Geisterstadt wurde. Denn von einem Tag auf den anderen, gab es dort keine Unze Gold mehr.

Und zurück in San Francisco, legte die kleine Maddy ein neues Tagebuch an. Als erste Zeile schrieb sie hinein: »Danke, lieber Gott.«

Besuchen Sie die Webseite des Autors und lesen Sie die Patakaustik Reihe oder die Microstories online

www.wissdorf.com

Besuchen Sie die Webseite des Verlags und erfahren Sie mehr über das weitere spannende Programm:

www.trivocum-verlag.de